AF295362

Lotte R. Wöss, geboren 1959 in Graz, absolvierte nach der Matura die Ausbildung zur Diplom-Krankenschwester. Bereits als Kind schrieb und dichtete sie, es folgten Artikel und Gedichte für kleine Zeitungen, doch erst im reiferen Alter fand sie zurück zu ihrer Leidenschaft, dem Schreiben, und veröffentlichte 2015 ihren Debütroman Schmetterlinge im Himmel als Selfpublisherin. Mittlerweile hat sie zahlreiche Liebesromane, Krimis, Thriller und auch Kurzgeschichten veröffentlicht, sowohl als Selfpublisherin, als auch in Verlagen.

Lotte R. Wöss

Plätzchenküsse & Nordseeliebe

Überarbeitete Neuausgabe Oktober 2024

Copyright © 2024 dp Verlag, ein Imprint der
dp DIGITAL PUBLISHERS GmbH
Made in Stuttgart with ♥
Alle Rechte vorbehalten

Plätzchenküsse und Nordseeliebe

ISBN 978-3-98998-232-1
E-Book-ISBN 978-3-98998-220-8
Hörbuch-ISBN 978-3-98998-231-4

Copyright © 2022, dp Verlag, ein Imprint der
dp DIGITAL PUBLISHERS GmbH

Dies ist eine überarbeitete Neuausgabe des bereits 2022 bei
dp Verlag, ein Imprint der dp DIGITAL PUBLISHERS GmbH erschienenen Titels Weihnachtswunder mit Meerblick – Nordseeroman
(ISBN: 978-3-98637-981-0).

Covergestaltung: Caroline Remé
Umschlaggestaltung: ARTC.ore Design
Unter Verwendung von Abbildungen von
© Adobe-Firefly
Lektorat: Katrin Gönnewig
Satz: dp DIGITAL PUBLISHERS GmbH
Druck und Bindung: Books on Demand GmbH, Norderstedt

Vorwort

Dies ist eine überarbeitete Neuauflage des bereits erschienenen Titels Weihnachtswunder mit Meerblick von Lotte R. Wöss.

Da wir uns stets bemühen, unseren Leser:innen ansprechende Produkte zu liefern, werden Cover sowie Inhalt stets optimiert und zeitgemäß angepasst. Es freut uns, dass du dieses Buch gekauft hast. Es gibt nichts Schöneres für die Autor:innen und uns, zu sehen, dass ein beständiges Interesse an ästhetisch wertvollen Produkten besteht.

Wir hoffen du hast genau so viel Spaß an dieser Neuauflage wie wir.

Dein dp-Team

Kapitel 1

Mia

Mia hatte gewusst, dass es schwierig werden würde.

»Wie stellst du dir das vor?« Ihre Mutter stand wie ein Racheengel vor ihr, eine gertenschlanke Frau, perfekt geschminkt und ebenso gestylt. Ihrem dunklen Hosenanzug mit der weißen Bluse war nicht anzusehen, dass er bereits den gesamten Tag getragen wurde. Auch aus der Frisur, einem meisterhaft aufgesteckten Knoten, wagte sich kein Härchen heraus. »Alles ist schon arrangiert. Hast du eine Ahnung, wie schwierig es war, vor Weihnachten eine Location zu bekommen? Patrick ist schließlich nicht irgendwer, sondern eine bedeutende Persönlichkeit in der Stadt. Die Einladungen, einhundertfünfzig wohlgemerkt, sind alle verschickt.«

»Es tut mir leid, Mama, aber ich kann ihn nicht heiraten.«

»Und das fällt dir jetzt ein? Vier Wochen vor dem Hochzeitstermin? Nein, mir tut es leid, Mia. Ich habe dir zu viel durchgehen lassen. Dieses Mal nicht.« Ihre Stimme klang unerbittlich hart. Nicht umsonst war ihre Mutter an der Universität Salzburg als ›eiserne Professorin‹ bekannt.

»Was ist nun wieder los?« Ihr Bruder Lukas stand in der offenen Tür zum Flur. Er hielt seinen Autoschlüssel in der Hand, den er nun in die vorgesehene Keramikschale gleiten ließ.

»Dieses Kind bringt mich noch um.« Ihre Mutter fiel auf einen der weißen Lederstühle, die zur Sitzgarnitur im Wohnzimmer gehörten. Mia stützte sich an der Lehne des anderen Stuhls ab, sie fühlte sich sicherer, wenn sie stand.

Dass ihre Mutter sie mit dreiundzwanzig immer noch als Kind sah, schmerzte. Doch sie musste zugeben, dass sie in den letzten Jahren einfach Mist gebaut hatte.

Zuviel davon.

An Lukas' Gesicht konnte sie nichts ablesen. Als Arzt war er es gewohnt, einen kühlen Kopf zu bewahren, und oft behandelte er die Familienmitglieder wie seine Patienten: ruhig und sachlich.

»Also, Mia, erzähl von Anfang an.«

»Ich möchte Patrick nicht heiraten«, sagte sie mit klarer Stimme. Es gab nichts zu beschönigen.

Im Grunde genommen hatte sie es schon lange gespürt. Sie war zu feige gewesen, es auszusprechen, weil die Verlobung mit Patrick Altenstein, einem renommierten Salzburger Anwalt und ehemaligen Kollegen ihres verstorbenen Vaters, so ziemlich das Einzige war, was sie in den Augen ihrer Familie geleistet hatte.

»Da hast du es.« Ihre Mutter stand auf. »Ich kann nicht mehr. Fünf Jahre sind seit der Matura vergangen, in dieser Zeit hast du nichts gemacht. Wenn man davon absieht, dass du vier, nein fünf, Ausbildungen abgebrochen hast. Zum Glück muss dein Vater das nicht mehr erleben! Verstehst du denn nicht, dass die Hochzeit deine einzige Chance ist? Du kannst froh sein, dass ein Mann wie Patrick dich überhaupt nimmt! Und er ist weiß Gott reich genug, dass du weiterhin dem Nichtstun frönen kannst, vielleicht kommen ein paar Kinder. Dann bist du als Hausfrau und Mutter versorgt.«

»Ich werde Patrick nicht heiraten.« Mia ballte ihre Hände und presste die Lippen aufeinander. Ihr war zum Schreien zumute.

Lukas Seewald lockerte seine Krawatte und ging zum Barschrank. Sie wusste: Wenn ihr Bruder zu einem Glas Weinbrand griff, bedeutete es, dass er angespannt war. Er goss sich ein Glas ein und drehte sich zu seiner Mutter um. »Möchtest du auch etwas trinken?«

»Nein, danke. Mir kann sämtlicher Alkohol der Welt nicht helfen.« Theatralisch hob sie die Arme in die Höhe. »Ich muss noch eine dringende E-Mail beantworten. Bring du die Kleine zur Vernunft.«

Es wurde ruhig im Raum.

Die Stille dröhnte in Mias Ohren, denn sie war sich bewusst, dass ihr der eigentliche Kampf noch bevorstand.

»Darf ich fragen, weshalb du deine Meinung – sozusagen fünf Minuten vor zwölf – geändert hast?« Die Stimme ihres Bruders klang geschäftsmäßig kühl. »Ich nehme nicht an, dass Patrick dich betrogen hat, nicht wahr? Dazu ist er zu anständig. Zudem vergöttert er dich.«

Mia holte Luft. »Nein.«

»Nein, was?« Er schwenkte sein Glas und ließ die goldgelbe Flüssigkeit darin tanzen. »Sprich in ganzen Sätzen, Mia. Ein wenig Schliff wird ja wohl von deiner Matura hängengeblieben sein, nicht wahr?«

Die Galle stieg in ihr hoch, weil er so herablassend mit ihr sprach. Die zwölf Jahre Altersunterschied machten ihn noch nicht zum Ersatzvater.

Sie unterdrückte ihre Wut. »Patrick hat mich nicht betrogen. Trotzdem kann ich ihn nicht heiraten. Lukas, er ist doppelt so alt wie ich.«

»Es ist keine Neuigkeit, dass er dir ein paar Jahre voraus hat.« Lukas roch an dem Glas, ein unvermeidliches Ritual. Dabei schob er seine Brille zurück und strich kurz über sein etwas schütter gewordenes dunkelblondes Haar. »Es spricht nicht unbedingt für dich, dass du dir dieser Tatsache erst jetzt bewusst zu werden scheinst. Du bist seit vier Jahren mit ihm zusammen, nicht wahr? Bis zu diesem Zeitpunkt hat das Alter für dich keine Rolle gespielt.«

»Aber jetzt tut es das.« Mia setzte sich hin und verschränkte die Arme. Sie konnte es ihrem Bruder nicht genauer erklären. Sie wusste nur, dass sie sich nicht ein Leben lang an Patrick binden konnte.

Sie fühlte sich auch noch nicht reif für Kinder.

»Was höre ich da?« Ihre Schwester Elisabeth stand auf einmal in der Tür. Sie war ein jüngeres Ebenbild ihrer Mutter, trug bereits ähnliche Hosenanzüge sowie das Haar in einer lockeren Hochsteckfrisur. Lediglich die Haarfarbe war anders, Elisabeth hatte sie dunkel getönt, während ihre Mutter blond bevorzugte. Wenn Mia die Augen schloss, hatten sogar ihre Stimmen den gleichen Klang. »Bist du jetzt komplett übergeschnappt? Du willst die Hochzeit absagen? Es ist alles bestellt und arrangiert, das geht nicht mehr. Und Patrick ist ein wunderbarer Mann, das kannst du ihm nicht antun!«

»Heirate du ihn doch, wenn du ihn so toll findest.« Ganz falscher Tonfall!, dachte Mia. Sie klang wie ein trotziges Kleinkind. So konnte sie ihre Familie nicht überzeugen.

»Mäßige dich, Fräulein!« Den Zeigefinger erhoben fuhr er fort. »Wenn du wie eine Erwachsene behandelt werden willst, dann benimm dich so.«

»Patrick und ich passen nicht zueinander.«

»Und das hast du plötzlich festgestellt?« Elisabeth schnippte mit den Fingern. »Meine Güte, Mia, das geht nun wirklich zu weit. Lukas, schenkst du mir ein Glas Sherry ein? Wo ist Renee?«

»Sie hat heute Spätschicht.«

Gott sei Dank! Wenigstens eine Person weniger im Gerichtssaal. Renee war Lukas' Frau und ebenfalls Ärztin an der Klinik Salzburg.

Lukas Seewald griff nach einem Sherryglas aus dem Barschränkchen und suchte nach der richtigen Flasche.

»Mir auch, bitte.« Mias Hals kratzte.

»Du spinnst doch.« Elisabeth tippte sich an den Kopf. »Solange du nicht vernünftig bist, ist es besser, du betrinkst dich nicht.«

»Ich bin dreiundzwanzig«, begehrte sie auf.

»Auf dem Papier mag das stimmen, aber ich fürchte, du wirst nie erwachsen.« Ihre Mutter war wieder eingetreten. »Das ist man nämlich erst dann, wenn man einen vernünftigen Beruf hat, auf eigenen Beinen stehen kann und nicht mehr den Eltern am Rockzipfel hängt. Davon kann bei dir keine Rede sein.«

»Ich habe eben noch nicht das Richtige gefunden.« Mias Hals wurde eng. Sie hatte gewusst, dass es darauf hinauslaufen würde.

»Lass mich aufzählen.« Elisabeth stellte sich vor sie hin, das Glas mit der glänzend braunen Flüssigkeit zwischen den Fingern. »Erst wolltest du Englisch und Französisch studieren und Lehrerin werden, danach hast du umgesattelt auf Biologie und Sport. Ein Jahr später waren es dann Kommunikations- und Medienwissenschaften und schließlich Betriebswirtschaft gefolgt von Jura. Habe ich was vergessen?«

»Danach hat sie die Kindergartenschule besucht, nach vier Monaten abgebrochen, weil sie doch nicht mit Kindern arbeiten will. Die Fachhochschule für Sozialberufe hast du drei Wochen später geschmissen, und als Letztes hast du die Lehre für Hotelfachbetriebe versucht, die hast du keine zehn Tage durchgehalten«, ergänzte ihre Mutter. »Du hast keinen Beruf, keine Ausbildung. Wovon willst du leben, wenn du dir jetzt einbildest, auf einmal Patrick nicht mehr heiraten zu wollen?«

Mia fehlten wie immer die Worte, wenn sie sich ihrer ach so perfekten Familie gegenübersah. Ihr Blick fiel auf das Bild, das auf dem Flügel stand, der einen großen Teil des Wohnzimmers einnahm.

Der Mann darauf blickte ernst, trug Brille und besaß weißes, etwas gelichtetes Haar. Erwin Seewald hatte als Einziger in der Familie Klavier spielen können. Er

hatte es nur zu selten getan. Als viel beschäftigter Anwalt hatte er sich kaum Freizeit gegönnt. Kurz nachdem Mia maturierte, hatte er einen Herzinfarkt erlit-
ten. Immer noch konnte sie nicht daran denken, ohne
dass ihr Hals eng wurde.

Kapitel 2

Sebastian

»Tobi, sei vernünftig, die Party ist nichts für dich.« Sebastian seufzte innerlich, als sich die Mundwinkel seines Neffen verächtlich verzogen.

»Ich bin kein Baby mehr, in ein paar Wochen bin ich sechzehn. Und ich werde zu dieser Klassenparty gehen.« Der hoch aufgeschossene Junge vor ihm hatte die Hände in die Hüften gestützt, mit seinen tiefrot gefärbten Wangen wirkte er wie ein gespannter Bogen.

»Und ich sage, wenn keine Erwachsenen im Haus sind, wirst du keinen Fuß dorthin setzen.« Sebastian holte Luft und bemühte sich um einen ruhigeren Tonfall. »Tobias, du musst vernünftig sein. Ihr seid noch zu jung, um unbeaufsichtigt zu feiern. Das eskaliert hundertprozentig, wenn dreißig Kinder ...«

»Nenn uns nicht Kinder«, blaffte Tobias. »Überhaupt kann man mit dir nicht reden. Du bist verbittert und verbohrt, kennst nur deine Arbeit und weißt nicht, was es heißt, fröhlich zu sein. Ich wollte, du wärst damals auch gestorben.« Damit drehte er sich um und eilte die Treppen hinauf.

Sebastian blieb erstarrt stehen. Hatte der Junge das wirklich gesagt?

Er ging einige Schritte zurück und setzte sich an den großen Tisch, vergrub sein Gesicht in den Händen.

So fand ihn seine Großmutter ein paar Minuten später. Die rüstige Einundachtzigjährige, deren weißes halblanges Haar wie immer etwas ungeordnet um ihren Kopf lagen – um ihr Aussehen hatte sie sich nie besonders gekümmert –, beugte sich über ihn und drückte seine Schulter. »Wieder Ärger mit Tobi?«, fragte sie leise.

Sebastian sah sie an. »Ich komm mit dem Jungen nicht klar.« Er schüttelte den Kopf. »Er möchte zu einer Klassenparty, zu den Nordmanns, du weißt schon, der reiche Junge, der in seine Klasse geht. Seine Eltern kümmern sich kaum um ihn und sind so gut wie nie zu Hause.«

Antje Christiansen stellte ihre Einkaufstasche ab und setzte sich zu ihrem Enkel. »Sebastian, du vergisst, dass er bald sechzehn wird. Er ist ein braver Kerl. Du musst ihm vertrauen. Du kannst ihn nicht das gesamte Leben in Watte packen, er muss seine Flügel ausbreiten können.«

»Er ist erst fünfzehn, Oma, da kann viel passieren.«

»Es kann immer etwas passieren, jeden Tag.« Sie strich ihre Haarsträhnen zurück. »Sebastian, es ist fast zehn Jahre her. Ich vermisse alle genauso wie du.« Tränen traten in ihre Augen. »Du und Tobias, ihr beide wart mein Halt, dass ich weiterleben konnte. Aber es ist nun mal der Lauf der Dinge, dass Kinder flügge werden.

Du musst ihm vertrauen und loslassen. Sein Freund, der Oliver, der wird doch dabei sein?«

»Angeblich die gesamte Klasse.«

»Siehst du, da kannst du ihn nicht ausschließen. Und wenn der Vater von Oliver, der Knut, das erlaubt, dann passt das schon. Den kenne ich, seit er klein war.«

Sebastian seufzte. »Aber um zehn sollte er zu Hause sein.«

Seine Großmutter stand auf und bückte sich nach den Einkaufstaschen. Schnell sprang Sebastian auf, nahm die Taschen und trug sie in die Küche. »Du sollst doch nicht so schwer tragen. Denk an deinen Rücken«, sagte er und stellte die Taschen auf dem Tisch ab.

»Der funktioniert seit dieser unnützen Kur wieder bestens.«

»Dann kann sie nicht so unnütz gewesen sein.« Sebastian packte das Gemüse aus.

Antje öffnete den Kühlschrank und räumte Milch und Butter hinein. »Rede mit dem Jungen. Die Pubertät ist eine schwere Zeit, du warst auch anstrengend damals.«

»Ach was, deine Erinnerung spielt dir einen Streich.«

»Zum Glück gibts noch andere Zeitzeugen. Jetzt raus aus der Küche, du stehst mir nur im Weg herum.«

Sebastian hob gespielt beschwichtigend beide Arme. »Schon gut.« Im Wohnraum zog ihn der Kachelofen an, auf dem zahlreiche Fotos standen.

Simba war von ihrer Decke aufgestanden und stupste ihn in die Seite. Die Hündin spürte immer genau, wenn er sich nicht wohlfühlte. Mit der einen Hand streichelte er sie, während sein Blick über die Bilder wanderte.

Ein fröhliches lachendes Ehepaar Mitte fünfzig. Sebastian erinnerte sich genau, wann das Foto entstanden war. Bei der silbernen Hochzeit seiner Eltern, zwei Jahre vor ihrem Tod. Sie wirkten glücklich, unbeschwert und ausgelassen wie Teenager. Seine Eltern Johannes und Kathrin Christiansen. Selten hatten sie sich einen Urlaub gegönnt, denn die kleine Kunsthandwerkfirma, in der sie spezielles Keramikgeschirr hergestellt hatten, hatte sie vollkommen in Anspruch genommen. Seine Mutter war äußerst kreativ gewesen und hatte die verschiedenen Teller und Schalen bemalt, während sein Vater sie geformt und gebrannt hatte. Von weither waren die Menschen gekommen, um das spezielle Keramikgeschirr zu kaufen, vor allem die kunstvollen Aschenbecher. Ein Kunde hatte einmal gesagt, dass man kein Raucher sein müsse, um die kreativen Designs zu mögen.

Direkt neben dem Foto war das Bild von Christina und Helmut, in der Mitte ein kleiner Junge, mit einem verschmitzten Lachen.

Tobias.

Christinas Babybauch war deutlich zu erkennen. Sebastian erinnerte sich daran, wie sehr sie sich auf das Schwesterchen für Tobias gefreut hatten.

Das letzte Bild zeigte ein dunkelhaariges Mädchen mit großen Augen.

Wiebke.

Mit dem Finger strich er über ihr Gesicht und wie immer überkamen ihn die Schuldgefühle dermaßen heftig, dass er die Hand rasch wieder zurückzog, als wäre das Foto glühend heiß.

Fünf Menschen waren mit einem Schlag tot gewesen.

Eine Beerdigung mit fünf Särgen, ganz Büsum war dabei gewesen.

Er konnte es nicht vergessen.

Nie.

Von oben dröhnte laute Musik und holte ihn in die Gegenwart zurück.

Er musste mit Tobias sprechen. Mit einem Ruck drehte er sich um und rannte fast in seine Oma hinein, die leise hinter ihn getreten war.

Stumm umarmte er sie.

Es gab keine Worte, sie waren alle schon vor geraumer Zeit gesagt worden. Und dennoch schien es ihm, als könnte die Wunde niemals heilen. Der Verlust blieb, ein Leben lang.

Aber Tobias lebte. Er war damals nicht in dem Auto gewesen, genau wie er.

Sebastian löste sich von seiner Großmutter und stieg die Treppen hoch. Vorsichtig klopfte er an, es kam jedoch keine Reaktion. Also trommelte er stärker gegen die Tür, die gleich darauf aufgerissen wurde.

»Was willst du noch?« Tobias machte keine Anstalten, den Weg in sein Zimmer freizumachen.

»Lass uns reden.«

»Nö, ich weiß genau, wie das geht. Du laberst mich voll und ich soll dann einsehen, was das angeblich Beste für mich ist. Nicht mit mir.« Schon wollte er die Tür wieder schließen, doch Sebastian stellte seinen Fuß dazwischen.

»Bitte, Tobi. Du darfst zu dieser Party gehen.«

»Sheesh!«

Sebastian runzelte die Stirn, vermutlich war dies ein Wort der Zustimmung.

»Aber?« Tobias trat zu ihm. »Da ist doch ein Haken?«

»Du bist um zehn«, Sebastian schluckte, als er die Miene seines Neffen sah, »sagen wir um elf zu Hause.«

»Mann, da gehts doch erst los!«

Sebastian holte Luft. »Wie lange würdest du gern bleiben?«

»Bis vier mindestens.«

»Mitternacht, das ist mein letztes Wort. Ich hole dich ab.«

»Ich hab mein Fahrrad.«

»Es ist eisig um diese Zeit, das weißt du.«

»Okay, ich fahr mit Oliver, sein Vater kommt um halb eins.« Es klang patzig.

Sebastian nickte. Im Grunde genommen war er ohnehin froh, wenn er nicht mehr mitten in der Nacht hinausmusste. Als Tierarzt passierte ihm das oft genug.

Sebastian fühlte sich mies, als er die Treppen hinunterging. Er hatte nichts erreicht. Er selbst war nach wie vor nicht einverstanden, dass sein Neffe überhaupt zu dieser Party ging, und Tobias hatte nicht mit der erwarteten Begeisterung auf die Erlaubnis reagiert.

Es war nicht fair, dass Tobi mit einer alten Uroma und einem als Sorgeberechtigten ungeeigneten Onkel aufwachsen musste.

Er hatte kein Kind gewollt. Und dann hatte er die Verantwortung für seinen damals sechsjährigen Neffen übernommen. Ein Kind, das ernstlich traumatisiert war, weil es von heute auf morgen seine Eltern und Großeltern verloren hatte.

Das Schicksal konnte so schwere Wunden schlagen, die niemals heilten.

Kapitel 3

Mia

»Ich habe keine Ahnung, was ich nun tun soll.« Mia rührte in ihrer Kaffeetasse. Sie hatte in der Nacht kaum geschlafen, ihre Familie hatte auf sie eingeredet, bis sie schließlich in ihr Zimmer geflohen war. »In der Früh fand ich einen Zettel am Tisch.«

Sie hielt ihrer besten Freundin, die sie während ihrer Ausbildungszeit im Hotel kennengelernt hatte, das Blatt Papier hin. Im Gegensatz zu ihr hatte Anja die Ausbildung abgeschlossen und arbeitete nun in einem der führenden Salzburger Luxushotels. Nach Mias Hilferuf hatte sie spontan ihre Schicht getauscht und nun saßen sie hier zusammen in einem Café.

Anja griff nach dem Zettel, auf dem nur wenige Worte standen.

Die Hochzeit findet wie geplant statt. Ohne Geld kann man nicht leben.

»Geht's noch? Was für eine schreckliche Ansage.« Anja schüttelte den Kopf. »Aber, ganz ehrlich Mia? Ich verstehe nicht, weshalb du nicht schon früher die Reiß-leine gezogen hast. Mit Patrick, meine ich. Ich habe mich immer gewundert, was du mit dem alten Kerl willst. Ich meine, er ist doppelt so alt wie du. Und seine Denkweise ist ebenfalls antiquiert.«

Mia zuckte die Achseln. »Er hat mich damals getröstet, nach der Beerdigung. Und ein Jahr später haben wir uns zufällig wiedergetroffen, mir ging es mies, weil ich gerade wieder ein Studium abgebrochen hatte. Er hat mir Mut zugesprochen und irgendwie hat es sich toll angefühlt. Obwohl ich nichts auf die Reihe brachte, wollte er mich und nimmt mich so, wie ich bin, das tut er immer noch. Er war der Einzige, dem es egal war, ob ich eine Ausbildung abschließe oder nicht.«

»Klar, weil er dich als Schmuckstück an seiner Seite wollte. Du bist bildhübsch, das weißt du ja.«

Mias Hals wurde eng. »Hübsch und nichts im Hirn.« Sie schluckte. »Ich weiß, was alle von mir denken.«

Anja griff nach ihrer Hand. »Jetzt drück dich mal nicht runter, Mia. Du hast eben deine Berufung nicht gefunden, das kommt noch.«

Mia schüttelte den Kopf. »Ich glaube nicht mehr dran. Es war einfach nichts dabei, bei dem es Klick gemacht hat, verstehst du? Meine Mutter hat ja recht: Ich habe so viel angefangen und alles immer geschmissen. Das war nicht okay, ich hätte was durchziehen müssen. Auch wenn es mir nicht gefallen hat. Vermutlich wollte ich deswegen an der Verbindung zu Patrick festhalten, aber nach dem gestrigen Tag ...«

»Was war denn genau?« Anja zog ihre Hand zurück und rückte ihre Brille gerade. »Ich meine, du musst es mir nicht erzählen, aber vielleicht tut es dir gut.«

»Weißt du, dass mich das niemand gefragt hat?« Mia fühlte sich nach den zahlreichen Vorwürfen, die auf sie herabgeprasselt waren, immer noch wie ein ausgewrungener Wischlappen. Nicht einer hatte sich bemüht, herauszufinden, wie sie empfand.

»Nein?« Anja nahm einen Schluck Kaffee. »Hast du ihn mit einer anderen im Bett erwischt?«, fuhr sie dann leise fort.

Mia lachte. »Nein. Dazu ist Patrick zu korrekt. Aber du hast schon recht, das ist eins der Probleme zwischen uns. Der Sex.«

Anja schwieg, wartete ab und das empfand Mia als sehr angenehm. Denn sie musste erst die richtigen Worte finden, wie sie alles formulieren sollte.

»Bei Patrick läuft alles nach strengen Regeln ab. Das ist vermutlich bei ihm beruflich nötig, als Rechtsanwalt muss er natürlich einen Plan haben. Aber privat stelle ich mir mein Leben anders vor. Und am Anfang war es auch nicht so krass, das hat sich in letzter Zeit entwickelt. Sex haben wir nur am Wochenende. Kannst du dir das vorstellen? Einmal pro Woche? Und es ist nicht einmal die Quantität, es ist diese Regelmäßigkeit. So nach Schema F, es läuft immer gleich ab.«

Anja hörte mit offenem Mund zu.

»Sei ehrlich, wie oft schlaft ihr miteinander? Robert und du?«

»Fast jeden Tag«, sagte sie, ohne nachzudenken, dann rührte sie verlegen in ihrer Tasse. »Na ja, das ist vielleicht übertrieben, aber ja, so ungefähr kommts hin.«

»Zuerst dachte ich, es wäre sein Alter. Ich meine, er ist Mitte vierzig und da hört man halt immer, dass Männer ...« Mia wischte mit der Hand durch die Luft. »Egal.

Ich muss nicht jeden Tag Sex haben, aber ich will mich als Frau begehrt fühlen, verstehst du? Nicht eine Nummer auf seiner To-do-Liste, die er abhakt. Spontan läuft gar nichts mehr. Ich habe gestern …« Es war zu peinlich, sie senkte den Kopf. Doch sie hatte damit angefangen, daher musste sie auch fortfahren. »Ich habe mir extra sexy Unterwäsche gekauft. Er saß vor dem Laptop, ich bin von hinten zu ihm. Zuerst hat er nicht einmal aufgesehen und dann, als er mich angesehen hat, sagte er bloß, ich würde mich verkühlen.«

Anja gluckste, wurde jedoch sofort wieder ernst. »Tut mir leid, es klingt lustig, aber ich kann mir vorstellen, dass es das für dich nicht war.«

»Ich habe zunehmend festgestellt, dass … Wie soll ich das am besten erklären? Ich möchte bei einem Mann die Nummer eins sein, verstehst du. Wenn ich ins Zimmer komme, wünsche ich mir einen liebevollen Blick, Augen, die mir sagen, dass ich ihm nicht nur etwas, sondern alles bedeute. Und Gespräche auf Augenhöhe. Er spricht mit mir nie über seine Arbeit, klar darf er keine Interna verraten, das weiß ich, aber so allgemein könnte er darüber reden.«

»Das tut er nicht?«

»Nein, ich bin immer nur sein Häschen, wir wollen doch den Tag genießen und uns nicht mit komplizierten juristischen Zusammenhängen befassen.« Mia ahmte Patricks Stimme nach und Anja musste erneut kichern. »Er behandelt mich wie ein Kind und ich könnte auch vom Alter her fast seine Tochter sein.«

»Das ist alles schön und gut«, Anja zog die Stirn kraus, »aber ich kann den Ärger deiner Familie ein bisschen verstehen, dass es jetzt, vier Wochen vor der Hochzeit, wirklich sehr spät ist. Was hat denn Patrick gesagt?«

»Er hat mich nicht ernst genommen.« Mia lehnte sich zurück und verschränkte die Arme. »Das hat mich noch einmal darin bestätigt, dass ich nicht mehr mit ihm kann. Er hat gesagt: ›Häschen, du bist nervös wegen der Hochzeit. Mach dir keine Sorgen, du wirst bezaubernd aussehen. Meine Mutter schwärmt von dem Hochzeitskleid.‹« Mia beugte sich vor und schlug mit der Hand auf den Tisch. »Das Kleid haben meine Mutter und meine Schwiegermutter in spe ausgesucht. Es ist eine einzige Rüschenorgie. Ich sehe damit aus wie ein überdimensionaler Zuckerball.«

»Weshalb hast du nicht ...«

»Sie haben mir alles ausgeredet, was mir gefallen hatte. Am Schluss ließ ich sie einfach machen.«

Anja winkte der Bedienung. »Zweimal Sachertorte und noch zwei Cappuccino.« Sie drehte sich zu Mia. »Du brauchst jetzt eine Dosis Zucker.«

»Ich werde vor dem Altar Nein sagen.«

»Vor dem Altar ist es zu spät.« Anja griff nach ihrer Hand. »Du musst auf dem Standesamt Nein sagen.«

»Patrick kennt ja sämtliche Leute von den Ämtern, schon von Berufs wegen. Bestimmt würde er das als spaßig hinstellen.«

»Das funktioniert nicht. Ich habe einen Bericht gelesen von einem Pärchen, wo der Mann aus Spaß Nein gesagt hat. Daraufhin hat die Standesbeamtin die Mappe zugeschlagen und es gab keine Hochzeit an diesem Tag. Ob sie an einem anderen Tag geheiratet haben, stand da nicht.«

»Wow, echt jetzt?«

»Mia, das ist keine Option für dich.« Anja lehnte sich zurück, als die blonde Kellnerin Kuchen und Kaffee servierte. »Überleg dir was anderes.«

»Ich muss mich verstecken. Ich habe mein Sparbuch geplündert, viel ist es nicht. Ich muss weg, raus aus Salzburg und die Zeit bis nach Weihnachten totschlagen.«

»Und wo willst du hin?« Anja schluckte. »Du könntest auch zu uns kommen, es wird allerdings ein wenig eng.«

»Nein, auf keinen Fall, das tue ich Robert und dir nicht an.« Mia mochte Anjas Freund, der wie sie im Hotel arbeitete, aber sie hatten nur eine Zweizimmerwohnung. Sie konnte den beiden Verliebten unmöglich wochenlang auf der Pelle hocken.

»Wie viel Geld hast du denn?«

»Eintausendeinhundert Euro.«

»Damit kommst du nicht weit.«

»Ich weiß.« Mia stieß die Gabel in die schokoladige Köstlichkeit. Sonst liebte sie Sachertorte, aber nicht einmal das konnte sie heute aus ihrer verzweifelt deprimierten Stimmung reißen.

»Hast du keine Verwandten irgendwo, die dich aufnehmen könnten?«

»Meine Großeltern leben nicht mehr und mein Vater hatte keine Geschwister, aber ...« Mia tippte sich an die Stirn. »Meine Mutter hat eine Schwester.«

»Das wäre doch eine Lösung. Wohnt sie hier in Salzburg?«

»Nein, irgendwo in Norddeutschland.«

»Du weißt nicht wo? Verstehst du dich gut mit ihr?«

»Ich kenne sie gar nicht.«

»Das musst du jetzt genauer erzählen.«

»Ich habe in den alten Fotoalben Bilder von ihr gefunden. Kinderbilder und auch ein Familienbild von meinen Großeltern, meiner Mutter und noch einer jungen Frau. Als ich nachgefragt habe, erklärte meine Mutter, es sei ihre Schwester. Aber sie hätten keinen Kontakt.«

»Spannend. Ein Familienzwist.« Anja aß einen Bissen von der Torte und spülte mit Kaffee nach. »Was weißt du darüber?«

»Leider nichts. Meine Mutter sagte, sie hätten sich seit der Beerdigung meines Großvaters nicht mehr gesehen. Da war ich noch gar nicht geboren. Das war alles, was ich aus ihr herausbringen konnte.«

»Und du denkst, diese Tante würde dich aufnehmen?«

»Warum nicht? Wenn sie mit meiner Mutter verfeindet ist, kann sie mich vielleicht verstehen.« Mia sah auf ihren Teller und stellte überrascht fest, dass ihr Tortenstück deutlich kleiner geworden war.

»Wie willst du ihre Adresse herausbekommen? Und möglicherweise lebt sie gar nicht mehr, hast du daran schon gedacht?«

Mia schob sich rasch eine Gabel voll in den Mund. Der Rettungsanker schien wieder zu versinken. Aber noch gab sie nicht auf. »Ich habe tausend Euro, damit kann ich nach Norddeutschland fahren und vielleicht finde ich dort einen Job, muss nichts Besonderes sein. Eventuell ein Hilfsjob bei einem der Weihnachtsmärkte. Es reicht, wenn ich mich ein paar Wochen über Wasser halten kann, bis der Hochzeitstermin am 22. Dezember verstrichen ist.«

»Dein Optimismus in allen Ehren, aber so leicht wird das nicht sein.«

»Mögt ihr noch etwas bestellen?« Die Servierkraft, ein junges Mädchen mit Zöpfen, beugte sich zu ihnen.

»Zwei Gläser Prosecco.«

»Gern.« Die Zopfdame verschwand.

»Ich lade dich ein«, sagte Mia leise zu Anja. »Und dann möchte ich, dass du mit mir zusammen auf eine glückliche Zukunft trinkst.«

Sie gab sich zuversichtlicher, als sie war. Denn schließlich hatte sie keine Ahnung, wo die besagte Tante wohnte.

Und ob sie überhaupt noch lebte.

Kapitel 4

Sebastian

Sebastian saß vor dem Fernsehapparat und zappte sich durch die Programme. Seine innere Unruhe steigerte sich von Minute zu Minute. Dabei war er todmüde, er hatte einen anstrengenden Tag in der Praxis hinter sich.

Und dann war noch das Kalb vom Bauern Claasen gestorben, obwohl die Geburt zuerst unkompliziert gewirkt hatte. Doch das Kalb wurde totgeboren, das kam vor. Bauer Claasen war erschüttert gewesen, machte ihm jedoch keinen Vorwurf. Den hatte sich Sebastian selbst gemacht. War er zu wenig aufmerksam gewesen? Hätte er früher ...? Aber wie er es drehte und wendete, er hatte alles getan, was in seiner Macht gestanden hatte.

Simba lag auf ihrer Decke, hob jedoch mehrmals den Kopf, als spürte sie Sebastians Unruhe. Mittlerweile war es halb eins.

Seine Gedanken weilten bei Tobi, der nun auf dieser Party war. Er hätte seinen Neffen lieber selbst abgeholt, trotz der späten Stunde, doch Familie Behrens wohnte nicht weit und Knut Behrens war ebenso besorgt um seinen Sohn wie Antje und Sebastian um Tobias.

Dennoch ärgerte sich Sebastian, dass er sich darauf eingelassen hatte.

Antje war wie immer um zehn Uhr zu Bett gegangen. Sebastian machte sich zunehmend Sorgen um sie, trotz ihres Alters stand sie täglich im Geschäft und auch im Haushalt lehnte sie jegliche Hilfe ab. Äußerlich bot sie einen rüstigen Anblick, aber das täuschte. Sebastian erkannte oft die Müdigkeit in ihrem Gesicht.

Es war bereits nach zwei Uhr, als er aufschreckte. Er musste eingenickt sein.

War Tobi heimgekommen und hatte ihn nicht wecken wollen?

Noch etwas benommen vom Schlaf stand er auf und ging die Treppe hoch zum Zimmer seines Neffen.

Tobias war nicht da, sein Bett war unberührt. Zorn stieg in ihm auf.

Und gleichzeitig schnürte Angst ihm die Kehle zu. Hatte es einen Autounfall gegeben? Um diese Zeit konnten die Straßen glatt sein, die Temperaturen in der Nacht waren unter dem Gefrierpunkt.

Rasch zog er sich an und eilte hinaus. Simba folgte ihm erwartungsvoll, doch er tätschelte ihren Kopf. »Nein, meine Liebe, ich kann dich jetzt nicht mitnehmen, ich fahre ohnehin nur mit dem Auto.«

Mit eingezogenem Schwanz ging die Hündin in den Wohnraum zurück.

Die Kälte biss mit Nadelstichen in Sebastians Gesicht. Zum Glück sprang sein Jeep gleich an. Zuerst fuhr er bei der Familie Behrens vorbei. Es brannte Licht und daher traute er sich zu klingeln.

Knut Behrens, der öfter mit seinem Hund zu ihm in die Praxis kam, reagierte erstaunt. »Sebastian, ist etwas passiert?«

»Ist Tobias vielleicht bei euch? Er wollte mit Oliver von der Party zurückfahren.«

»Ah, die Party! Nein, wir haben Oliver nicht erlaubt hinzugehen. Dieser Sven Nordmann ist uns nicht geheuer, er ist bereits über achtzehn, seine Eltern sind nie zu Hause und ich habe so einiges von diesen Partys gehört. Sogar von Drogen war die Rede.«

Hitze stieg in Sebastian auf.

Tobias hatte ihn belogen.

»Entschuldige die Störung.« Er machte kehrt, Knut rief ihm noch nach. »Fahr vorsichtig, es ist glatt heute.«

Fast hätte er sich nicht an diesen Rat gehalten. In ihm mischte sich Wut mit Enttäuschung und tiefer Trauer. Er hatte Tobi vertraut. Wie sollte er sich verhalten? Weshalb tat Tobias das, log ihm dreist ins Gesicht und dachte auch nicht daran zur vereinbarten Zeit heimzukommen?

Ihm war nach Heulen zumute.

Scheinwerfer blendeten ihn und er konnte gerade noch rechtzeitig ausweichen. Er fuhr an den Straßenrand, stoppte das Fahrzeug und beugte sich übers Lenkrad. Zum Glück war um diese Zeit kaum Verkehr auf der Landstraße.

Konnte es sein, dass Tobias doch mit dem Fahrrad gefahren war? Oder war er zu Fuß auf dem Rückweg? Das wäre ein Fußmarsch von mindestens eineinhalb Stunden!

Er nahm sich nur kurz Zeit, um sich zu beruhigen, dann fuhr er weiter.

Die Nordmann-Villa war eines der größten Gebäude in Hedwigenkoog. Sie war hell erleuchtet und Musik dröhnte heraus, obwohl die Fenster geschlossen waren.

Mehrere Autos versperrten den Eingang und Sebastian musste sich dahinter stellen. Mit langen Schritten erreichte er die Haustür, des malerischen Reetdach-Hauses.

Er klingelte.

Kurze Zeit später öffnete ihm ein schwankender junger Mann, er schätzte ihn auf Anfang zwanzig.

»Ich möchte meinen Neffen abholen.«

Der Mann sah ihn nur mit glasigen Augen an, Sebastian drückte ihn zur Seite und betrat das Haus. Rauchgeschwängerte Luft empfing ihn. Er gelangte in einen großen Wohnraum. Auf der hochmodernen und bestimmt teuren Ledergarnitur rekelte sich ein halb nacktes Pärchen, das sich küsste und nichts rundum wahrzunehmen schien. Auf einem der Stühle lag zusammengerollt eine Person, die offenbar schlief. Ein Mädchen, erkannte Sebastian. Zahlreiche Gläser und Flaschen zeugten von ausreichendem Konsum.

Die meisten Anwesenden waren älter als Schuljungen.

»Wo ist Tobias?«, rief Sebastian in den Raum, um den ohrenbetäubenden Lärm zu übertönen.

Das küssende Pärchen ließ sich nicht stören. Ebenso wenig wie das schlafende Mädchen.

Doch einer der Männer, die an der Bar standen, drehte sich um. »Vermutlich oben bei den Kleinen.« Er deutete mit dem Finger zur Decke.

Sebastian nahm gleich zwei Stufen auf einmal. Der erste Raum war versperrt, wahrscheinlich der Schlafraum der Eltern. Die hatten offenbar so viel Grips gehabt, ihrem Junior nicht alle Räume für die Party zur Verfügung zu stellen. Hinter einer weiteren Tür vernahm er Würggeräusche, das war bestimmt die Toilette, im nächsten Zimmer lümmelten sich drei Jungen, Sebastian erkannte Mitschüler aus Tobis Klasse, leider kannte er sie nicht mit Namen.

»Wo ist Tobias?«, wiederholte er seine Frage.

Zuerst schwiegen alle. Er ging in den Raum hinein, zog den Stecker der Anlage aus der Steckdose und baute sich vor einem der Jungs auf. »Wo ist Tobias?« Diesmal legte er all seine Autorität und Schärfe in die Stimme.

Der Teenager blickte ihn aus halbgeöffneten Augen an, Alkoholgeruch umgab ihn.

»Auf dem Klo«, brachte er schließlich heraus.

Sebastian eilte auf den Gang zurück und direkt auf die Tür zu, hinter der er die Geräusche gehört hatte.

Sie war verschlossen. Er rüttelte. »Aufmachen!«

Doch es passierte nichts. Es blieb still.

»Tobias?« Erneut klopfte er an die Tür. War sein Neffe überhaupt da drin? Fieberhaft suchte er seine Taschen nach einer Münze ab, wurde jedoch nicht fündig. Seine Brieftasche hatte er im Auto liegen lassen.

Rasch eilte er zurück zu den betrunkenen Jugendlichen. »Wer hat eine Münze?«

Sie blinzelten ihn träge an. Sebastians Geduld war definitiv am Ende. Zornig packte er den Jungen, der über dem Stuhl hing, bei den Schultern. »Eine Münze, aber dalli.«

»In der Schublade«, lallte er und blies Sebastian seinen Whisky-Atem entgegen. Sebastian ließ ihn zurückplumpsen und zog die Lade auf. Darin lagen tatsächlich ein paar Euromünzen.

Er ging rasch zur Toilette zurück und steckte die Münze in den Schlitz, drehte sie und öffnete die Tür.

Tobias hing über der Toilettenschüssel, es stank nach Erbrochenem. Sebastian würgte es kurz, dann zog er den Jungen hoch. Der blinzelte ihn an.

»Mir ist so schlecht«, jammerte er.

»Geschieht dir so was von recht«, fuhr ihn Sebastian an, gleichzeitig war er erleichtert, dass er ihn gefunden hatte. »Was hast du dir eingeworfen? Nur Alkohol oder auch Tabletten?«

»Weiß nicht mehr.« Tobias' Nuscheln war kaum zu verstehen.

Sebastian zog ihn aus dem Klo. »Wo ist deine Jacke?«
»Unten.«

Es war nicht einfach, den volltrunkenen Jungen die Treppe hinunterzubringen. Tobias hatte bereits fast Sebastians Größe erreicht und obwohl er nicht dick war, schien er in diesem Zustand das Doppelte zu wiegen.

Zum Glück sah Sebastian Tobis rot-blaue Jacke an einem Haken in der Garderobe hängen. Mit einiger Mühe gelang es ihm, Tobias das Teil anzuziehen.

Der stand mit glasigen Augen da und nahm offenbar nichts um sich herum wahr.

»Das wird ein Nachspiel haben«, schrie Sebastian noch durch die offene Tür in den Wohnraum. »Mein Neffe ist erst fünfzehn.«

Es kam keine Antwort, vermutlich hatten sich bereits alle ins Koma gesoffen.

Mühevoll schleppte er Tobias zu seinem Wagen, verfrachtete ihn auf den Beifahrersitz und gurtete ihn an, was gar nicht so einfach war, da Tobias immer seitlich wegkippte.

Sebastian fuhr los, fluchte leise vor sich hin und hoffte, dass Tobi sich nicht noch einmal würde übergeben müssen. Am nächsten Tag brauchte er den Jeep wieder dringend für seine Arbeit.

Zum Glück fiel der Junge gleich in Tiefschlaf und schnarchte laut.

Mittlerweile war es fast drei Uhr morgens, als er endlich in die Garage fahren konnte. Viel Schlaf würde er wohl nicht mehr bekommen.

Unsanft stieß er seinen Neffen an und zog ihn aus dem Auto. »Los, rauf ins Bett.«

Freilich schaffte es Tobias nicht allein, also stützte er ihn.

Oben an der Treppe wartete Antje.

»Oma, warum schläfst du nicht?«

»Das fragst du noch? Als ich aufgewacht bin, war ich allein im Haus.« Sie sah auf Tobias. »Was ist mit ihm?«

»Stockbesoffen ist er. Kannst du sein Bett richten?«

Schweigend ging Antje voraus und schlug Tobias' Bettdecke zurück. »Ich ziehe ihn aus.«

»Nur das, was leicht geht«, wehrte Sebastian ab. Schließlich befreiten sie ihn gemeinsam von Schuhen, Jacke und Hose. Antje deckte ihn zu.

Sie schlossen die Tür und Sebastian ließ sich auf die Treppe sinken. »Ich weiß echt nicht, was ich mit ihm machen soll. Meine Güte, das ist erst der Anfang der Pubertät.« Er schüttelte den Kopf. »Er hat mich angelogen und das wird er wieder tun. Ich kann ihm einfach nicht vertrauen.«

Antje setzte sich neben ihn und legte den Arm um Sebastians Schultern. »Wir werden mit ihm reden. Gemeinsam.«

Sebastian schwieg. Er wollte seiner Großmutter keine Angst machen, aber er fürchtete sich vor der Zukunft. Tobias war das Einzige, was ihm von seiner Schwester geblieben war. Und er drohte ihm zu entgleiten.

Was hatte er falsch gemacht? Und wie konnte er das Ruder noch herumreißen?

»Lass uns schlafen gehen, morgen sieht die Welt wieder anders aus.« Antje klopfte ihrem Enkel auf die Schulter, stützte sich dann auf ihn, um sich zu erheben.

Sebastian sprang ebenfalls auf und umarmte sie. »Wir werden eine Lösung finden.« Er gab sich zuversichtlicher, als er sich fühlte.

Vielleicht konnte er an Tobis Vernunft appellieren, dass seine Urgroßmutter sich Sorgen machte. Tobias liebte sie, das wusste er. Doch er war ein Teenager, der mit dem Kopf durch die Wand wollte.

Vermutlich war es zu viel erwartet, zu hoffen, dass er so etwas wie Einsicht zeigen konnte.

Kapitel 5

Mia

Am nächsten Tag hatte Mia nur ein Ziel: Sie wollte die Adresse ihrer Tante herausfinden. Dazu musste sie in den verschiedenen Schränken ihrer Mutter kramen. Zuerst nahm sie sich den Schreibtisch vor.

Es traf sich gut, dass Patrick zu einer Verhandlung nach Wien gefahren war. Ein größerer Prozess, der ihn ein paar Tage in der Bundeshauptstadt festhalten würde. Am Telefon hatte er gewohnt geschäftsmäßig geklungen und seinem ›Häschen‹ versprochen, dass sie nach seiner Rückkehr ausgiebig sprechen würden.

In der Zwischenzeit sollte sie nichts Unüberlegtes tun.

Mia versprach es ihm. Am Telefon fiel es ihr leichter zu lügen.

Ihrer Mutter hingegen konnte sie nicht glatt ins Gesicht die Unwahrheit sagen. Sie war einfach zu ehrlich dazu. Daher erzählte sie ihrer Mutter von Patricks Aufenthalt in Wien. »Danach möchte er sich mit mir unterhalten.«

»Da bin ich aber froh, dass du zur Vernunft gekommen bist«, sagte ihre Mutter knapp. Sie wusste ja nicht, dass Patrick zwar mit Mia reden wollte, sie jedoch nicht mit ihm.

Obwohl sie gründlich alles absuchte, konnte sie nichts finden, was auf die Identität von Mutters Schwester hinwies.

Am Schluss blieb nur noch das Schlafzimmer. Langsam wurde die Zeit knapp, ihre Mutter hatte heute nur eine Vorlesung und würde spätestens zu Mittag zu Hause sein.

Enttäuscht wollte sie aufgeben, als ihr ein kleiner Karton hinten im Kleiderschrank auffiel.

Aufgeregt öffnete sie ihn. Er war gefüllt mit Briefen. Ein Blick auf den Absender und sie hätte am liebsten gejubelt.

Hedda Böhme aus Büsum. Die Adresse auf dem Umschlag war klar und deutlich zu lesen.

Wo war Büsum?

Sie faltete das Papier auseinander; er war datiert von vor sieben Jahren.

Kurz zögerte sie, ob sie ihn lesen sollte. Doch wer sollte es bemerken? Der Brief war bereits geöffnet.

Heraus fiel eine Todesanzeige. Das Foto zeigte einen dunkelhaarigen Mann mit Brille, der fröhlich in die Kamera lächelte.

Walter Böhme, geboren am 04.04.1959, gestorben 02.06.2015.

Hastig entfaltete Mia den beigelegten Brief, die Handschrift war ebenmäßig und leicht zu lesen.

Liebe Daggi!

War das ihre Mutter? Mia konnte sich nicht erinnern, dass sie jemals von jemandem anders als ›Dagmar‹ genannt wurde. Es passte auch nicht zu der korrekten Hochschulprofessorin, dass man sie mit ›Daggi‹ anredete.
Mia las weiter.

Ich möchte dir und Erwin mitteilen, dass mein lieber Walter letzte Woche gestorben ist, er hat tapfer gegen seine Krankheit gekämpft, aber letztlich war es eine Erlösung für ihn. Ich weiß nicht, wie ich ohne ihn weiterleben soll.

Und ich wünsche mir so sehr, dass du mir endlich verzeihen kannst. Es ist lange her, viel Zeit ist vergangen. Und ich bereue es zutiefst. Ich würde so gern Lukas und Elisabeth wiedersehen. Deine Kinder waren damals ja noch klein. Hast du ihnen jemals von mir erzählt?

Meine Adresse ist immer dieselbe, ich warte auf dich, wie lange es auch dauern möge.

In Liebe, Hedda

Was mochte ihre Tante angestellt haben? Offenbar hatte ihre Mutter niemals auf den Brief reagiert, denn sonst hätte sie ihre Tante doch kennengelernt? Oder war diese womöglich auch schon gestorben?

Sie griff nach ihrem Handy und wählte die angegebene Nummer.

»Souvenirladen Büsum«, meldete sich eine Stimme, die sie einer älteren Dame zuordnen würde.

»Hallo, spreche ich mit Frau Böhme? Hedda Böhme?«, fragte Mia, während ihr Herz wie rasend schlug.

»Frau Böhme hat einen Arzttermin. Sie kommt heute erst am Nachmittag. Kann ich ihr was ausrichten? Wer spricht denn bitte?«

»Nein, danke, ich melde mich wieder.« Sie klickte das Gespräch rasch weg.

Ihre Tante lebte und war noch an der alten Adresse erreichbar.

Mehr Informationen brauchte sie nicht. Sie würde hinfahren und sich dort verstecken, bis der unselige Hochzeitstermin vorbei wäre.

Sie hörte ein Klacken an der Tür. Ihre Mutter.

Hektisch schob sie den Brief wieder zurück und verstaute den Karton im Kleiderschrank, keine zwei Sekunden später stand ihre Mutter in der Tür.

»Was tust du denn hier?«

»Ich habe bei deinen Halstüchern geschaut, ob ich mir vielleicht eines ausleihen kann«, sagte sie schnell.

»Und?« Ihre Mutter runzelte die Stirn.

»Es passt keines zu meinem neuen Pulli.«

Ihre Mutter antwortete nicht, ging an ihr vorbei und stand selbst vor dem Schrank. »Ich muss auch noch überlegen, was ich heute Abend anziehe. Lukas, Renee und ich gehen in die Oper.«

»Was seht ihr euch an?«, fragte Mia, erleichtert, dass ihre Mutter ihre Ausrede geschluckt hatte.

»Carmen.« Schon suchte sie unter ihren Kleidern und Mia nutzte die Gelegenheit zu verschwinden.

Was für ein günstiger Umstand! Sie würde heute ungestört sein, drei Leute wären aus dem Haus. Ihre Schwester war ohnehin meist mit Schreiben beschäftigt, als Redakteurin der größten Salzburger Tageszeitung war sie voll ausgebucht.

In ihrem Zimmer machte sich Mia gleich an die Arbeit und verfasste zwei Briefe.

Einen an Patrick und einen an ihre Mutter.

Der an ihre Mutter war eher kurz gehalten. Sie schrieb, dass sie sich alles noch einmal durch den Kopf gehen lassen würde und sich eine kleine Auszeit nähme. Zu diesem Zweck würde sie ein paar Tage bei Anja wohnen.

Eine faustdicke Lüge, damit sie sich Zeit verschaffte.

Bei Patrick blieb sie ehrlich und gab sich Mühe bei den Formulierungen. Auch wenn sie ihn nicht mehr liebte, so war er kein schlechter Mensch. Und er hatte ihr in der schlimmsten Phase ihres Lebens, nach dem Tod ihres Vaters, beigestanden. Was seine Gefühle für sie betraf, so war sie sich sicher, dass sie ebenfalls nicht seine große Liebe war, sondern er lediglich ein passendes Schmuckstück in ihr sah.

Auch er hatte Leidenschaft verdient.

Sie bat ihn inständig, die Hochzeit schnellstens abzusagen.

Als ihre Familie endlich auf dem Weg zur Oper war, begann sie zu packen.

Es war Ende November und bestimmt war es im hohen Norden noch kälter als hier in Salzburg. Sie suchte die wärmste Kleidung heraus, verstaute alles in einem großen Rollkoffer und ihrem Rucksack. Hoffentlich konnte ihre Tante sie aufnehmen, denn wenn sie sich eine Unterkunft suchen musste, dann würde sie mit ihren eintausend Euro nicht lange durchkommen. Trotzdem meldete sie ihre Ankunft lieber nicht telefonisch an. Ein Nein könnte sie nicht verkraften.

Es war die ideale Lösung. Wenn sie nach Weihnachten wieder nach Hause kam, würde der Shitstorm riesig sein, aber da musste sie durch.

Und Patrick wäre bestimmt dermaßen sauer, dass er sie kein zweites Mal fragen würde.

Ein flaues Gefühl blieb freilich. Ihre Mutter hatte ihr gedroht, den Geldhahn zuzudrehen. Aber wollte und musste sie nicht endlich auf eigenen Beinen stehen?

Mia bereute nun bitter, nicht eine ihrer Ausbildungen durchgehalten zu haben, denn dann könnte sie sich einen Job suchen.

Die Chance hatte sie sich gründlich verbaut.

»Alles gut, Mia?« Ihre Schwester klopfte an die Zimmertür. Mia warf rasch eine Decke über die Gepäckstücke.

»Bist du heute gar nicht bei Patrick?«

»Der ist am Obersten Gerichtshof in Wien und kommt erst morgen zurück.«

»Aha.« Elisabeth fasste ihr langes braunes Haar zusammen und schob sie nach hinten. »Ist wieder alles okay? Ich meine, dass du ihn jetzt nicht mehr heiraten willst, das hast du nicht ernst gemeint?«

»Torschlusspanik.« Mia sah ihre Schwester an. Die war eindeutig die Hübschere von ihnen beiden, vor allem hatte ihr Haar eine anständige Farbe und nicht diesen Rotton darin. »Eigentlich dachte ich immer, du würdest vor mir heiraten.«

»Na ja.« Elisabeth zuckte mit den Schultern. »Ich habe meinen Patrick noch nicht gefunden.« Sie beugte sich vor. »Ich beneide dich.«

»Um Patrick?«

»Er ist ... nett.« Das kurze Zögern war auffällig. »Aber nein, nicht um Patrick. Sondern um die Situation. Es muss schön sein, abends heimzukommen und da ist jemand.« Sie stand auf. »Genug lamentiert, ich muss meinen Bericht beenden. Gute Nacht, kleine Schwester.«

Nett, ja das war die Bezeichnung, die zu Patrick passte. Aber ›nett‹ reichte nicht für eine Hochzeit. Zumindest nicht für Mia. Und ja, Patrick war abends zwar meist körperlich anwesend, oft jedoch nur mit der Nase im Laptop versunken.

Rasch loggte sie sich auf die Seite der Bundesbahnen ein und reservierte sich Online-Tickets. Mit viermal umsteigen würde sie hinkommen.

An einen Ort, den sie bis jetzt nicht mal gekannt hatte.

Ein paar Stunden später stand Mia auf dem Bahnhof und hielt den Brief an Patrick in der Hand. Auf einmal kam es ihr feige vor, nicht direkt mit ihm zu sprechen. Obwohl bereits eine Briefmarke drauf klebte, warf sie ihn nicht ein, sondern steckte ihn in ihren Rucksack.

Schließlich saß Mia im Zug nach München, die erste Etappe ihrer langen Reise. Insgesamt würde sie über elf Stunden unterwegs sein, eine halbe Weltreise. Sie fühlte sich erleichtert. Frei. Fröhlich.

Frühmorgens hatte sie sich ein Taxi zum Bahnhof bestellt und sich leise aus dem Haus geschlichen, immer mit der Angst im Nacken, jemand aus der Familie könnte sie hören. Der Zug war pünktlich um 6.15 Uhr abgefahren, nun lehnte sie sich entspannt zurück.

Ihre Kraft hatte sie allerdings überschätzt. Der schwere Rollkoffer und der große Rucksack waren doch nicht so leicht zu transportieren gewesen. Sie war ordentlich ins Schwitzen gekommen, bis sie alles in den Zug gehievt hatte. Zum Glück hatte ihr ein junger Mann geholfen, den Koffer ins Gepäcknetz zu stemmen. Voll Sorge dachte sie daran, dass sie weiterhin Hilfe brauchen würde. Schließlich musste sie mehrmals umsteigen. Und zwar bereits in weniger als zwei Stunden in München. Sie lehnte sich zurück. An Brote oder Getränke hatte sie nicht gedacht, hoffentlich konnte sie sich unterwegs irgendwo ein Brötchen kaufen.

Was würde ihre Tante sagen, wenn ihre unbekannte Nichte plötzlich vor ihr stand? Im Brief hatte es geklungen, als würde sie gern die Kinder ihrer Schwester kennenlernen.

Aber sie hatte nur von Lukas und Elisabeth gesprochen. Von ihr, Mia, hatte sie offenbar nie erfahren.

Plötzlich kam ihr ihre Idee übereilt und wenig durchdacht vor. Sie kannte die Frau doch gar nicht. Und dem Brief nach zu schließen, hatte sie etwas Schlimmes angestellt, so furchtbar, dass ihre Mutter offenbar nicht in der Lage war, ihr zu verzeihen. Ob sie ihr ein paar teilnehmende Worte zum Tod ihres Mannes geschickt hatte?

Hatte ihre Tante Kinder? Gab es womöglich einen Cousin oder eine Cousine, mit der sie sich anfreunden konnte?

Sie schloss die Augen, Müdigkeit überkam sie. Nun machte sich das zeitige Aufstehen bemerkbar, noch dazu fehlte ihr das Frühstück, vor allem eine Tasse Kaffee.

Aber richtig einschlafen durfte sie nicht, denn ihre erste Etappe dauerte nur knapp zwei Stunden.

Eventuell konnte sie auf der Fahrt von München nach Hamburg, das waren über fünf Stunden, ein Nickerchen machen.

Ihr Gegenüber, der junge Mann, der ihr geholfen hatte, den Koffer hinaufzuheben, schien diese Probleme nicht zu haben. Er schnarchte leise vor sich hin.

Sie beneidete ihn. Mittlerweile war sie ziemlich hungrig.

Ihr Mitpassagier schlief auch kurz vor München noch. Wie bekam sie bloß ihr Ungetüm von Koffer herunter? Als der Zug bereits ins Bahnhofsgelände einfuhr, entschloss sie sich, ihn zu wecken.

»Entschuldigung«, sie tippte ihn leicht an, »dürfte ich Sie kurz stören ...«

Er fuhr hoch und blinzelte. Sein Gesichtsausdruck war mehr als mürrisch, doch er stand auf und wuchtete ihren Koffer herunter.

»Vielen Dank.«

Mit einem Grunzen rollte er sich wieder auf seinem Sitz zusammen. Mia beeilte sich, hinauszukommen, erntete mehrere böse Blicke, weil sie mit Rucksack und Koffer den schmalen Gang blockierte.

Eisige Luft schlug ihr entgegen. Sie hatte eine knappe Viertelstunde Zeit und sah sich um, wo der Zug nach Hamburg abfuhr. Die Menschenmassen, die den Bahnhof bevölkerten, waren ihr keine Hilfe. Schließlich kämpfte sie sich mühsam durch.

Gern hätte sie sich etwas zu essen gekauft, doch die langen Schlangen vor den Bäckereien schreckten sie ab. Weshalb hatte sie nicht in Salzburg daran gedacht, sich wenigstens eine Semmel zu kaufen?

Erleichtert fand sie das richtige Gleis und stieg ein. Es war ein Großabteil, so konnte sie den Koffer problemlos in die dafür vorgesehene Gepäckeinrichtung rollen. Und – halleluja – der Zug hatte einen Speisewagen.

Sie ergatterte einen Sitzplatz am Fenster und da der Platz neben ihr leer blieb, konnte sie den Rucksack danebenstellen. Als der Zug rollte, machte sie sich auf den Weg etwas Essbares zu suchen. Das war mit dem sperrigen Gepäckstück auf dem Rücken nicht so einfach, aber sie konnte den Rucksack mit Geld und Dokumenten, auch nicht zurücklassen. Noch viel schwieriger war es, mit Kaffeebecher und Sandwiches zurückzukehren. Einen Sitzplatz hatte sie im Bordrestaurant nämlich nicht finden können.

Aber zumindest war ihr Hunger gestillt und sie fand sogar ein wenig Schlaf. Mit Verspätung kam der Zug in Hamburg an, sie musste sich abhetzen, um den Anschlusszug nach Itzehoe zu erreichen. Wiederum verfluchte sie ihre unförmigen Gepäckstücke und stöhnte vor Erleichterung auf, als sie endlich auf einen Platz sinken konnte.

Nach drei Uhr stieg sie schließlich in Itzehoe in den Zug nach Heide um. Die vorletzte Etappe ihrer Reise.

Hier kam sie mit einem beleibten Herrn ins Gespräch, der sie nach ihrem Reiseziel fragte.

»Büsum? Fahren Sie zum Büsumer Winterzauber? Ist schon immer ganz nett, aber ob sich dafür der weite Weg lohnt?« Er lachte laut.

»Sind Sie aus Büsum?«

»Nein, aber nah dran, ich wohne in Heide. Schön zu Weihnachten, auch wenn wir nicht direkt am Meer sind. Falls es Ihnen in Büsum zu langweilig wird, kommen Sie zu uns.«

»Ich besuche meine Tante«, sagte Mia schließlich, weil sie das Gefühl hatte, eine Erklärung schuldig zu sein.

»Ihrem Gepäck nach wird es ein längerer Aufenthalt.«

»Über Weihnachten.« Mia fühlte sich plötzlich unbehaglich. Sie hatte keine Ahnung, wie und ob ihre Tante sie überhaupt aufnehmen würde. Womöglich hatte sie keinen Platz für sie? Oder sie wäre nicht willkommen, nachdem ihre Mutter vermutlich den Brief niemals beantwortet hatte?

Daran mochte sie nicht denken. Sollte ihre Tante nichts von ihr wissen wollen, müsste sie – ja, was? Einen Job suchen, ohne Ausbildung? Wieder heimfahren und Patrick heiraten?

Auf keinen Fall.

»Einen Dollar für Ihre Gedanken«, dröhnte die Stimme ihres Reisebegleiters erneut und sie sah erschrocken auf.

»Entschuldigen Sie, ich habe Sie nicht verstanden.«

»Ich habe Sie gefragt, was Sie beruflich machen?«

Die peinlichste Frage. Was sollte sie darauf antworten.

»Nichts«, rutschte es ihr heraus. »Ich bin noch – ä-
hem – am Studieren.«

»Und was?«

War ja klar. Eine Lüge formte sich in ihrem Kopf,
doch sie wollte bei der Wahrheit bleiben. Weshalb
sollte sie diesen wildfremden Mann anlügen? Es war
unwahrscheinlich, dass sie ihm jemals wieder begeg-
nen würde.

»Wenn ich das wüsste.« Sie rieb über ihre Nase. »Ich
habe einiges angefangen und nichts zu Ende gebracht.
Leider ist es mir noch nicht gelungen, das Passende zu
finden.«

Sie erwartete nun ein Stirnrunzeln oder zumindest
verächtlich herabgezogene Mundwinkel, stattdessen
nickte der Herr. »Ist nicht so einfach, nicht wahr? Ich
habe ebenfalls eine Tochter, die weiß Gott ihren Weg
auch noch nicht gefunden hat.«

»Tatsächlich? Und wie gehen Sie damit um?« Das interessierte sie nun wirklich. Denn ihre Mutter war ›not
amused‹ von ihrem Wankelmut.

»Wir haben unzählige Gespräche geführt. Und wir haben gemeinsam versucht herauszufinden, was ihre Berufung sein könnte. Es gibt zu viel Auswahl bei den Stu-
diengängen. Karina, also meine Tochter, hatte fast ein
Einser-Abitur hingelegt. Alle Möglichkeiten standen
ihr offen. Nur weil sie Medizin studieren könnte, ist
lange nicht gesagt, dass sie auch Ärztin werden möchte.
Sie konnte sich nicht entscheiden.«

»Was macht sie jetzt?«

»Sie hat ein Auslandsjahr genommen, lebt momentan
in New York als Au-pair-Mädchen. Ist natürlich keine

Dauerlösung, aber ich hoffe, dass sie nach diesem Jahr weiß, was sie will.«

»Auf jeden Fall spricht sie dann perfekt Englisch.«

»Das auch.« Er sah auf die Uhr. »So schnell ist mir die Zeit noch nie vergangen.« Mit einem Griff nahm er seinen Koffer aus dem Gepäckfach. »Ich wünsche Ihnen alles Gute hier im Norden.«

»Danke schön.«

Irgendwie fühlte sich Mia plötzlich einsam, als der Herr sie verlassen hatte. Sie musste ein letztes Mal umsteigen und entweder mit dem Zug nach Büsum weiterfahren oder aber einen Bus nehmen, wie sie von ihrem charmanten Reisegenossen erfahren hatte. Da sie jedoch schon das Zugticket gelöst hatte, wartete sie auf dem Bahnhof. Nach vier Uhr ging die Sonne bereits deutlich sichtbar am Horizont unter, denn das Land erstreckte sich – ganz anders als in Salzburg – weithin flach.

Als endlich der Zug kam, dämmerte es bereits stark. Damit hatte Mia nicht gerechnet und es kam ihr nun noch dreister vor, um diese Abendzeit bei ihrer Tante einzutreffen.

Sollte sie sich ein Hotel für eine Nacht nehmen? Vermutlich war das keine gute Idee, wenn sie ihre kargen Finanzen bedachte. Vielleicht sollte sie noch einmal telefonieren? Nein, am Telefon konnte sie leichter abgewimmelt werden. Besser, sie stünde mit Sack und Pack vor ihrer Tante. Bestimmt reagierte sie nicht so hartherzig und schickte sie fort.

Sie würde einfach ins Geschäft kommen, diesen Souvenirladen.

Doch als sie dann mit ihrem Gepäck am Bahnhof von Büsum stand, fühlte sie sich verloren. Ein eiskalter Wind blies ihr ins Gesicht und sie bedauerte, keinen Schal mitgenommen zu haben. Handschuhe hatte sie ebenfalls nicht für nötig erachtet. Wenigstens trug sie eine Kappe, leider eher modisch als warm.

Die wenigen Menschen, die mit ihr aus dem Zug stiegen, zerstreuten sich schnell. Weshalb hatte sie nicht eher gefragt?

Die kleine Station lag kurze Zeit später verlassen da, lediglich die am Dachrand der Holzhütte befestigte weihnachtliche Beleuchtung schuf etwas Vertrautes.

Mia ging los, der Koffer rollte hinter ihr und knirschte in der Mischung aus Schnee und Eis, die hier den Boden bedeckte. Bereits nach wenigen Metern fror sie erbärmlich. Zum Glück hatte sie ihre Winterstiefel an, die ein gutes Profil besaßen, und sie rutschte nicht. Doch ihr Mantel war eindeutig dem Wind nicht gewachsen, sie hatte das Gefühl, er blies durch sie hindurch, als hätte sie lediglich Papier um sich geschlungen.

Unter anderen Umständen hätte sie die malerische Beleuchtung an den Häusern genossen, nun hoffte sie jedoch, dass sie möglichst schnell ihr Ziel erreichen würde.

Zum Glück wurde ihr beim Gehen wärmer, denn ihr schweres Gepäck verlangte ihr einiges ab. Unbeirrbar schritt sie vorwärts und orientierte sich an den Lichtern. Sie holte schwungvoll aus und bald bemerkte sie auch wieder mehr Menschen um sich herum. Der Geruch von gebrannten Mandeln stieg ihr in die Nase und sie erreichte die Fußgängerzone.

Hier bot sich das nächste Problem, sie hätte nicht gedacht, dass dermaßen viele Menschen die Straßen säumten. Weihnachtsstände waren aufgestellt, der Duft von Würstchen, Gebratenem und Glühwein schuf ein vertrautes Gefühl von Weihnachten.

So weit sie vom Plan her wusste, befand sich der Souvenirladen »Bi Antje un Hedda« am anderen Ende der Straße, fast schon beim Hafen.

Wie sollte sie da durchkommen?

Unschlüssig stand sie wie festgewachsen da und sah auf das Treiben. Dabei blies ihr der Wind wieder ins Gesicht und sie spürte ihre Haut fast nicht mehr.

Am Rand amüsierte sich eine Gruppe Jugendlicher, die laut lachten und ihre Hände fest um dampfende Becher gelegt hatten.

Zögernd bewegte sie sich auf sie zu. »Hallo, Jungs«, sagte sie tapfer und bemerkte, dass ihre Stimme zitterte, wie der Rest von ihrem Körper. »Kann mir vielleicht jemand sagen, wo es zum Souvenirladen ›Bi Antje un Hedda‹ geht?«

Fünf Augenpaare blickten sie an, dann stupste einer einen hoch aufgeschossenen Jungen an. »He, Tobi, der Laden gehört doch deiner Oma, nicht wahr?«

»Ist am anderen Ende von der Straße.« Die Stimme klang eher mürrisch, und nach den tiefen Tönen kam ein hoher.

Der Junge befand sich im Stimmbruch und es schien ihm unangenehm zu sein.

»Gibt es noch eine Nachbarstraße, in der ein leichteres Durchkommen ist?« Sie sah von ihrem sperrigen Koffer erneut zu den Burschen. An einem anderen Tag würde es ihr bestimmt Spaß machen, den Weihnachtsmarkt genauer zu erkunden, doch heute fühlte sie sich am Ende ihrer Kräfte.

Sie war nach der elfeinhalbstündigen Reise todmüde, zudem fröstelte sie und falls ihre Tante sie nicht aufnehmen würde, musste sie auch noch ein Hotel suchen.

Weihnachtsmusik klang in ihren Ohren und der Duft nach verschiedenen Leckereien erinnerte sie erneut daran, dass sie außer den Sandwiches im Zug nichts gegessen hatte.

»Sie könnten parallel zu der Straße gehen, aber dann müssen Sie rechtzeitig wieder abbiegen, andernfalls sind Sie beim Hafen.« Tobias deutete in eine Richtung und Mia bewegte sich dorthin.

»Das merkt sie dann schon!«, grölte ein weiterer Jugendlicher mit halblangem Haar.

Hoffentlich verirrte sie sich nicht. Aber es blieb keine andere Wahl. Durch die Menschenmengen des Weihnachtsmarktes gab es kein Durchkommen. Ihre Befürchtung musste ihr anzusehen gewesen sein.

»Geh mit, Tobi, du musst sowieso nach Hause.« Ein Schlaksiger, dem das lange Haar wirr unter der Wollmütze hervorstanden, klopfte ihm auf die Schulter. »Ach was, ich komm mit und zeig's Ihnen.« Tobias löste sich von der Gruppe und hielt ihr die Hand hin. »Ich nehm Ihnen was ab, Koffer oder Rucksack?«

Tatsächlich hätte ihm Mia lieber den schweren Rucksack gegeben, sie spürte ihren Rücken bereits, doch das ließ ihr Stolz nicht zu. Auch der Koffer war nicht so leicht über die Schneeschicht auf der Straße zu rollen. Sie drückte ihm den Griff in die Hand.

»Du heißt Tobias?«

»Ja.«

»Ich bin Mia und bitte sag auch du zu mir. Sonst komme ich mir uralt vor.«

Der Junge zeigte den Anflug eines Lächelns. »Und was tun Sie hier – was tust du hier?«, verbesserte er sich rasch. »Der Laden, den du suchst, da gibts nur Souvenirkram und so, also das ist kein Hotel.«

»Das weiß ich schon.« Mia musste neidlos anerkennen, dass Tobias offenbar keine Probleme hatte, den Koffer durch den Schnee zu ziehen. »Der Laden gehört deiner Oma?«

»Stimmt.«

Konnte es sein, dass Tante Hedda schon einen Enkel hatte? Rein rechnerisch schien es möglich, wenn sie ungefähr das Alter ihrer Mutter hatte. Aber dann wäre sie ja mit Tobias verwandt? Wie müsste man ihr Verhältnis bezeichnen? Ein Cousin zweiten Grades oder so?

»Ist deine Oma Hedda Böhme?«

»Nee, das ist die andere. Meine Oma ist Antje Christiansen. Eigentlich ist sie meine Uroma, aber das ist zu kompliziert für alle. Außerdem, wie soll ich sie nennen? Uroma klingt doof, also sage ich bloß Oma.«

»Ich denke, da ist sie dir nicht böse.« Was für ein Zufall! Er war mit der anderen Teilhaberin verwandt.

»Hedda Böhme ist meine Tante«, erklärte sie nun.

Tobias sah sie schräg an. »Echt jetzt? Sie hat nie erwähnt, dass sie Familie hat.«

»Nicht?« Das hörte sich aber nicht gut an. Wenn Hedda nicht einmal von ihrer Schwester erzählt hatte, dann schien es durchaus möglich, dass ihr Besuch unwillkommen war.

»Nun, das liegt daran, dass meine Mutter und sie zerstritten sind.«

»Wild! Wie bei Romeo und Julia? Das hatten wir grad in der Schule.«

»Gefiel es dir?«

»Nö, ich find die total bescheuert. Wie kann so ein Streit sich auf die gesamte Familie übertragen. Aber wir haben im Ort auch so was.«

»Zwei streitende Familien?«

»Eigentlich streiten sich nur mehr die beiden Alten, doch der Familienzwist zwischen den Arndts und den Mackedanzens hat ebenfalls Tradition. Und es gibt auch ein Pärchen, das gern heiraten würde, aber die Alten machen ihnen das Leben schwer.«

»Klingt strange.«

»Akkurat.« Kurz war nur das Knirschen der Kofferräder im Schnee zu hören, sowie der gedämpfte Lärm und die Musik vom Weihnachtsmarkt.

Mia blieb stehen und rieb ihre eisigen Hände. Mittlerweile spürte sie ihre Zehen nicht mehr und sie hatte das Gefühl, dass ihr Gesicht von einer Eisschicht überzogen war. »Sag mal, geht immer so ein kalter Wind bei euch?«

Auch Tobias hatte angehalten und grinste. Mit einer Hand zog er seine Wollkappe gerade. Mia beneidete ihn um den dicken Schal, den er mehrmals um den Hals gelegt hatte. »Meistens. Du gewöhnst dich dran.«

Das bezweifelte Mia. Sie würde sämtliche Pullover, die sie mitgebracht hatte, übereinander anziehen.

»Ist dies der einzige Mantel, den du mithast?« Tobias deutete auf ihren sündteuren Wendemantel von Alphatauri. »Der sieht nicht gerade wasserfest aus. Ich meine, so viel Schneeregen wie bei uns hält der nicht aus.«

»Du hast recht. Und zudem ist er auch nicht wirklich resistent gegen Wind. Ist es noch weit?«

»Nö, aber leider führt keine direkte Gasse hin, das heißt wir müssen ein wenig vorgehen und dann durch den Weihnachtsmarkt zurück.«

Mia biss die Zähne zusammen und folgte dem Jungen, obwohl sie kaum mehr einen Fuß vor den anderen brachte. Sie war Tobias zutiefst dankbar, dass er ihr den Rollkoffer abgenommen hatte, denn er war schlau und trug Handschuhe.

Ihre lagen irgendwo in diesem Monstrum drin, da waren sie außerordentlich nützlich.

Von irgendeinem Kirchturm schlugen die Glocken, es war sechs.

»Verdammt«, rief Tobias auf, »ehrlich gesagt sollte ich um die Zeit zu Hause sein.«

Das überraschte Mia nun doch. »Das ist ziemlich früh. Wie alt bist du denn?«

»Fünfzehn, bald sechzehn.«

»Und musst du jeden Tag um sechs heimkommen? Auch jetzt vor Weihnachten?«

»Na ja.« Er rieb sich über die Nase und seine Antwort kam etwas zögerlich. »Ich habe Mist gebaut und das ist so eine Art Strafe. Bis Weihnachten habe ich diese Auflage, ist noch ganz schön lang hin.«

Oha! Mia fragte sich, was er ausgefressen haben mochte, denn die Strafe erschien ihr ziemlich hart.

»Deine Eltern sind wohl sehr streng?«

Tobias' Stimme kippte. »Meine Eltern sind tot.«

»Das tut mir leid.«

»Es war ein Autounfall. Ich war erst sechs.« Er zuckte mit den Schultern. »Ist lange her.«

Mia spürte den Schmerz, darunter jedoch viel Zorn in Tobias. »Mein Vater ist ebenfalls gestorben«, sagte sie spontan.

Auch sie hatte sich lange Zeit nicht eingestehen können, wie wütend sie über seinen Tod gewesen war.

Denn Wut auf einen Verstorbenen war nicht unbedingt ein Gefühl, das von anderen toleriert wurde.

Leider konnten sie das Gespräch nicht fortsetzen. Es war eisig kalt und sie wünschte sich nichts mehr, als endlich einen warmen Ort zu erreichen.

Dankbar registrierte sie, dass Tobias nach rechts schwenkte und sie gingen durch eine weitere schmale Gasse. Musik und Lärm nahmen an Lautstärke zu und schließlich bogen sie wieder in die Fußgängerzone ein, wo sich die Weihnachtsstände aneinanderreihten und es nach wie vor turbulent zuging. Tobias schien jedoch keine Skrupel zu haben sich mit dem Koffer durchzuboxen und sie folgte ihm, ohne zu zögern.

Erneut verfehlte der Weihnachtsmarkt mit seiner Musik und den verschiedenen Düften seine Wirkung auf sie nicht. Die blinkenden Lämpchen rundum heiterten sie auf. Sie sah einige Stände mit Kunsthandwerk, wie sie es auch von Salzburg gewohnt war, jedoch verwendete man in Salzburg keine maritimen Objekte wie Leuchtturm, Seestern und Anker. Mia fühlte sich in einer anderen Welt und doch nicht fremd.

Gern hätte sie sich genauer umgesehen, vor allem auch die kulinarischen Spezialitäten getestet, aber sie musste sich ranhalten, um Tobias in der Menge nicht zu verlieren. In ihrem Magen vergrößerte sich das unangenehme Grummeln.

War es wirklich so eine gute Idee gewesen, hierherzufahren? Zu einer Tante, die sie nicht einmal kannte? Ja, die nicht einmal etwas von ihrer Existenz zu wissen schien?

Und die mit ihrer Mutter offenbar im Streit lag?

Einzig der versöhnliche Brief gab Mia nun Kraft.

Und dann standen sie vor einem ebenfalls weihnachtlich geschmückten Geschäft, das mit leuchtenden Weihnachtsmännern und zahlreichen Lichterketten dekoriert war. Ehrfürchtig blieb sie stehen, sie hatte solche Läden immer schon geliebt.

Bi Antje un Hedda stand groß darüber, auch dieses Schild leuchtete und war mit Sternchen geschmückt.

Der Laden schien gut besucht, im Inneren waren zahlreiche Leute, hinter der Kasse stand eine ältere Frau mit kinnlangem grauem Haar, das ihr irgendwie ungeordnet um den Kopf lag. So, als wartete es darauf, gekämmt zu werden.

War das ihre Tante? Sie wirkte mindestens wie Mitte siebzig, aber da Mia nicht genau wusste, wie alt Hedda war, konnte es natürlich durchaus sein.

»Ist das meine Tante?«, fragte sie den Jungen.

»Nö, meine Uroma. Du weißt nicht einmal, wie sie aussieht? Cringe.« Seine Kinnlade klappte nach unten, offenbar hielt er die ganze Geschichte für schräg. »Wenn du eine Betrügerin bist, dann landest du schnell bei der Polizei.«

Mia musste lachen.

Doch rasch wurde ihr Hals eng, als sie sah, dass Tobias bereits dabei war, ihren Koffer ins Geschäft zu rollen.

Kapitel 6

Sebastian

Eine begeisterte Simba sprang an Sebastian hoch, als er von seiner Arbeit nach Hause kam, und wartete offensichtlich darauf, hinauslaufen zu dürfen. Zum Glück war die Geburt des Kalbes beim Bauern Lüdtke ohne Probleme vonstattengegangen, hatte lediglich lange gedauert. Doch als er danach seine Praxis betrat, fand er ein übervolles Wartezimmer vor. Daher hatte er wieder einmal Überstunden gemacht. Die Uhr zeigte fast sieben und er stand bereits seit vierzehn Stunden auf den Beinen ohne eine Sekunde Pause. Kein Wunder, dass er sich einfach müde fühlte.

Natürlich fand er das Haus leer vor. Tobias hatte den klaren Auftrag, dass er um sechs daheim sein musste. Bis Weihnachten. Sebastian wusste, dass diese Strafe den Jungen hart traf, gerade jetzt in der Adventszeit. Der Weihnachtsmarkt schloss um acht, am Freitag und Samstag sogar erst um zehn Uhr abends.

Aber es musste Konsequenzen geben. Tobi schien die Strafmaßnahme akzeptiert zu haben und nun hielt er sich nicht daran.

Er seufzte, als er der begeisterten Hündin die Leine anlegte. »Wir gehen nur kurz hinaus, morgen früh dafür eine ausgiebige Runde, versprochen.«

Sebastian überlegte, ob er Tobias suchen sollte. Doch dann ließ er es. So klein war Büsum auch wieder nicht und möglicherweise war Tobi sogar mit einem Freund mitgegangen. Sebastian hatte schlichtweg keine Lust, nach dem anstrengenden Arbeitstag einem aufsässigen Teenager hinterherzujagen.

Simba lief begeistert neben ihm her.

Was sollte er noch tun? Wenn er dem Jungen Strafen auferlegte und er pfiff darauf?

Vor einem Jahr, als Tobias in die Oberstufe des Gymnasiums aufstieg, hatten sie bereits einmal über die Möglichkeit eines Internates gesprochen. Sebastian sah sich außerstande, den eigensinnigen Teenager zu beaufsichtigen. Seine Arbeit ließ ihm wenig Freiraum. Auch seiner Großmutter wollte er die Verantwortung auf keinen Fall länger aufbürden. Das konnte sie nicht schaffen.

Freilich würde das einiges kosten, die renommierten Institute, von denen ihm eins vorschwebte, waren teuer. Doch er fühlte sich seiner Schwester verpflichtet, seinem Neffen die bestmögliche Ausbildung zuteilwerden zu lassen. Das war er ihr bei Gott schuldig.

Und wofür sollte er sein Geld ausgeben, wenn nicht für Tobias? Eine eigene Familie wollte er ohnehin nie haben.

Seine Praxis war einträglich. Jedoch hatte er sie erst vor wenigen Monaten eröffnet und einige Schulden machen müssen. Zudem hätte er in einer Großstadt mehr verdienen können, wo die Leute jede Menge Hunde, Katzen und sonstiges Kleingetier hielten. Aber niemals hätte er es übers Herz gebracht, Büsum den Rücken zu kehren. Während seines Studiums war er lang genug weg gewesen und hatte seine Oma mit Tobias allein gelassen.

Für ein Internat müsste er vermutlich einen weiteren Kredit aufnehmen.

Nach zwanzig Minuten kehrte er zurück und wischte Simba sorgfältig die Pfoten ab.

Er schälte sich aus Jacke und Schuhen und setzte Wasser auf. Einer von Antjes Kräutertees würde ihm nun guttun.

Es klingelte.

Konnte es Tobi sein, der seinen Schlüssel vergessen hatte? Seine Großmutter würde ihr Geschäft heute bis acht Uhr geöffnet lassen, die Wochenenden vor Weihnachten waren die einträglichsten, und es war noch Zeit bis dahin.

Er musste dem Jungen ein für alle Mal klarmachen, dass er auch sechs Uhr meinte, wenn er sechs Uhr sagte.

Oder sollte er einfach gleichgültig reagieren? Als wäre es ihm egal? Verflixt, weshalb gab es keine Gebrauchsanweisung zur Kindererziehung?

Mit einem Ruck riss er die Tür auf und stand Gräfin Irene von Aldersna gegenüber. Die Frau war eine echte Landplage. Sie war elf Jahre älter als Sebastian, dennoch schien sie es sich in den Kopf gesetzt zu haben, ihn erobern zu wollen. Mindestens zweimal die Woche stand sie in seiner Praxis auf der Matte und brachte einen ihrer Hunde, beides Pekinesen, mit vorgetäuschten Krankheiten mit.

Simba stand hechelnd neben ihm und starrte die Besucherin an.

»Na, das ist eine Überraschung«, sagte Sebastian und versuchte, seiner Stimme einen möglichst unverbindlichen Tonfall zu geben.

»Ja, nicht wahr?« Damit schob sie sich fast an ihm vorbei und bückte sich sofort zu Simba. »Ja, wer bist denn du? So ein schöner Hund.«

Komm doch herein, dachte Sebastian ironisch.

Zuerst hatte sie es mit liebevollen Bemerkungen probiert, dann mit mehrfachen Einladungen zu ihren Hauspartys und gerade letzte Woche hatte sie ein gemeinsames Abendessen vorgeschlagen. Zum Glück hatte er schon etwas vorgehabt, ein Treffen mit seinen Tierarztkollegen aus dem Umkreis.

Nun zog sie eine Flasche Champagner hinter sich hervor und hob sie hoch. »Guten Abend, lieber Sebastian. Wenn der Berg nicht zum Propheten kommt, dann ...«

»Guten Abend.« Er bemühte sich um einen kühlen, sachlichen Tonfall. »Das ist aber eine Überraschung. Ich hoffe Fiffi und Prinzess geht es gut?«

»Alles bestens, dank deiner Betreuung. Gut, dass ich sie zu Hause gelassen habe, ich wusste gar nicht, dass du auch einen Hund hast.« Ein Hauch von Vorwurf klang in ihrer Stimme mit, als hätte sie ein Anrecht auf dieses Wissen gehabt. »Es ist doch frisch heute, speziell der Wind macht mir zu schaffen. Ich hatte im letzten

Jahr eine unangenehme Mittelohrentzündung, das möchte ich jetzt unter allen Umständen vermeiden.«

»Nun ja, es ist Winter in Büsum. Wir sind leider nicht in der Karibik.« Innerlich seufzend ergab sich Sebastian in sein Schicksal, weil ihm keine höfliche Floskel einfiel, wie er sie abwehren konnte. Neben dem unvermeidlichen Schwall eisiger Luft stieg ihm auch der Geruch ihres Parfums in die Nase, Rosen und eine angenehm fruchtige Note. Es war ein gefälliger Duft, den er mochte.

Das war sein Problem, dass er sie anziehend fand. Die Gräfin war eine schöne Frau und sich ihrer Reize durchaus bewusst. Eine Affäre mit ihr konnte er sich vorstellen, aber er wusste, dass es keine gute Idee wäre. In einem kleinen Ort wie Büsum bliebe das niemals geheim.

Er wollte nicht wiederum im Mittelpunkt von Tratscherei stehen.

Simba teilte offenbar seine Zuneigung nicht, denn sie zog sich auf ihre Decke im Wohnraum zurück.

Irene drückte ihm die Champagnerflasche in die Hände und schälte sich aus ihrer weißen Winterjacke. Darunter trug sie eine cremefarbene Bluse und einen eng anliegenden Rock, der ihre Figur hervorragend zur Geltung brachte. Ihre Lederstiefel reichten bis zum Knie, auch an ihren Beinen gab es nichts auszusetzen.

Hätte Sebastian nicht gewusst, dass sie vor ein paar Monaten ihren 40. Geburtstag gefeiert hatte, – schließlich war er eingeladen gewesen, hatte sich jedoch entschuldigt –, hätte er sie höchstens Mitte dreißig geschätzt.

Er führte sie in den großflächigen Wohnraum und bot ihr Platz auf der gemütlichen Sitzgarnitur an. Die Polstermöbel waren bereits in die Jahre gekommen und auf Irene musste die Einrichtung veraltet und billig wirken. Sie selbst wohnte in einem der schönsten Häuser am Rand von Büsum. Zudem war sie vor ein paar Jahren Witwe geworden. Das alles wusste Sebastian nur von seiner Praxishilfe Fenna, er selbst hatte sich nie dafür interessiert.

Sie schlug die wohlproportionierten Beine übereinander und warf mit einer eleganten Geste ihr langes schwarzes Haar zurück. »Wenn du Gläser hast, können wir uns einen Schluck genehmigen. Schön weiträumig habt ihr es hier.« Ihrem Blick war nicht zu entnehmen, was sie von ihrer Umgebung hielt.

Das Haus war tatsächlich sehr groß, sie hatten vor dem Unfall zu siebt hier gewohnt.

Er blickte zögernd auf die Flasche. »Meine Großmutter und mein Neffe werden gleich kommen ...«

»Dann dürfen die beiden selbstverständlich ein Gläschen mittrinken. Oder ist dein Neffe noch zu jung?«

Sebastian stellte die Flasche auf den Tisch und ging zum Gläserschrank. Sektgläser hatten sie schon ewig nicht mehr gebraucht, meist stießen sie nur zu Weihnachten mit etwas Sprudelwasser, wie seine Oma es nannte, an. »Tobias ist fünfzehn, ein Alter, in dem er glaubt, alles tun zu dürfen.« Er bemerkte selbst den bitteren Ton in seiner Stimme, holte hastig zwei Flöten heraus und machte sich daran, die Flasche zu öffnen.

»Die Pubertät, ich verstehe. Keine leichte Aufgabe für dich, nehme ich an. Ich habe von dem Unfall gehört, das muss entsetzlich für dich gewesen sein.« Ihre

Stimme klang nun sanft und Sebastian hörte echte Anteilnahme heraus.

Dennoch wollte er das Thema nicht vertiefen. Mit einem lauten Plopp sprang der Korken Richtung Decke und er schenkte vorsichtig ein. »Tobias ist nur dreizehn Jahre jünger als ich und daher ist es schwer für mich als Autoritätsperson.« Was redete er da? Vermutlich hatte sich einfach zu viel in ihm aufgestaut und es musste einmal heraus, denn seine Großmutter wollte er nicht mit seinen Ängsten und Zweifeln belasten.

Irene hob ihr Glas hoch und prostete ihm zu. »Ich bin überzeugt, dass du dein Möglichstes gibst. Meinem Mann und mir waren keine Kinder vergönnt, das haben wir immer bedauert. Er ist vor drei Jahren gestorben.«

»Das tut mir sehr leid.«

»Muss es nicht, er war ja schon recht betagt, der Gute. Viele haben mich gewarnt, einen Mann zu heiraten, der älter ist, aber wir waren allen Unkenrufen zum Trotz glücklich miteinander.«

Sebastian wusste nicht, was er darauf erwidern sollte, denn er hatte keine Ahnung, wie alt der Graf gewesen war. Also nippte er am Champagner und stellte wieder einmal fest, dass nichts Besonderes an dem Getränk war, das alle so hochlobten.

»Was hat denn dein Neffe angestellt?« Durch ihre Frage riss Irene Sebastian aus seinen Gedanken.

»Frag mich lieber, was er nicht angestellt hat.« Er nahm nun einen kräftigen Schluck und schenkte ihnen beiden nach. Da er noch nichts gegessen hatte, stieg ihm das perlende Getränk in den Kopf. Nur dieser Tatsache war es geschuldet, dass er sein gesamtes Dilemma mit Tobias vor dieser Frau ausbreitete. »Und nach diesem Alkoholexzess vor zwei Tagen habe ich ihm verboten, abends länger als bis sechs außer Haus zu gehen. Und zwar bis Weihnachten.«

»Absolut verständlich, aber das sind ja noch fast vier Wochen!« Sie schüttelte den Kopf. »Und sechs Uhr? Das war wohl etwas übers Ziel hinausgeschossen.«

»Ich musste endlich eine Konsequenz ziehen, die Tobias zur Einsicht bringt.«

»Ja, aber bis Weihnachten! Weißt du, wie viele Veranstaltungen gerade jetzt stattfinden? Und die beginnen teilweise erst um sechs.«

»Das ist mir durchaus klar.« Sebastian schenkte sich erneut ein, er fühlte sich beschwingt. Das Ding mit dem Champagner schien eine gute Sache zu sein, plötzlich stellte sich ihm sein Problem mit Tobi nicht mehr so schlimm dar. »Aber ich musste etwas tun, was ihn aufrüttelt.«

»Ich bin überzeugt, dass du dein Bestes gibst.« Sie streckte ihre Hand aus und griff nach Sebastians Fingern. Dabei bemerkte er ihre langen manikürten Fingernägel, überzogen von tiefrotem Lack.

Die Frau war Versuchung pur. In Sebastians bereits etwas alkoholumnebelten Gehirn festigte sich der Gedanke, eine Affäre mit der Gräfin einzugehen.

Er wollte nie heiraten und keine Kinder, aber weshalb sollte er sich nicht ein wenig Vergnügen gönnen? Während seines Studiums in Hamburg waren unverbindliche Sexabenteuer noch leichter gewesen, hier im Ort, wo jeder jeden kannte, bliebe nichts lange unentdeckt.

Sollte er sich trotzdem darauf einlassen? Ein paar seiner Gehirnzellen waren offensichtlich trotz Alkohol aktiv geblieben.

Die Gräfin wirkte auf ihn alt genug, um sich keine Heirat oder gar Kinder zu wünschen.

Hitze stieg in ihm hoch und er sprang auf. »Ich hole uns etwas zu knabbern.« Er musste unbedingt eine Kleinigkeit essen, damit sein Kopf wieder klar wurde.

»Ein gutes Stichwort, ich liebe es zu naschen.«

Sebastian ging in die Küche und holte eine Schale Erdnüsse sowie ein paar von den Lebkuchen, die Antje erst vor wenigen Tagen gebacken hatte.

Irene griff erfreut zu. Mit zwei Fingern schob sie sich eine Nuss in den Mund und Sebastian konnte kaum den Blick lösen, wie sie ihre Lippen darum schloss. Sie tat es bewusst langsam.

»Hast du schon einmal darüber nachgedacht, den Jungen in ein Internat zu stecken?«, fragte sie schließlich.

Es war wie ein kalter Guss, Sebastian fühlte sich plötzlich wieder nüchtern.

Vor weniger als einer Stunde hatte er selbst diese Möglichkeit in Betracht gezogen. Weshalb störte es ihn nun, dass Irene es rundweg ansprach?

Vielleicht weil er sich anderes erhofft hatte. Ratschläge und Tipps, wie er mit Tobi umgehen sollte.

Hatte sie nicht gerade vorhin gesagt, die Strafe wäre zu hart ausgefallen?

»Das ist die absolut letzte Lösung.« Er merkte an seinem schroffen Tonfall, dass er seinen Ärger nicht ganz hatte zurückhalten können.

Irene blinzelte kurz, dann trank sie erneut einen Schluck. »Ich habe es nicht böse gemeint. Du bist schließlich mit deinem Beruf komplett ausgelastet und deine Großmutter ist nicht mehr die Jüngste. Und dein Neffe bekäme die größtmögliche Förderung.«

Es klang logisch, was sie sagte, dennoch war Sebastian damit ganz und gar nicht einverstanden. Er wollte das Beste für Tobi und nicht für sich selbst die bequemste Lösung. Andere bekamen das mit Beruf und Familie auch hin. Hätte er eigene Kinder, könnte und wollte er sie auf keinen Fall abschieben, also sollte er sich für Tobi mehr anstrengen.

Auf einmal wünschte er sich, Irene so rasch wie möglich loszuwerden.

Mit aller Kraft suchte er ein unverfängliches Gesprächsthema und fragte Irene, ob sie sich schon gut eingelebt hätte.

»Es war eine gute Entscheidung herzukommen. Bis zu diesem Zeitpunkt war das Haus hier nur ein Wochenenddomizil, nun stelle ich fest, dass es sich gut wohnen lässt.« Sie knabberte an einem Lebkuchen. »Ich wünschte, Axel hätte öfter den Wunsch verspürt, hierherzukommen. Aber dem war leider nicht so und die letzten Jahre wäre er auch zu krank gewesen.«

Es polterte vor der Tür und Sebastian atmete auf.

Kurze Zeit später standen Tobias und Antje im Wohnzimmer.

»Du errätst nie, wer heute angekommen ist.« Tobias wirkte lebendiger und aufgeregter als er ihn in den letzten Wochen erlebt hatte.

Kapitel 7

Mia

Bi Antje un Hedda war der entzückendste Souvenirladen, den Mia jemals gesehen hatte. Die Regale und Ständer quollen über mit bezaubernden Dingen, die liebevoll arrangiert waren. Dazu gehörten die üblichen Mitbringsel mit dem Aufdruck von Büsum bis hin zu Keramikschalen und Handarbeiten.

Sie verliebte sich auf Anhieb. Allerdings standen viele Menschen herum und betrachteten die liebevollen Kleinigkeiten, sodass es Mia schwer fiel, mit dem Gepäck durchzukommen.

Tobias hatte keinerlei Skrupel, er fuhr mit ihrem Ungetüm von Koffer mitten hinein und erwartete wohl, dass die Leute zur Seite sprangen. Mia nahm ihren Rucksack ab, denn sie befürchtete, dass sie bei jeder Drehung Gegenstände zu Boden werfen könnte. Vorsichtig folgte sie dem Jungen.

Ihr Herz schlug so heftig, dass sie Angst hatte, es hüpfe zum Hals heraus. Was sollte sie bloß tun, wenn ihre Tante sie zum Teufel schickte?

Auf einmal erschien ihr der gesamter Plan unsinnig zum Quadrat. Sie hätte bleiben und sich dem Unwetter zu Hause stellen sollen. Schließlich konnte sie niemand zwingen, Ja zu sagen.

Nun war es zu spät und sie bereute ihre Impulsivität. Genau diese Eigenschaft hatte ihr zeit ihres Lebens das Leben schwer gemacht. Sie war erneut kopflos in ein Abenteuer gerannt.

Die alte Dame, die sie vorhin schon von draußen gesehen hatte, stürzte auf ihren neuen Freund zu. »Tobi, um Himmels willen, was schleppst du da an?«

»Keine Panik, Oma. Das ist Mia«, er deutete mit dem Daumen nach hinten zu ihr, »sie kommt aus Österreich.«

»Ja, und?« Die Frau mit dem grauweißen Haar rückte ihre Brille gerade und warf ihr einen Blick zu, den sie nicht deuten konnte. Gleich darauf runzelte sie die Stirn. »Tut mir leid, wenn Sie ein Quartier suchen, müssen sie sich an die Touristeninformation wenden.«

»Oma, sie will zu Hedda.«

»Hedda?« Nun stand Mia direkt vor ihr und die Augen von Tobis Oma wurden groß. »Jetzt ist mir einiges klar. Die Ähnlichkeit.« Sie lächelte plötzlich. »Aus Österreich sagen Sie?«

»Aus Salzburg.«

»Könnte ich bitte zahlen?«, ertönte eine näselnde Stimme hinter ihnen. Eine Frau mittleren Alters hielt die Statue eines Leuchtturms in den Händen.

»Natürlich, gern.« Die Grauhaarige war nun ganz im Arbeitsmodus, sah nur noch kurz zu Mia. »Geh weiter in den Laden, da muss sie sein.« Sie drehte sich nun zu ihrem Enkel. »Stell den Koffer hinter der Kasse an den

Rand, damit er nicht im Weg ist.« Danach tippte sie den Betrag ein. »Zwölf fünfzig«, sagte sie zur Kundin.

Mia fiel erst später auf, dass die Frau sie geduzt hatte. Sie wandte sich nun an ihren Retter. »Danke, Tobias, für deine Hilfe. Ich hoffe, wir sehen uns bald wieder.«

Er nickte, zog den Koffer an den Rand und wollte offenbar gehen, doch seine Oma hielt ihn zurück. »Halt, hiergeblieben. Solltest du nicht um sechs zu Hause sein?«

»Mann!« Tobias hob beide Arme und seine Gesichtszüge verzogen sich zu einer schelmischen Grimasse. »Ich musste schließlich helfen.«

»Wir machen in einer Stunde zu, bis dahin bleibst du hier.«

Mia hörte seine Antwort nicht mehr, denn sie war bereits weitergegangen. Wo war ihre Tante? Sie wollte die erste Begegnung so rasch wie möglich hinter sich bringen.

Der Laden erstreckte sich noch weiter und war viel größer, als es von außen den Anschein gehabt hatte. Mehrere Kunden kamen an ihr vorbei und sie manövrierte ihren sperrigen Rucksack vorsichtig zwischen den zahlreichen Ziergegenständen durch. Überall glitzerte und blinkte es, die Weihnachtsdekoration schuf ein heimeliges gefühlsbetontes Ambiente.

Und dann sah sie ihre Tante.

Fast hätte sie überrascht aufgeschrien. Mia hatte sich immer gewundert, wem sie eigentlich ähnelte. Ihr Bruder hatte die Gesichtszüge ihres Vaters, ihre Schwester glich der Mutter, aber sie hatte nie so richtig in die Familie gepasst.

Nun stand sie ihrem etwas älteren Ebenbild gegenüber.

Hedda. Sie hatte kurzes graues Haar, eine Brille mit dünnem Gestell, war höchstens ein Meter sechzig und ihr Lächeln wärmte Mia. Freilich galt es nicht ihr, sondern einer Kundschaft, einem bärtigen, weißhaarigen Herrn, dennoch spürte sie ein heimeliges Gefühl.

Sie stand still und wartete. Schließlich konnte sie ihre Tante nicht in einem Kundengespräch stören.

Endlich hatte der Herr sich entschieden und ging mit einem Kissen und einer Flasche Likör an Mia vorbei Richtung Kasse.

Hedda hatte sie noch nicht gesehen, ordnete ein paar Flaschen im Regal neu. Mias Füße bewegten sich wie von selbst auf sie zu.

»Guten Abend«, sagte sie leise.

Ihre Tante drehte sich um. »Guten Abend. Kann ich Ihnen behilflich ...« Sie brach ab und starrte Mia an. Der Gegenstand, den sie gerade in der Hand hielt, fiel zu Boden.

Mia bückte sich sofort und hob ihn auf; es war ein Flaschenöffner in Gestalt eines Leuchtturms, zum Glück unzerbrechlich.

»Ich wollte Sie nicht erschrecken. Tut mir leid.«

»Du klingst österreichisch.« Die Stimme der Älteren zitterte leicht. »Bist du aus Salzburg?«

»Ich bin Mia Seewald.« Mia legte den Leuchtturm ins Regal und streckte ihrer Tante die Hand hin. »Ich glaube, ich bin Ihre Nichte.«

»Natürlich bist du das, eindeutig.« Sie ergriff Mias Hand und drückte sie, ohne sie wieder loszulassen. »Auch wenn ich von deiner Existenz keine Ahnung hatte. Ich habe damals deine Geschwister kurz gesehen. Gibt es noch mehr?«

»Nein, nur mich. Ich bin eine Nachzüglerin, sozusagen.« Mia fuhr mit der Zunge über ihre Lippen. »Sie werden sich wundern, weshalb ich jetzt …«

»Ich bin doch deine Tante!« Ein Lächeln veränderte ihre Züge schlagartig und sie wirkte um Jahre jünger. »Nenn mich Hedda, oder Tante Hedda, denn das bin ich ja schließlich.« Spontan zog sie die überraschte Mia in ihre Arme und drückte sie an sich. »Du fühlst dich ja ganz kalt an, musst komplett durchgefroren sein von der langen Reise.«

Hedda war ein wenig kleiner als sie und um einiges molliger. Ihre Arme um Mia fühlten sich richtig an, es war ihr, als wäre sie heimgekommen.

»Ich kann dir gar nicht sagen, wie sehr ich mich freue, dass du gekommen bist. Bist du allein?« Hedda löste sich und sah an ihr vorbei. »Weiß deine Mutter, dass du hier bist?«

»Nein. Ich habe – äh – deinen Brief gefunden, den du damals geschrieben hast. Es tut mir leid, dass dein Mann so früh gestorben ist.«

Hedda runzelte kurz die Stirn. »Ja, mir auch. Walter war meine zweite Hälfte, aber zum Schluss war sein Tod eine Erlösung.«

»Meine Mutter hat nie geantwortet?«

»Ich habe es auch nicht erwartet.« Aus Heddas Tonfall hörte Mia jedoch heraus, dass Hedda es sich erhofft hatte.

»Weshalb seid ihr zerstritten?«

»Das ist eine sehr alte Sache.« Hedda nahm ihre Hand. »Und ich glaube, deine Geschichte hat Vorrang. Jetzt trinkst du erst mal einen heißen Tee.«

Mia schluckte. »Ich habe nicht viel Geld, daher habe ich gehofft, dass ich vielleicht bei dir unterkommen kann.« Erneutes Schlucken. »Vermutlich denkst du nun, dass ich total unverschämt bin und ich kann verstehen, wenn es nicht geht. Dann muss ich mir ein Hotel suchen.«

»Unsinn. Ich habe Platz genug für dich und ich freue mich, dich eine Zeit lang bei mir zu haben. Seit Walter tot ist, ist mir das Haus ohnehin zu groß geworden.« Heddas herzliches Lächeln wärmte Mia von innen und die Kälte wich langsam von ihr. »Komm nach hinten in unser privates Zimmer, wir sperren bald zu und dann nehme ich dich mit zu mir.«

Hedda führte sie durch eine schmale Tür in einen mittelgroßen Raum, in dem eine Eckbank und ein Tisch standen, sowie eine kleine Küche mit einem Herd, ein Regal mit Geschirr und eine Kaffeemaschine.

»Es muss noch Früchtetee da sein, trink was Heißes, Kind, du siehst ganz erfroren aus. Tassen sind da oben.«

Hedda wollte hinaus, Mia stellte ihren Rucksack ab und folgte ihr. »Mein Koffer muss irgendwo stehen. Soll ich ihn hierhertragen?«

»Du hast noch einen Koffer?« Ihre Tante blinzelte kurz, offenbar ging ihr in diesem Moment auf, dass ihre Nichte wohl einen längeren Besuch geplant hatte. »Ich glaube, wir zwei müssen uns ausgiebig unterhalten.«

»Kannst du mich wirklich bei dir aufnehmen?« Mia fühlte sich auf einmal richtig erbärmlich. »Sonst suche ich mir ...«

»Schnickschnack. Außerdem hättest du Pech mit Hotels, jetzt vor Weihnachten ist alles ausgebucht. Keine Chance.« Sie deutete in den Raum zurück. »Nu setz dich mal hin, trink einen Tee, wärm dich auf. Den Koffer lass mal stehen, wo er ist, den klaut schon keiner. Ich muss rasch Antje helfen, vor Ladenschluss ist immer einiges zu tun.«

Damit eilte sie davon.

Mia ging zurück, goss sich eine Tasse von dem rostfarbenen Tee ein, der auf der Wärmeplatte stand. Er duftete herrlich nach Beeren. Aufatmend legte sie ihr eiskalten Finger darum und ließ sich auf der Bank nieder.

Sie war tatsächlich angekommen.

Ihr Handy klingelte. Sie stellte die Tasse ab und angelte es aus ihrem Rucksack. Ihre Mutter. Sie stellte den Ton leise und ignorierte den Anruf. Kurze Zeit später kam eine Nachricht.

Wo steckst du? Das ist wirklich ein unpassendes Timing für eine Auszeit.

Das war alles. Ihre Mutter war noch nie eine Person langer Worte gewesen.

Sie musste endlich mit Patrick telefonieren, bevor ihre Mutter es tat. Er hatte das Recht darauf, es persönlich zu erfahren. Es reute sie, dass sie den Brief nicht doch abgeschickt hatte.

Würde er mit Wut reagieren? Das konnte sie sich bei ihrem beherrschten Ex-Verlobten kaum vorstellen. Mia lehnte sich zurück und reflektierte ihre Beziehung mit Patrick. Sie war geschmeichelt gewesen, dass der intelligente, tüchtige Mann sich für sie interessierte, er hatte sie ausgeführt in feine Restaurants, sie mit Blumen und Schmuckstücken verwöhnt. Er war der Einzige gewesen, der sie nicht gerügt hatte, wenn sie schon wieder eine Ausbildung abgebrochen hatte.

Aber im Grunde definierte genau das ihre Beziehung. Denn ohne Studium und die Chance zu einer Karriere würde sie sich ihrem Mann zumindest in gewisser Weise unterordnen müssen.

Sie hatte es zu spät begriffen.

Der heiße Tee rann wohltuend die Kehle hinunter, der fruchtige Geschmack war angenehm, obwohl sie ihn nicht ganz einordnen konnte. Ihre Zehen begannen zu prickeln, sie spürte, wie sie sich langsam wieder erwärmte.

Mit Schreck wurde ihr bewusst, dass sie sich von Tobias gar nicht verabschiedet hatte. Aber vermutlich würde sie ihn noch öfter sehen. Schließlich war er der Enkel von Heddas Partnerin.

Durfte sie wirklich hierbleiben?

Erleichterung durchflutete sie und sie lehnte sich zurück.

Mit der Wärme erwachten ihre Lebensgeister wieder und sie beschloss, sich im Laden ein wenig umzusehen. Sie stellte die Tasse ab und wollte gerade hinausgehen, als Hedda in der Tür stand.

»Wir haben abgeschlossen und Antje ist heimgegangen. Ich mache dich morgen genauer mit ihr bekannt. Jetzt bringe ich dich erst mal zu mir.«

Mia hasste es, dass sie noch mal hinaus in die Kälte musste, insgeheim hatte sie gehofft, dass Hedda eine

Wohnung über dem Laden hatte oder zumindest daneben.

Hedda nahm ihr die Tasse aus der Hand. »Hat es geschmeckt?«

»Ja, danke. Was für eine Sorte ist das?«

»Ein selbst gemachter Tee von Antje, sie sammelt im Sommer Früchte, trocknet sie und das ergibt die besten Tees.« Sie spülte rasch Kanne und Tasse aus und stellte beides in die Ablage. »Komm, dann wollen wir mal.« Ihre Tante schlüpfte in eine dicke Jacke, wickelte sich einen Schal um den Hals und setzte eine Wollmütze auf den Kopf.

»Wohnst du weit weg?« Es kam kläglicher heraus, als Mia wollte.

Hedda taxierte sie von oben bis unten. »Du bist schlecht ausgerüstet. Wart mal! Wir haben ja nicht wirklich was zum Anziehen im Geschäft, aber ...« Sie ging hinaus, Mia schulterte ihren Rucksack und folgte ihr.

Ihre Tante war im vorderen Teil des Ladens verschwunden und kam kurz darauf wieder mit einem königsblauen Schal. An einem Ende war »Büsum« eingestickt. »Das ist das Einzige, das ich dir geben kann.« Sie sah nach hinten. »Hast du das Licht ausgeknipst?«

»Nein, tut mir leid.« Mia sah schuldbewusst, wie Hedda zurückging, kurze Zeit später erlosch das Licht im Privatbereich. Hedda kam zurück, Mia stand immer noch wie erstarrt da, sie kam sich so nutzlos vor.

»Mädel, bind dir den Schal um und auf gehts.«

Hastig wickelte sie sich das Wollding um, niemals hätte sie sich so ein megapeinliches Teil gekauft. Hoffentlich sah sie niemand.

Allerdings, wer sollte sie schon sehen? Bekannte aus Salzburg würden wohl kaum hier sein.

Sie holte ihren Koffer und stellte fest, wie genau sie aufpassen musste, dass sie nicht mit einem ihrer beiden Gepäckstücke irgendwelche Figuren oder Schalen aus den Regalen schleuderte.

Draußen waren immer noch zahlreiche Menschen unterwegs. Es würde nicht leicht sein, sich durch die Weihnachtsmarktbesucher durchzuquälen. Die Kälte biss sich bereits erneut in ihre Finger, wenigstens um den Hals war ihr wohlig warm.

So ein Schal schien doch keine schlechte Idee zu sein.

Hinter sich hörte sie, wie Hedda das Geschäft absperrte. Sie lotste sie genau den Weg zurück, den sie mit Tobi gegangen war, und zwei Minuten später waren sie in der weniger belebten Seitengasse.

»Tobias ist der Enkel deiner Partnerin?«, fragte Mia, nachdem sie eine Weile schweigend nebeneinander hergegangen waren.

»Ja.«

»Er hat mir erzählt, dass seine Eltern gestorben sind.«

»Das stimmt, vor neuneinhalb Jahren bei einem Verkehrsunfall. Tobi ging noch nicht einmal zur Schule.«

»Das ist schlimm.«

Hedda sagte wieder nichts darauf und Mia fühlte sich unbehaglich. Die Idee, hierherzukommen, war wohl nicht so brillant gewesen. Weshalb hatte sie geglaubt, ihre Tante würde total begeistert sein, dass sie sich einfach bei ihr einquartierte?

Mit der Ähnlichkeit hatte sie nicht gerechnet, trotzdem waren sie und ihre Tante sich fremd.

»Es tut mir leid, dass dein Mann gestorben ist«, sagte sie schließlich, weil ihr nichts anderes einfiel. Mittlerweile fror sie bereits wieder erbärmlich und dass sie keine Ahnung hatte, wie weit sie noch gehen mussten, machte sie fertig. Heddas Schweigsamkeit gab ihr den Rest.

»Nun ja, ist schon ein paar Jährchen her.« Hedda warf ihr ein kleines Lächeln zu.

»Sieben Jahre.« Mia sah die Todesanzeige deutlich vor sich.

»Das weißt du so genau?«

»Bei dem Brief war eine Todesanzeige dabei.«

»Richtig. Den Brief habe ich in einer Anwandlung von Sentimentalität geschrieben. Ich hätte wissen müssen, dass deine Mutter eines nicht kann, nämlich verzeihen.«

Mia wurde immer neugieriger. »Was hast du denn angestellt?«

In der Dunkelheit erkannte Mia Heddas Gesicht nicht, doch ihre Stimme klang schroff. »Wie schon gesagt, olle Kamellen. Wie geht es deinem Vater?«

»Er ist tot.« Mias Hals kratzte.

Mit dem entsetzten Aufschrei ihrer Tante hatte sie nicht gerechnet. »Das wusste ich nicht.« Die Worte kamen gepresst heraus. Hedda war stehen geblieben und schien heftiger zu atmen.

»Nein?«

»Nein! Woher denn? Ich habe keinen Kontakt zu deiner Mutter oder sonst wem von deiner Familie seit der Beerdigung meines Vaters. Da habe ich deine Geschwister zuletzt gesehen. Aus diesem Grund wusste ich auch von dir nichts.« Langsam ging sie weiter.

Mia wusste nicht recht, was sie nun sagen sollte. Ihre Tante wirkte richtiggehend erschüttert. »Mochtest du meinen Vater?«

»Wie ist er denn gestorben?« Tante Hedda wich offensichtlich ihrer Frage aus.

»Es war schlimm.« Mia erinnerte sich nicht gern daran. »Nach meiner Matura hatte er die Familie zu einem feinen Essen in ein nobles Restaurant eingeladen, in den ›Rosengarten‹. Kennst du das?«

»Natürlich, den gabs auch schon zu meiner Zeit.«

»Wir waren beim Nachtisch, als er aufstand und sagte: ›Mir ist auf einmal so übel.‹, und dann brach er zusammen, einfach so. Der Notarzt kam wirklich rasch, aber es war schon zu spät.« Die Szene war klar vor ihren Augen, wie das Team sich im Rettungswagen um ihren Vater bemüht hatte, ihre Mutter hatte neben ihr geschluchzt und ihre Geschwister waren auf und ab gegangen. Sie selbst hatte wie erstarrt dagestanden und war zu nichts fähig gewesen.

»Das muss furchtbar für euch alle gewesen sein.« Hedda beschleunigte das Tempo, Mia hatte Mühe, mit ihr Schritt zu halten. Der Rucksack schien Tonnen an Gewicht zugelegt zu haben und die Rollen des Koffers griffen nicht so richtig bei dem mit Eis und Schnee bedeckten Boden. Wie hatte das Tobias vorher geschafft?

Zudem spürte sie ihre Füße nicht mehr. Immerhin war ihr rund um den Kopf warm, der Schal nützte doch einiges.

»Ich meine, klar wusste ich, dass es dich gibt. Und dass du irgendwo im Norden lebst, aber sonst haben meine Eltern nie von dir gesprochen. Daher ...«

»Du musst dich nicht entschuldigen, Kind.« Hedda bog erneut in eine Seitengasse ein. »Ich weiß sehr genau, was meine Schwester und mein Schwager von mir halten. Aber alles hat immer zwei Seiten, nicht wahr? Und aus diesem Grund sollte man nie vorschnell ein Urteil fällen.«

Mia wusste nicht, was sie darauf sagen sollte. Ihr Koffer blieb an einem Stein hängen und kippte auf die Seite. Sie hatte Mühe, ihn wieder aufzustellen.

Hedda war stehen geblieben. »Hoffentlich hast du in diesem Riesending auch vernünftige Sachen zum Anziehen dabei? Dein Mantel ist vielleicht geeignet, um mit dem Taxi in die Oper zu fahren, aber einer Nordseebrise hält er nicht stand.«

»Das habe ich auch bemerkt.« Mia schaffte es, den Koffer wieder aufzurichten. »Leider ist es trotzdem mein wärmster Mantel. Meine Skijacke hätte ich noch gehabt, aber nicht daran gedacht, sie einzupacken.«

»Schade, die wäre bestimmt besser geeignet.« Hedda klopfte auf den Koffer. »Und was hast du dann da drin? Da passt ja ein gesamter Hausrat hinein.«

»Ich war wohl etwas übereifrig.« Mia beschloss, die Wahrheit zu sagen. »Es war eine überstürzte Entscheidung hierherzukommen. Vermutlich habe ich aus diesem Grund nicht gerade rational und vernünftig gehandelt.«

»Ich wette, es steckt ein Mann dahinter«, sagte ihre Tante trocken. »Na los, gib mir den Koffer, sonst schaffen wir es nie nach Hause. Handschuhe hast du wohl auch vergessen.« Sie nahm Mia den Griff des Ungetüms aus der Hand.

»Die sind da drin.« Mia deutete auf den Koffer.

Hedda schien keine Probleme zu haben, die Rollen über den Schnee zu balancieren. Und wieder einmal fühlte sich Mia komplett unfähig.

Desillusioniert zockelte sie hinter Hedda her und wünschte sich von Herzen, endlich am Ziel zu sein.

Sie konnte nicht sagen, wie lange sie durch die Dunkelheit gegangen waren, als Hedda vor einem Haus in einer Seitengasse stehen blieb. »Hier sind wir.«

Mia seufzte erleichtert auf. Das Häuschen sah niedlich aus. Hedda sperrte auf und hievte den Koffer über die kleine Stufe ins Innere.

Wohlige Wärme empfing Mia und sie hätte fast vor Erleichterung geweint. Dann zuckte sie zusammen. Ein Paar glühende Augen sahen sie an, gefolgt von einem kräftigen Maunzen. Licht flammte auf und Mia sah eine große rotgoldene Katze, die nur aus flauschigem Fell zu bestehen schien.

»Das ist Goldie.« Hedda bückte sich zu dem Fellbündel, das sich mit hocherhobenem Haupt streicheln ließ.

»Sie ist eine richtige Schönheit.«

»Sag das nicht zu laut, sie ist ohnehin schon eingebildet genug.«

»Eine Perserkatze?«

»Ja, aber bestimmt keine reinrassige. Sebastian, das ist Antjes Enkel, hat sie mir nach Walters Tod geschenkt. Irgendjemand hatte das arme Ding am Strand ausgesetzt.«

»Tobias hat mir schon von seiner Uroma erzählt. Aber Sebastian hat er nicht erwähnt.«

»Das ist sein Onkel. Er und Antje sind Tobis Familie. – Jetzt zieh dich aus, wir haben später noch viel Zeit zum Schnacken.«

In der holzvertäfelten Garderobe schälte Mia sich aus Mantel, Kappe und Schal. Eine schmale Treppe führte in den oberen Bereich.

»Tja, da musst du dein Ungetüm wohl hinauftragen«, sagte ihre Tante mit einem Achselzucken. »Aufzug gibts hier nicht.«

Mia hätte fast laut gelacht. Sie setzte sich auf die Stufen und zog sich die Lederstiefel von den Füßen. Kein Wunder, dass sie abgefroren waren, die Stiefel waren innen feucht geworden, auch ihre Socken waren zwischenzeitlich klamm.

Hedda sah ihr zu und schüttelte dann den Kopf. »Ich schätze, wenn du nichts Geeignetes zum Anziehen dabeihast, wirst du morgen wohl einkaufen gehen müssen.«

Mia überschlug in Gedanken ihre Finanzen. Große Shoppingtouren waren leider nicht drin, zudem war vermutlich in diesem Touristenort alles überteuert.

Hedda hatte ihre gefütterten Schuhe mit kuscheligen Hausschuhen getauscht und reichte Mia nun ebenfalls ein Paar. »Schlüpf mal rein, dann zeige ich dir dein Zimmer. Das Bett musst du allerdings noch beziehen, ich hatte schon lange keinen Übernachtungsgast mehr.«

»Natürlich. Ich bin so froh, dass ich bei dir bleiben kann ...«

Hedda schnitt ihr mit einer Handbewegung das Wort ab. »Das ist doch kein Thema. Ich freue mich, dass du gekommen bist.« Dann stieg sie die Holzstufen hinauf, Mia folgte ihr, vorläufig nur mit dem Rucksack. Sie spürte etwas an ihrem Bein vorbeistreifen und sah die Katze die Treppe hinaufflitzen.

Im oberen Bereich entdeckte Mia drei Türen. Hedda ging auf die hinterste zu und knipste überall Licht an.

Mia verliebte sich augenblicklich in den kleinen Raum. Ein breites Bett stand darin, ein alter Holzschreibtisch mit zahlreichen Schubladen, ein Wollteppich lag auf dem Boden aus glänzend polierten Dielen und ein Schrankbau nahm eine Fläche ein. Auf der gegenüberliegenden Wand war ein Fenster, das von geblümten Vorhängen umrahmt war. Goldie drängte sich ins Zimmer und sprang mit einem Satz aufs Bett, wo sie sich zu putzen begann.

Es wirkte ausgesprochen gemütlich.

»Das ist ein Traum.« Mia ließ den Rucksack auf den Boden fallen, drehte sich zu ihrer Tante und umarmte sie spontan. »Vielen Dank! Das ist so wunderbar.«

»Halt ein Zimmer.« Heddas Stimme klang verlegen, doch dann drückte sie ihre Nichte an sich. »Willkommen in Büsum.«

Ein ärgerliches »Miau« kam vom Bett.

»Sie ist wohl eifersüchtig?« Mia drehte sich zu Goldie um und wollte sie streicheln, doch die Katze wich ihr aus und sprang vom Bett.

»Sie ist keine Fremden gewohnt.« Hedda legte den Arm um Mia. »Das wird schon, bis jetzt war sie die unumschränkte Herrscherin im Haus.«

»Das mach ich ihr bestimmt nicht streitig.«

Hedda lachte auf. »Das schaffst du auch nicht.« Schließlich wies sie auf die benachbarte Tür. »Da drin ist das Badezimmer und das Zimmer dort drüben ist mein Schlafzimmer. Und jetzt zeige ich dir noch Wohnzimmer und Küche.«

Sie stiegen die steile Treppe wieder hinunter. Auch der untere Bereich gefiel Mia ausnehmend gut. Es war ein kleines Wohnzimmer mit einem geblümten Sofa, einem bunten Teppich, einer Wohnwand mit zahlreichen Büchern, Figuren und einem Fernsehapparat. In der angrenzenden Küche war ein Esstisch, an dem vier Leute sitzen konnten, mit Holzstühlen und eine Küchenecke, die ein wenig abgenutzt wirkte. Mia hatte sich schon lange nicht mehr so wohl gefühlt.

Ein großes gerahmtes Bild hing an der Wand im Wohnzimmer, es zeigte einen gut aussehenden bärtigen Mann mit einer Pfeife im Mund. Mia schätzte ihn auf fünfzig. »Ist das dein Mann?«

»Ja, das ist Walter. Manchmal kann ich immer noch nicht glauben, dass er tot ist.« Hedda holte eine Pfanne heraus und tat ein Stückchen Butter hinein. »Ich hab Krabbensuppe von gestern da und dann mache ich uns was Süßes. Ist das okay? Magst du Krabbensuppe?«

»Ich habe noch nie eine gegessen.« Mia konnte sich nicht vom Bild lösen. »Er sieht sympathisch aus.«

»Ja, das war er. Ein wunderbarer Kerl. Nachdem ich von Salzburg weg bin, war ich ziemlich niedergeschlagen. Er hat mich wieder aufgebaut.«

»Dann bist du damals auch aus Salzburg geflohen?«

»So ist es.« Ihre Tante sah sie über ihre Brille hinweg an. »Aber zuerst interessiert mich deine Geschichte. Eilt ja nicht. Du kannst dich oben häuslich einrichten, Hände waschen oder auch eine heiße Dusche nehmen, ich seh dir an, dass du immer noch frierst. Bettwäsche und Handtücher findest du im Schrank am Gang. Nimm bitte keine gelben, das ist meine Farbe.«

Mia sehnte sich tatsächlich nach einer Dusche.

Das Hinauftragen des Koffers entpuppte sich als gewaltige Herausforderung, sie kam ordentlich ins Schwitzen. Aber dann machte es ihr Spaß, ihre Sachen in den geräumigen Holzschrank einzuräumen. Auch hatte sie keine Mühe, das Bett zu beziehen, und schließlich betrat sie mit einem blauen Handtuch bewaffnet und ihrem Kosmetikbeutel das Badezimmer.

Es befanden sich eine Dusche, ein Waschbecken und ein Stuhl darin. Kurze Zeit später prasselte das heiße Wasser auf ihre Haut und Mias Lebensgeister erwachten wieder.

Hedda war zwar nicht außer sich vor Freude gewesen, aber immerhin durfte sie erst mal hierbleiben. Hoffentlich würde ihre Tante sich nicht auf die Seite ihrer Familie stellen und verlangen, dass sie zum Hochzeitstermin zurückkehren müsste.

Das würde sie auf keinen Fall tun.

Nur, wo sollte sie dann hin? Mia stieg aus der Dusche und rubbelte sich trocken. Mit dem Worst Case wollte sie sich heute noch nicht befassen. Dazu war sie viel zu müde und ausgelaugt.

Zudem hatte sie einen Bärenhunger und der Duft von Gebackenem strömte zu ihr hoch. Sie schlüpfte in einen warmen Jogginganzug und eilte die Treppe hinab.

»Ah, du bist schon da?« Hedda sah sie an und ein Lächeln glitt über ihre Lippen. »Du magst es auch gern bequem, nicht wahr?«

»Ja. Hätte ich was anderes anziehen sollen?« Ihre Mutter hätte es nie geduldet, dass sie im Jogginganzug zum Abendessen kam. Die Mahlzeiten waren so etwas wie ein heiliges Ritual im Haus Seewald.

»Du liebes bisschen, nein. Denkst du, ich hätte ein Abendkleid erwartet?« Hedda lachte leise vor sich hin. »Mein Walter und ich haben sogar meistens im Pyjama gegessen. Für ihn war der Pyjama das liebste Kleidungsstück.«

»Das kann ich verstehen.«

»Du könntest schon mal den Tisch decken. Die Teller findest du im Schrank da oben und das Besteck in der Schublade rechts.«

Zehn Minuten später stellte Hedda einen Topf mit kräftig duftender, rosafarbener Cremesuppe auf den Tisch. »Büsumer Krabbensuppe, eine echte Spezialität von hier.«

Mia probierte den ersten Löffel. »Das schmeckt genial lecker. Wow. Ihr bekommt hier die Krabben frisch, nicht wahr?«

»Da sind nur frische Zutaten drin.« Hedda hielt ihr das Brotkörbchen hin und Mia fischte sich ein knuspriges Stück Weißbrot heraus.

Sie aßen eine Weile schweigend und Mia wusste, worauf ihre Tante wartete. Noch einmal holte sie tief Luft, nun war der Zeitpunkt der Beichte gekommen.

Kapitel 8

Sebastian

Sebastian wäre Irene jetzt gern losgeworden. Aber sie setzte sich nach der Begrüßung leider wieder auf ihren Platz und griff zu noch einem von Oma Antjes Lebkuchen.

»Die sind wirklich absolute Weltklasse, Frau Christiansen.« Sie leckte sich betont mit der Zunge über die Lippen. »Sie müssen mir unbedingt das Rezept geben.«

»Omas Rezepte sind ein Geheimnis.« Sebastian spürte die Schroffheit in seinem Tonfall.

»Unsinn«, lachte Antje. »Allerdings muss ich Ihnen gleich sagen, dass sie nicht so einfach zu machen sind. Und man sollte fürs Backen unbedingt Pottasche verwenden ...«

»Oma«, unterbrach Sebastian sie ungeduldig. »Was ist nun mit der angeblichen Nichte von Hedda?«

»Wieso angeblich?« Tobias hatte Jacke und Schuhe ausgezogen und kam nun ebenfalls ins Wohnzimmer.

»Ihr müsst schon verzeihen, dass ich der Sache misstraue.« Sebastian stemmte seine Hände in die Seiten.

»Ich habe noch nie gehört, dass Hedda Verwandtschaft hat. Was will die Frau hier? Und wie lange hat sie vor zu bleiben und Hedda auf der Tasche zu liegen?«

»Sie hatte einen riesigen Koffer dabei, ein echt schweres Ding. Ich habe ihn für sie durch den Schnee gezogen, daher weiß ich das.« Tobias ging zum Tisch und wollte nach einem Lebkuchen greifen. Im letzten Moment hielt Antje ihn zurück.

»Finger weg. Es gibt gleich Abendessen.«

»Ooooch, Sebastian isst doch auch.« Tobias zog einen Flunsch und wandte sich Hilfe suchend an seinen Onkel. Der beachtete ihn gar nicht, das Problem mit der falschen Nichte beschäftigte ihn mehr.

»Habt ihr Hedda mit der Nichte allein gelassen? Das darf nicht wahr sein!« Er tippte sich an die Stirn. »Da kommt eine wildfremde Person, behauptet, eine Verwandte zu sein ...«

»Sebastian, sie sieht Hedda ziemlich ähnlich.« Antjes Stimme klang besänftigend. »Außerdem weiß ich, dass sie eine Nichte hat, einen Neffen übrigens auch. Nur ist sie mit ihrer Schwester schon seit Jahren zerstritten.«

»Weshalb das?«

»Das weiß ich leider nicht. Aber sie leben in Salzburg, da kommt Hedda schließlich selbst her. Und Mia hatte eindeutig einen österreichischen Dialekt.«

»Das ist noch lange kein Beweis.« Er drehte sich zu Tobias. »Und wir beide hatten eine Abmachung, erinnerst du dich?«

»Aber ich musste Mia doch helfen, sie hätte es mit ihrem Gepäck nie zum Laden geschafft.«

»Das wäre auch besser gewesen, möglicherweise ist sie eine Betrügerin. Bei Hedda hat sie leichtes Spiel, so einsam wie sie seit Walters Tod ist.«

»Das ist sieben Jahre her und ich denke, sie hat ihren Lebensmut wiedergefunden. Sebastian, du siehst einen Löwen, wo nur ein Kätzchen sitzt.« Antje wandte sich an Irene. »Möchten Sie noch eine Tasse Tee?«

»Nein, danke, das ist lieb, aber ich werde nun aufbrechen.«

Sebastian atmete innerlich erleichtert auf. Fast hätte er ihre Anwesenheit vergessen. Irene bewegte sich wie eine Katze. Statt gleich zur Tür zu gehen, wandte sie sich an Tobias. »Ich habe ja einiges gehört, was du dir geleistet hast. Bei allem Verständnis für die Jugend, aber du musst dich ein wenig zusammennehmen.«

»Was geht Sie das an?« Tobias schob seine Unterlippe vor.

»Nun, dein Onkel und ich sind befreundet, daher schätze ich es nicht, wenn er unglücklich ist.«

»Du hast ein Verhältnis mit der da?« Der Junge starrte Sebastian an. »Die ist doch uralt! Ich hätte gedacht, dass du dir eine Bessere aussuchst.«

Über Sebastian schlugen die Flammen der Wut zusammen, er sah rote Schleier. Er packte seinen Neffen grob bei den Schultern und schüttelte ihn. »Ich hab genug von deinen Unverschämtheiten. Du entschuldigst dich sofort bei Gräfin von Aldersna, auf der Stelle.«

»Schlag mich nur, das willst du doch!«, schrie ihn Tobias auf einmal an.

Abrupt ließ er ihn los, sodass der Junge nach hinten stolperte. Heiße Scham stieg in ihm auf.

Um Gottes willen, was war bloß in ihn gefahren? Er war handgreiflich geworden, dabei war er absolut gegen jede körperliche Gewalt, Menschen und auch Tieren gegenüber.

Er atmete durch und sah auf seinen Neffen, dessen Augen förmlich glühten und der seinem Blick standhielt.

So hilflos hatte er sich schon lange nicht mehr gefühlt.

Sämtliche Konsequenzen fruchteten nicht. Verdammt, er war dem Teenager einfach nicht gewachsen.

Christina, was hast du mir angetan? Kurz hatte er das Bild seiner Schwester vor Augen, die ihren Sohn natürlich abgöttisch geliebt hatte. Aber damals war er ein süßer Sechsjähriger gewesen.

»Entschuldige dich bei Gräfin Irene«, forderte er ihn auf.

Tobias presste die Lippen aufeinander und schüttelte den Kopf.

»Wie du willst.« Die Worte kamen wie von selbst aus Sebastians Mund, klar und kalt. »Dann gehst du nun hinauf in dein Zimmer und bleibst dort bis morgen früh. Abendessen ist gestrichen.«

»Sebastian, also wirklich ...«, hörte er seine Oma hinter sich.

Tobias drehte sich schweigend um und polterte die Stufen hinauf.

Antje sah ihm mit Tränen in den Augen nach. »Das kannst du nicht machen, es gibt Bohneneintopf, den mag er so gern.«

»Das hat er sich selbst zuzuschreiben.« Sebastian spürte, wie die Anspannung sich löste und ein Kribbeln in den Muskeln zurückließ. Er wusste tief im Inneren, dass er die Sache alles andere als lobenswert gemeistert hatte.

Langsam lichteten sich die Schleier und er sah Irene vor sich stehen. »Es tut mir leid«, brachte er hervor.

»Mach dir nichts draus, Teenager sind so.« Irene griff nach ihrem Mantel und hatte ihn schon angezogen, als Sebastian die Idee kam, dass er ihr hätte helfen können. »Vielleicht wäre ein Internat tatsächlich eine Alternative?«

»Auf keinen Fall.« Antjes Stimme klang empört. »Tobi wird nicht abgeschoben.«

»Er braucht offensichtlich eine starke Hand, die ihn führt.« Irene zuckte mit den Schultern. »Ich wollte da nicht irgendwie etwas Böses sagen, aber die Internate sind ausgezeichnet heutzutage. Bestimmt wäre er unter Gleichaltrigen gut aufgehoben. Sie beide haben ja Ihren Beruf und wenig Zeit für ihn.«

Sebastian sah seiner Großmutter an, dass sie gleich explodieren würde, und schob Irene Richtung Tür. »Vielen Dank für deinen Besuch.«

»Bleibt es bei unserer Verabredung am Samstag?«

»Natürlich. Um sechs,« sagte er rasch, um sie loszuwerden.

Sie nickte. Sebastian schloss schließlich die Tür und atmete erleichtert aus. War es wirklich eine gute Idee, sich mit Irene einzulassen?

»Was bildet diese Frau sich ein!« Antjes Nasenflügel bebten vor Entrüstung und ihre Frisur wirkte noch zerzauster als sonst. »Ein Internat, pfff.«

»Ich habe selbst auch schon daran gedacht«, sagte Sebastian leise. »Allerdings sind die guten Institutionen teuer.«

»Kommt nicht infrage.«

»Oma, überleg doch mal, wir haben beide wirklich wenig Zeit für ihn. Und wir haben nicht die Nerven für die Erziehung eines Teenagers.«

»Du müsstest das allermeiste Verständnis für ihn haben. Ich erinnere mich deutlich, was deine Mutter mit dir mitgemacht hat. Beispielsweise, wie du beim Schulausflug ...«

»Ist ja schon gut, Oma.« Daran wollte er nicht erinnert werden, er war tatsächlich auch ein ziemlicher Rabauke gewesen.

»Mit dem Abendessenverbot bist du übers Ziel hinausgeschossen. Das ist ja wie im Mittelalter.«

Er seufzte. »Dann sag du mir, welche Strafe ich verhängen kann, dass er Respekt bekommt und sich endlich an die Regeln hält. Du willst nicht wirklich, dass ich ihn verprügle.«

»Selbst wenn du das fertigbrächtest, muss ich dir leider sagen, dass auch das nichts viel bringt. Mein Vater hat mir öfter mal den Hintern versohlt, aber ich habe mich nicht abhalten lassen, Unsinn zu treiben.«

Sebastian starrte sie an. »Das hast du nie erzählt.«

»Wozu auch.« Sie lächelte schief. »Ich kann dir nur sagen, dass die Demütigung schlimmer ist als der Schmerz. Und dann wäre dein Verhältnis zu ihm dauerhaft im Eimer. Jetzt lass uns essen.« Sie drehte sich um und ging in die Küche. Kurz darauf hörte er erneut

ihre Stimme. »Und danach nimmst du einen Teller Ein-
topf, bringst ihn Tobi hinauf und redest noch mal mit
ihm.«

Kapitel 9

Mia

Mia wusste zuerst nicht, wie sie beginnen sollte, daher war der Anfang etwas holprig. Doch je mehr sie erzählte, desto flüssiger wurden ihre Sätze.

»Ich weiß echt nicht, warum alles so schiefgelaufen ist und wann ich begonnen habe, so eine Versagerin zu sein.« Sie sah auf und erwartete, dass ihre Tante etwas dazu sagte, doch die schwieg, hatte sich zurückgelehnt und wirkte höchst aufmerksam.

»Ich bin – war – mit einem Mann verlobt. Patrick Altenstein. Er ist perfekt, ein erfolgreicher Rechtsanwalt, reich, attraktiv, sportlich und er stellt keine Ansprüche an mich, außer dass ich neben ihm hübsch sein soll. Die Hochzeit hätte am 22. Dezember stattfinden sollen, aber ich kann ihn einfach nicht heiraten. Doch meine Mutter, also im Grunde genommen meine gesamte Familie, die wollen das nicht einsehen und Patrick hat mich auch nicht ernstgenommen. Die Vorbereitungen laufen weiter, da kann ich sagen, was ich will. Meine

Freundin hat mir geraten, mich über Weihnachten irgendwo zu verstecken, und da ...« Sie brach ab.

Ein amüsiertes Lächeln zeigte sich auf dem Gesicht ihrer Tante. »Und da bist du auf die ungeliebte Tante gekommen?«

»Nun ja, ich habe die Todesanzeige von deinem Mann gefunden, die du Mama geschickt hast, und den Brief, da dachte ich ...« Mia verschwieg, dass sie gezielt danach gesucht hatte.

»Du hast auf jeden Fall Schneid, meine Liebe. Und jetzt erzähl, warum du glaubst, eine Versagerin zu sein. So siehst du nämlich nicht aus.«

Mia war überrascht, sie hatte damit gerechnet, dass ihre Tante über Patrick und ihre plötzliche Abneigung, ihn zu heiraten, reden würde.

Nie hatte sie jemand gefragt, weshalb es mit all ihren Ausbildungen nicht geklappt hatte.

»Meine Matura habe ich mit Auszeichnung absolviert. Und ich wollte bei Papa in der Kanzlei als Rechtsanwältin einsteigen, daher wollte ich Jura inskribieren. Doch er hatte einen Herzinfarkt, ausgerechnet als er die ganze Familie zur Feier meiner Matura zum Essen eingeladen hat. Es ging alles so schnell ...« Mia hatte die schrecklichen Bilder immer noch vor Augen. Rasch aß sie einen weiteren Löffel von der Suppe. »Das schmeckt wirklich klasse.«

»Danke. Es ist genug da.« Tante Hedda griff nach ihrer Hand. »Es muss furchtbar für euch alle gewesen sein.«

»Ja. Es war so unwirklich. Gerade noch hat Papa eine Rede gehalten und sich gefreut, dass nun auch sein drittes Kind den Schulabschluss geschafft hatte und plötzlich lag er da. Es war, als würden wir zu Stein erstarren, so stelle ich mir Dornröschen vor, wenn alle in Schlaf fallen. Mein Bruder und seine Frau haben sich um ihn bemüht, sie sind beide Ärzte. Ich war zuerst gar nicht so geschockt, weil ich es zu wenig ernst genommen habe.« Mia schob sich einen weiteren Löffel in den Mund. »Dann habe ich die Gesichter von Lukas und Renee gesehen, aber selbst da habe ich noch gedacht, dass Papa jeden Augenblick aufstehen wird.«

Kurz herrschte Stille.

»Den Sommer über war ich mit meiner Freundin am Meer, wir hatten dort einen Ferienjob. Und da habe ich Papas Tod auch verdrängen können und ich habe mir vorgestellt, er wäre zu Hause und gesund. Doch als ich heimkam, war Mama verändert, wir haben irgendwie alle allein getrauert. Und ich habe trotzdem mit dem Jurastudium begonnen.«

Mia aß die Suppe fertig und gerade, als sie den Löffel hinlegte, sprang Goldie auf ihren Schoß. Das weiche Fellknäuel schien eine beruhigende Wirkung auf sie zu haben und sie streichelte die Katze.

»Magst du noch eine Portion?«, fragte Hedda.

»Nein, danke.« Mia genoss das Schnurren von Goldie, während ihre Tante die Teller in die Küche trug.

Bereits eine halbe Minute später saß Hedda ihr erneut gegenüber. »Aber mit den Rechtswissenschaften hat es wohl nicht geklappt?«

»Nein. Die Vorlesungen waren trocken und dann kamen die ersten Tests, Multiple Choice, das liegt mir nicht besonders. Ich habe echt gelernt, in der Schule hatte es auch gepasst, doch die Antworten waren alle ähnlich abgefasst und verwirrten mich. Ich flog haus-

hoch durch und habe die Prüfung noch zweimal wie-
derholt, aber es klappte nicht. So habe ich nach einem
Jahr aufgegeben und umgesattelt auf Medizin. Doch
mir wurde schlecht beim Sezierkurs und zudem fiel ich
auch gleich bei der ersten Prüfung durch. Damit war
das zweite Jahr weg.« Sie sah auf, konnte jedoch in den
Gesichtszügen ihrer Tante nichts erkennen, weder Ab-
lehnung noch Zustimmung.

»Patrick habe ich bei Papas Beerdigung kennengelernt. Er war mitfühlend verständnisvoll und hat sich
beim Totenmahl sehr nett mit mir unterhalten. Da kam
er mir jedoch alt vor, ich war neunzehn und er zwei-
undvierzig. Aber eineinhalb Jahre später haben wir uns
zufällig beim Ostermarkt in der Stadt wiedergetroffen
und er hat mich zum Essen eingeladen. Es hat mir irgendwie geschmeichelt, dass er sich für mich interessiert. Ich war ziemlich down, weil nun schon das zweite
Studium den Bach runtergegangen war, aber er hat
mich aufgebaut und gemeint, dass es nicht so einfach
sei, das Richtige zu finden. Und mit zwanzig wäre ich ja
noch jung genug, einen neuen Weg einzuschlagen. Der
Altersunterschied erschien mir zu der Zeit nicht mehr
von Bedeutung. Und er sieht gut aus, auch jetzt noch,
eher wie Mitte dreißig als Mitte vierzig. Wir gingen gemeinsam auf Veranstaltungen, Konzerte, Theater und
so. Mir hat imponiert, dass er mich nicht bedrängt hat,
das fand ich toll. Erst nach ein paar Wochen zeigte er
mir seine Wohnung, und – wow – die spielt alle Stücke.
Hochmodern und mit teuerstem Innendesign ausge-
stattet, in einer super Wohngegend. Ich war beein-
druckt, dass dieser reiche Mann, der jede haben
konnte, mich ausgewählt hat. Ja und dann wurden wir

ein Paar und meine Mutter war sofort begeistert. Und im Herbst begann ich eine weitere Ausbildung, die Hotelfachschule. Das hat mir anfangs Spaß gemacht, und ich habe gleich neue Freunde gefunden. Aber dann lief alles schief, ich konnte beim Kochen nichts richtig machen, beim Servieren gingen mir mehrfach die Teller und Gläser zu Bruch und auch die Buchhaltung lag mir nicht, ich war hoffnungslos untertalentiert.«

Jetzt lachte Hedda zum ersten Mal. »Ich amüsiere mich nicht über dich, sondern nur über das Wort *untertalentiert*. Erzähl weiter. Wie lief es mit deinem Freund?«

»Patrick war und ist als Anwalt sehr beschäftigt, ich schlief zwar oft bei ihm, aber da er meist erst spät heimkam, war ich trotzdem einsam. Daher verbrachte ich viele Nächte im Elternhaus oder bei Freunden. Während meine Mutter Stress machte, weil ich wieder eine Ausbildung abbrechen wollte, nahm er es gelassen. Patrick hat auch meine Mutter überzeugt, dass sie mich nicht in einen Beruf drängen dürfe, in dem ich unglücklich wäre. Auf jeden Fall habe ich es dann noch einmal an der Uni probiert, mit Betriebswirtschaft. Das studierten die meisten aus meiner alten Schulklasse, leider passierte dasselbe wie zuvor, ich habe die ersten zwei Semester durchgezogen und einige Prüfungen absolviert. Aber im dritten Semester warf ich erneut das Handtuch, als eine Freundin von mir die Kindergartenschule vorschlug. Ich mag Kinder verrückt gern und ich dachte, dies wäre dieses Mal wirklich das Richtige. Aber ich habe schon das erste Praktikum nicht geschafft, zwei Mütter hatten es auf mich abgesehen. Wir waren auf dem Spielplatz, ihre beiden Buben hatten

Streit, sie haben miteinander gekämpft, dabei ist einer auf die Knie gefallen und hat sie sich aufgeschürft. Er hat den anderen so geschubst, dass er in einen Strauch gestürzt ist und sich die Arme aufgekratzt hat. Das ging echt so schnell, dass ich nicht rechtzeitig eingreifen konnte, viel passiert ist nicht. Das sahen die Mütter aber anders. Sie haben mich angekeift und anstatt mich zu verteidigen, hat die Leiterin diese Helikopter-Mütter beschwichtigt. Ich sei nur eine Praktikantin, die den Beruf ohnehin niemals ausüben würde.«

»Und dann hast du aufgegeben?«

»Nicht nur allein deswegen. Ich habe einfach festgestellt, dass mir im Umgang mit kleinen Kindern die Geduld fehlt.«

»Und dann?«

»Ich habe ein paar Monate im Schwimmbad am Kiosk gejobbt, das war meiner Familie aber nicht recht, sie haben mich gedrängt, endlich eine anständige Ausbildung zu machen und die auch abzuschließen. Daher habe ich mich im Herbst an der Fachhochschule für Sozialberufe eingeschrieben. Doch im Grunde genommen war das nur mehr ein Alibi. Patrick hat mir immer wieder versichert, dass es ihm egal ist, ob ich einen Abschluss habe. Seine Mutter plante bereits die Hochzeit und er sprach von Kindern.«

»Wann bist du dahintergekommen, dass du ihn nicht heiraten kannst?«

»Patricks Leben ist komplett durchgeplant. Er steht immer um sieben Uhr auf, geht ins Bad und duscht, trinkt einen Espresso, liest die Zeitung, verlässt um sieben Uhr fünfundvierzig das Haus. Jeden Tag, er weicht nicht eine Minute davon ab. Auch seine Freizeit ist genau organisiert, einmal die Woche kegelt er im Klub, macht regelmäßig seine Fitnessübungen, dazu hat er einen eigenen Fitnessraum in seiner Wohnung. Jedes Date mit ihm war Tage vorher geplant, Unpünktlichkeit war für ihn ein Gräuel. Aber er hat nie offen geschimpft, sondern nur mit hochgezogener Augenbraue verkündet, dass er eine Verspätung meinerseits ohnehin einkalkuliert hätte.«

Hedda lächelte. »Klingt nach einem Spießer.«

»Ein bisschen.«

»Du warst, wenn ich nachrechne, drei Jahre mit ihm zusammen ...«

»Dreieinhalb.«

»Ist dir das vorher nie aufgefallen? Also ich hätte es keine drei Tage mit so einem Mann ausgehalten.«

Mia rutschte auf ihrem Stuhl. »Ich weiß nicht, das hat sich entwickelt. Am Anfang war er nicht ganz so streng, vor allem hatten wir oft und ausgiebig ...« O Gott, das war kein Gesprächsthema mit einer Tante, die fast noch eine Fremde war.

»Sex?«, half sie jedoch nach. »Liebes Kind, denkst du, mein Mann und ich haben wie Mönch und Klosterfrau gelebt?«

Mia spürte Hitze in ihre Wangen steigen. »Nun ja, natürlich nicht. Aber – es ist irgendwie peinlich.« Sie holte Luft. »Also gut, am Anfang war da alles in Ordnung, Patrick und ich haben auf dieser Ebene bestens harmoniert und er gab mir das Gefühl, dass er sich kaum beherrschen konnte, wenn er mich ansah.« Wieder stoppte sie verlegen. »Aber irgendwann im vergangenen Jahr ist das abhandengekommen. Der Sex war plötzlich auch Bestandteil seines durchorganisierten Lebens. Und letzte Woche ...« Sie schüttelte den Kopf. Immer noch stieg Scham in ihr hoch, wenn sie an diesen Abend dachte. DAS wollte sie ihrer Tante wirklich nicht erzählen. »Egal, auf jeden Fall habe ich festgestellt, dass ich ihn nicht heiraten kann. Irgendwie habe ich in einer Blase gelebt.«

Ihre Tante erzwang nichts. Hedda stand auf und schenkte ihr noch einmal Tee nach. »Möchtest du meine Zitronenlebkuchen probieren? Antje und ich backen immer zusammen und das ist ein Rezept von ihr.«

»Gern.« Mia war dankbar für die Unterbrechung und kurze Zeit später biss sie in das weiche Gebäck. »Lecker.«

Hedda setzte sich ebenfalls wieder hin. »Wie gesagt, der Mann klingt nicht gerade nach einem Traummann.«

Mia scrollte in ihrem Handy und zeigte Hedda ein Bild.

»Gutaussehend ist er, das muss man ihm lassen.« Hedda nickte, »doch er ist zu alt für dich. Ich bin die Letzte, die sagt, dass Alter eine Rolle spielt, wenn man sich liebt, aber Alter ist nicht gleich Alter. Ein junger Mensch kann im Inneren alt sein und umgekehrt. Es muss zusammenpassen. Dein Patrick sieht äußerlich jung aus, aber seine Augen sind alt, aus dir hingegen sprüht die Lebenslust. Und das ist auch gut so. Was hast du deiner Mutter erzählt, wo du hingehst?«

»Ich habe ihr eine Nachricht hinterlassen, dass ich mir eine Auszeit nehme. Sie hat mir heute schon geschrieben, dass ich ein schlechtes Timing hätte, aber bis jetzt hat sie sich nicht noch einmal gemeldet. Vermutlich wird sie mich früher oder später anrufen.«

»Es sind fast vier Wochen bis zum Hochzeitstermin. Willst du dich die gesamte Zeit hier verstecken?«

»Ich weiß.« Mia fühlte sich plötzlich mutlos. »Ich nehme an, das ist zu lang, um hierzubleiben.«

»Ich freue mich über deine Gesellschaft, du kannst bleiben, so lang du willst. Allerdings kann ich dir verraten, dass es Zoff gibt, wenn deine Mutter das spitzkriegt. Irgendwann wirst du ihr sagen müssen, wo du bist.«

Mia rutschte auf ihrem Stuhl nach vorn, ohne Goldie loszulassen. »Weshalb seid ihr so zerstritten?«

»Das ist eine ellenlange Geschichte, zu lang, um sie jetzt zu erzählen, es ist schon spät und ich muss morgen wieder im Laden stehen.«

»Ich könnte dir helfen, Tante Hedda.« Mia hörte selbst den Eifer in ihrer Stimme. »Ich meine, dafür, dass ich hier wohnen darf.« Sie deutete auf den Tisch. »Und essen.«

»Gern.« Hedda beugte sich vor. »Ich glaube, deine Entscheidung war richtig. Vielleicht findest du hier heraus, was du mit deinem Leben anfangen möchtest.«

»Vielleicht.« Mia fühlte Hoffnungslosigkeit in sich aufsteigen. »Ich weiß, dass ich einen Beruf lernen sollte, und ich muss ja von irgendwas leben. Meine Mutter hat schon gesagt, dass sie mir den Geldhahn zudreht, wenn ich Patrick nicht heirate. Für sie war es irgendwie beruhigend, dass ich als Ehefrau gut versorgt sein würde. Nicht einmal das schaffe ich.«

»Wir sind nicht im Mittelalter, wo Ehen arrangiert werden. Mia, es ist alles in Ordnung. Und du wirst deinen Weg finden, ganz bestimmt. Du hast bereits eine Entscheidung getroffen, indem du hierhergekommen bist. Damit hast du für dein Leben eine neue Weiche gestellt. Halt deine Arme offen für alles, was da kommen mag.«

Da ihre Tante das sagte, klang es einfach. Doch wenn Mia auf die vergangenen fünf Jahre zurückblickte, in denen sie weniger als nichts erreicht hatte, so hatte sie ihre Zweifel, dass sich nun neue Perspektiven öffnen würden.

Dann hörte sie Hedda noch so leise murmeln, dass sie es kaum verstand.

»Möglicherweise kommt deine Mutter zur Einsicht und wir können normal miteinander sprechen.«

Sie musste herausfinden, weshalb die beiden Schwestern sich entzweit hatten.

»Aber nun zu dir. Ich freue mich, dass du hier bist und ich habe gemeint, was ich sagte. Du kannst so lange hierbleiben, wie du möchtest.« Hedda stand auf. »Der Tee müsste fertig sein. Eine beruhigende Mischung, danach wirst du gut schlafen können.« Kurze Zeit später stellte sie die Kanne auf den Tisch und schenkte ein.

Mia streichelte Goldie, die nun laut schnurrte und immer wieder ihr Köpfchen an Mias Händen rieb.

»Danke, Tante Hedda«, sagte sie leise. »Da bin ich echt froh, dass ich hierbleiben darf, ich hätte sonst nicht gewusst, wohin. Und das ausgerechnet zu Weihnachten.«

»Wie möchtest du vorgehen?« Hedda griff nach der Dose mit Kandiszucker und holte sich mit der Zange ein Stück heraus. »Du musst deiner Mutter und deinem

Verlobten Bescheid geben, sonst werden sie eine Vermisstenanzeige aufgeben.«

»Patrick habe ich einen Brief geschrieben, ihn aber nicht abgeschickt. Das werde ich nachholen.«

»Das musst du unbedingt tun. Oder du rufst ihn an. Es ist nie einfach, Entscheidungen zu treffen und zu seinen Handlungen zu stehen.«

Mia spürte die Unruhe ihrer Tante, obwohl weder ihrer Mimik noch ihrer Stimme etwas anzuhören war. Aber mit Mias Ankunft würde auch Hedda sich mit ihrer Schwester auseinandersetzen müssen.

Sie verspürte auf einmal ein schlechtes Gewissen, weil sie offenbar in ein Wespennest gestochen hatte. Doch war es nicht besser, die beiden Schwestern würden ihre Probleme bereinigen?

Sie holte sich ein Stückchen Zucker und rührte in ihrer Tasse. Der Tee duftete wundervoll nach Beeren.

»Jetzt hätte ich doch glatt die Kekse vergessen, schließlich ist bald Weihnachten.« Hedda stand auf und ging in die Küche. Mia hörte Geschirr klirren und ein Rascheln, dann kam Hedda zurück und stellte eine Schale mit Keksen auf den Tisch. »In der Adventszeit schmecken sie am besten.«

»Die sehen aber klasse aus.« Mia lächelte. »Alle selbst gebacken?«

»Zusammen mit Antje. Die Schokomakronen und Vanillekipferl sind mein Rezept, die Zitronenlebkuchen das von Antje.«

»Meine Mutter hatte leider nie Zeit zum Backen, sie hat für den Heiligen Abend immer welche gekauft.«

»Das kann ich mir vorstellen. Daggi war immer schon mehr der wissenschaftliche Typ.«

Bei Schokolade konnte sie nicht widerstehen und daher nahm sie sich eine von den kreisrunden Makronen, die mit Schokoladenglasur überzogen waren. Knusprig und süß waren sie, Mia genoss den Geschmack mit geschlossenen Augen.

Das Lachen von Hedda schreckte sie auf. »Jetzt machst du ein Gesicht wie deine Mutter, als sie ein Teenager war.«

»Mama? Die isst nie Süßes. Sie schaut immer nur auf ihre Figur.«

»O ja, das kann ich mir vorstellen. Aber früher, da war sie anders. Daggi war eine ziemliche Hexe, das kann ich dir sagen. Zu zweit haben wir jede Form von Unsinn angestellt und meist hat sie mich dazu angestiftet.«

»Echt jetzt?« Mia konnte sich ihre Mutter, die gesetzte Hochschulprofessorin, beileibe nicht als freches Mädchen vorstellen, das Streiche gespielt hatte.

»Da kann ich dir einiges erzählen.« Hedda grinste spitzbübisch und legte den Kopf schief. »Weißt du, wie man uns nannte? Daggi und Heddi, die beiden Chaosprinzessinnen. Weil wir niemals sauber waren, überall hinaufgeklettert sind und bei jedem Spiel mitgemacht haben.«

Mia grinste.

»Und wenn du denkst, dass deine Mutter so eine vorbildliche Schülerin gewesen ist, dann irrst du. Sie hatte nur Buben im Kopf, das schon mit zwölf, und bekam zahlreiche Strafen in der Schule. Erst mit dem Studium entwickelte sie sich zu einer Streberin. Wobei ich das positiv meine. Wie war deine Schulzeit?«

»Die war easy, ich habe nie was angestellt.« Mia dachte nach. »Meine Geschwister und ich, wir waren

alle immer erstklassige Schüler, das Lernen hat mir nie
Schwierigkeiten bereitet. Erst mit dem Studium haben
meine Probleme angefangen. Irgendwie total umgekehrt, wenn man es mit meiner Mutter vergleicht.« Mia
nahm einen Schluck Tee. »Komisch, sie hat uns immer
erzählt, sie sei eine Einser-Schülerin gewesen.«

»Durchgefallen sind wir nie. Aber so richtig tolle
Schülerinnen waren wir auch nicht, nein. In Deutsch-
land mit dem Numerus-clausus-System hätten wir es
schwer gehabt, an einer Uni unterzukommen.«

»Was hast du studiert?« Mia hätte nicht gedacht, dass
Hedda an der Universität gewesen war. Für einen Souvenirladen brauchte man doch kein Studium?

»Englisch und Deutsch. Ich wollte Lehrerin werden,
an einem Gymnasium.«

»Und?«

»Ich habe das Studium abgebrochen und bin hierhergezogen.« Hedda stand auf und nahm ihre Tasse und
die Teekanne auf. »Es ist schon spät, lass uns schlafen
gehen. Wenn du ein paar Wochen bei mir bleibst, haben wir noch viel Gelegenheit, miteinander zu reden.«

»Ja.« Mia erhob sich ebenfalls und trug ihre Tasse in
die Küche. Ihre Tante und sie hatten offenbar etwas gemeinsam.

Kapitel 10

Sebastian

Sebastian hatte eine unruhige Nacht verbracht. Zwar hatte er mit Tobi einen oberflächlichen Frieden geschlossen, indem er ihm das Abendessen gebracht hatte, doch er wusste, dass der Junge wie ein aktiver Vulkan war. Der nächste Ausbruch würde schon bald stattfinden.

Das kommende Date mit Irene lag ihm zudem schwer im Magen. Sie wollten auf den Weihnachtsmarkt und anschließend in eine Bar. Er wusste, dass er Irene gefiel, dennoch war er nicht auf eine schnelle Nummer aus. Aber die Gräfin war keine Frau, die leicht aufgeben würde.

Was Tobias betraf, hatte sie nicht Unrecht. Ihre Argumente für ein Internat waren stichhaltig. Er war wirklich den ganzen Tag beschäftigt und seine Großmutter war über achtzig. Zwar noch rüstig, aber bestimmt nicht der geeignete Gegenpart für einen widerspenstigen Teenager. Und er hatte keine Lust, nach einem arbeitsreichen Tag in der Praxis zu nachtschlafender Zeit seinen Neffen von dubiosen Partys abzuholen.

Der Junge wuchs ihm über den Kopf. Sebastian erinnerte sich natürlich an seine Teenagerzeit und dass seine Eltern es mit ihm nicht leicht gehabt hatten. Glasklar sah er seinen Vater vor sich, der mit ihm zahlreiche Gespräche über Verlässlichkeit, Vertrauen und Verantwortung geführt hatte. Und selbstverständlich hatte auch er mit sechzehn nicht immer gehorcht.

Aber er hatte seinen Vater respektiert. Und Tobias sah in ihm nur den viel zu jungen Onkel. Zudem hatte er die meiste Zeit ausschließlich mit seiner Uroma verbracht, als Sebastian zum Studium in Hamburg gewesen war. Er war zwar fast jedes Wochenende heimgekommen, dennoch hatte die Last mit Tobias auf Antjes Schultern gelegen. Und Tobi war damals ein lieber kleiner Junge gewesen. Die Grundschule hatte er mit links bewältigt, die Aufnahme ins Gymnasium war ein Klacks gewesen. Sebastian hatte den Eindruck, dass er sich von Anfang an in der *Schule am Meer* wohlgefühlt hatte.

Erst seit ein paar Monaten hatte sich das geändert.

Sebastian war ratlos, wie er damit umgehen sollte. Noch heute musste er sich kundig machen, welche Internate es gab. Tobias war sportlich und intelligent, dem musste die Schule natürlich gerecht werden.

Draußen war es noch dunkel. Die Sonne ging erst nach acht Uhr auf. Tobi saß ihm missmutig am Frühstückstisch gegenüber und löffelte seine Cornflakes. Bis jetzt hatte er keinen Ton gesagt und Sebastians Morgengruß ignoriert. Simba saß an ihrem Platz in der

Ecke. Sie wartete bereits auf ihren Morgenspaziergang und hechelte erwartungsvoll.

»Was steht heute an im Unterricht?« Ganz falsch! Sebastian hätte sich am liebsten auf die Zunge gebissen. Er selbst hatte es gehasst, wenn man ihn nach der Schule gefragt hatte.

»Das Übliche halt.« Die murrende Stimme passte zum Gesichtsausdruck, aber Sebastian war schon froh, dass er ihn überhaupt einer Antwort würdigte.

»Wann hast du aus?« Sebastian beugte sich vor. »Möchtest du vielleicht in die Praxis kommen? Am Nachmittag habe ich zwei Operationen ...«

»Mich interessieren deine Scheißviecher nicht.«

Sebastian zuckte zurück. »Ich dachte, es hätte dir Spaß gemacht, mit den Tieren ...«

»Hat es nicht. Ist todlangweilig. Immer das Gleiche. Ich werde bestimmt kein Tierarzt.«

»Musst du ja nicht.«

Tobias stand auf und ging zu Simba, kraulte sie hinter den Ohren. »Ich geh mit ihr am Nachmittag raus.« Er klang versöhnlicher, dann griff er nach seinem Schulrucksack und verschwand in die Garderobe.

Hoffentlich, dachte Sebastian. Am Vortag hatte der Junge seine Zeit lieber auf dem Weihnachtsmarkt verbracht. Und mit der ominösen Nichte von Hedda.

Der musste er unbedingt auf den Zahn fühlen.

Simba sprang auf, bellte kurz und eilte ihm nach.

»Nein, ich kann dich nicht mitnehmen«, Tobias sprach auf den Hund ein. Seine Stimme war nun wieder sanft und freundlich.

Die Schüssel mit den Cornflakes war noch halb voll und ein Pausenbrot hatte sich Tobi bestimmt auch nicht eingepackt.

Die Mauer zwischen ihm und seinem Neffen wurde immer höher und unüberwindlicher. Sebastian hörte die Tür klappen, Simba winselte.

Das riss ihn aus seiner Lethargie. »Ist ja schon gut, wir starten ja gleich.«

Er holte sich seine wasserfesten Winterstiefel, die dicke Jacke, setzte die Wollmütze auf und wickelte den Schal um den Hals. Simba saß bereits schwanzwedelnd vor der Haustür. Ihre blauen Augen strahlten erwartungsvoll. »Ja, deinetwegen muss ich in die Kälte und fast dunkel ist es auch noch«, beklagte er sich.

Frostige Luft schlug ihnen entgegen. Er nahm Simba an die Leine und dann marschierten sie los Richtung Meer. Die altbekannte ausgiebige Spazierroute würde ihm heute besonders guttun.

Vielleicht kam ihm die erleuchtende Idee, wie es mit Tobias und ihm weitergehen sollte.

Um diese Uhrzeit, knapp nach acht, waren nicht viele Menschen unterwegs. Nach zwanzig Minuten erreichte er den Hundestrand. Langsam wurde es heller und er freute sich auf den Sonnenaufgang. Es war immer wieder ein schönes Schauspiel, die Sonne blutrot hinter dem kleinen Ort aufgehen zu sehen. Viele schätzten den Untergang mehr, wenn der feuerrote Ball im Meer versank. Für ihn jedoch hatte der Beginn des Tages ein besonderes Flair. Vor allem war er zu dieser frühen Stunde meistens allein am Strand. Freilich, es gab andere Spaziergänger und Hundebesitzer, aber oft sah man sich nur von Weitem.

Er löste Simbas Leine und die Hündin sprang begeistert um ihn herum. Das konnte er sich nur erlauben, weil Simba aufs Wort folgte. Eine gute Erziehung war ihm wichtig gewesen.

Aber Tobias war eben kein Hund.

Die Sonne ging auf und verbreitete ein angenehmes Licht, das die Umgebung zunehmend heller erstrahlen ließ.

»He, du bist ja ein ganz Lieber«, hörte er plötzlich eine sanfte Stimme. Rasch drehte er sich um.

Zu seiner Überraschung bemerkte er, dass er nicht allein war. In etwa hundert Meter Abstand stapfte noch eine weitere Person durch den Sand. Eine Touristin? Um diese Uhrzeit?

Simba war auf die Unbekannte zugelaufen, die ihr die Ohren kraulte.

Ohne zu zögern, überbrückte Sebastian die Distanz mit langen Schritten. »Es ist riskant, ein fremdes Tier anzufassen«, rügte er, kam sich dabei aber dämlich vor, denn Simba würde nie jemandem etwas tun. Sie war eher ein Schmusehund als ein Wachhund.

»Tut mir leid, normal tue ich so was nicht.« Die Frau richtete sich auf und Sebastian musste schlucken.

Sie war eingehüllt, trug eine gestrickte Wollmütze und einen Schal, mehrfach um den Hals gewickelt, zudem einen Wollmantel und Stiefel. Aber aus all der Vermummung strahlte ihr Lachen und es haute ihn fast um.

Noch nie zuvor war ihm das passiert. Er gab sich selbst einen innerlichen Stoß und streckte der Fremden seine Hand hin, die in einem gefütterten Lederhandschuh steckte. »Ich bin Sebastian Christiansen.«

»Freut mich.« Sie reichte ihm die nackte Hand. Offenbar hatte sie ihren Handschuh ausgezogen, um Simba besser streicheln zu können. »Ich bin Mia Seewald.« Sie drückte kurz seine Hand, dann stülpte sie sich ihren Handschuh wieder über. »Puh, es ist wirklich kalt. Aber der Sonnenaufgang ist ein Traum.«

»Stimmt. Das genieße ich täglich.« Sebastian konnte kaum den Blick von ihren Augen losreißen. Sie leuchteten in hellem Blau.

»Vermutlich müssen Sie wegen dieser hübschen Dame hier«, sie deutete auf Simba, »bei dieser Kälte am Strand spazieren, nicht wahr? Wie heißt sie denn?«

»Das ist Simba.«

»Freut mich.« Sie verbeugte sich spielerisch vor der Hündin, sodass Sebastian lachen musste.

Simba bellte kurz, dann rannte sie wieder weiter.

»Sie haben recht, Simba braucht viel Auslauf.« Sebastian musterte sein Gegenüber, die Faszination wich jedoch nicht.

»Ist sie ein Schlittenhund? Sie ist wunderschön.« Aus Mias Stimme klang fast so etwas wie Ehrfurcht. »Und recht jung, vermute ich mal.«

»Sieben Jahre alt, also topfit.« Sebastian fühlte sich beinah unfähig, den Blick von ihr zu lösen, Mias erste Frage hatte er bereits vergessen. »Sind Sie auf Urlaub hier?«

»Ja, bei meiner Tante.« Ein Windstoß kam und sie fröstelte merklich. »An die Temperaturen muss ich mich noch gewöhnen.«

»Oder wärmere Kleidung besorgen, der Mantel hier sieht schick aus, ist aber nicht besonders zweckmäßig.«

»Das habe ich gestern schon mal gehört.« O Mann, ihr Lachen war einfach umwerfend. »Ich habe zwar meinen dicksten Wollpullover drunter an, aber der Wind bläst irgendwie durch, als wäre es Papier. Ich muss heute unbedingt einkaufen gehen.«

»Soll ich dir einen Tipp geben? Entschuldigung, ist das Du in Ordnung?«

»Klar. Und ich nehme jeden Ratschlag an.«

»Du solltest nicht in der Fußgängerzone einkaufen, das sind die Touristenläden. In der Dithmarscherstraße gibt es ein Großkaufhaus.«

»Klingt toll. Komme ich da zu Fuß hin?«

»Ja, es ist nicht weit. Ein Bus fährt aber auch. Wo wohnst du denn?«

Sie nannte ihm die Adresse und er zuckte zusammen. Hatte er sich verhört? Das konnte doch nicht wahr sein. Da gefiel ihm schon mal eine Frau und nun stellte sie sich als die ominöse Nichte von Hedda heraus.

»Die Salzburgerin.« Er schüttelte den Kopf.

»Woher weißt du das?«

»Tobias ist mein Neffe.«

»Ah, der Sebastian!« Sie tippte sich an die Stirn. »Tobi ist ein feiner Kerl, hat mir den gesamten Weg meinen unförmigen Koffer durch den Schnee gezogen.«

Sebastian verkniff sich eine Bemerkung über Tobi, dass er offenbar auch lieb sein konnte. Die Familienprobleme gingen die Fremde schließlich nichts an.

Ihn beschäftigte vielmehr die Tatsache, dass er Mia anziehend fand und sie möglicherweise eine Trickbetrügerin war.

»Dann bist du der Enkel von Antje? Ich habe deine Oma kennengelernt. Sie ist auch eine sympathische

Frau. Tante Hedda hat mir erzählt, dass sie schon über achtzig ist.«

»Einundachtzig, um genau zu sein.«

»Wahnsinn, dass sie da immer noch im Laden steht.«

»Das Geschäft ist ihr Leben. Vermutlich wird sie irgendwann mit hundert oder so dort sterben.«

»Das könnte ich mir gut vorstellen. Aber bis dahin vergeht noch viel Zeit.«

Sie schlenderten nebeneinander den Strand entlang, während Simba begeistert mal zu ihnen kam und dann wieder vorauslief. Er bückte sich und warf ein Stückchen Holz, das am Boden lag, Simba rannte hinterher. »Was verschlägt dich den weiten Weg von Österreich hierher?«

Ein grauer Vorhang schien sich über Mias Gesicht zu legen und ihre Fröhlichkeit war wie weggeblasen. »Lange und unschöne Geschichte«, sagte sie leise.

»Das ist es meistens.« Er wollte nicht weiterfragen und womöglich in die Irrungen und Wirrungen einer Touristin hineingezogen werden. Es reichte ihm, dass Irene ihn auf dem Kieker hatte. Das Mädchen vor ihm war zwar nicht mit der reichen Witwe zu vergleichen, dennoch würde er sich nicht auf eine Affäre einlassen. Kein Flirt, keine nähere Bekanntschaft.

Also sah er betont auf die Uhr. »Verflixt, schon halb neun, ich muss zurück.« Er pfiff nach Simba und wie immer kam sie sofort und ließ sich an die Leine nehmen.

»Was ist sie für eine Rasse? Sie sieht ein wenig aus wie ein Husky, aber ihr Fell ist nicht so strahlend weiß, sondern wirkt bräunlich.« Mias Stimme klang keineswegs beleidigt, dass er sich offenbar nicht für ihre Leidensgeschichte interessierte.

»Gut beobachtet. Sie ist ein Mischling, ein Labrador-Husky. Sie wurde auf einem Autobahnrastplatz ausgesetzt und man hat sie zu uns in die Praxis gebracht. Da sich niemand gemeldet hat und Tobias sie gern haben wollte, haben wir sie zu uns genommen.« Er erinnerte sich, wie begeistert Tobi damals gewesen war und wie einfach es zu der Zeit noch war, ihn glücklich zu machen. »Er hat sie Simba genannt, nach – *König der Löwen*, obwohl ich ihm gesagt habe, dass es sich um eine Dame handelt. Aber Simba ist ja auch ein Mädchenname.«

»Unisex würde ich sagen. Auf jeden Fall ist sie etwas Besonderes. Wie kann man so ein Tier an der Autobahn aussetzen? Unglaublich. Die Leute gehören gestraft. Erst schaffen sie sich Haustiere an und wenn sie keine Verwendung mehr dafür haben, dann einfach weg. Bei uns im Tierheim ...«

»Arbeitest du in einem Tierheim?«

»Ehrenamtlich war ich öfter da.«

»Dann verstehst du was von Tierpflege?«

»Nicht wirklich. Ich bin mit den Hunden spazieren gegangen, habe Futter gemixt und gebracht, die Boxen sauber gemacht, solche Hilfsarbeiten eben.«

»Toll. Diese Tätigkeiten müssen erledigt werden und die meisten machen es nicht gern.« Er könnte ihr jetzt sagen, dass auch er eine besondere Beziehung zu Tieren hatte. Aber dann stoppte er wieder, ehe die Worte über seine Lippen kamen.

Er würde die junge Frau nie mehr wiedersehen. Na ja, das war vielleicht übertrieben. Büsum war kein großer

Ort, also liefen sie sich eventuell ein zweites Mal über den Weg.

Mehr nicht.

Sie erreichten den Leuchtturm und Sebastian sah erneut auf die Uhr. »Tut mir leid, ich muss nun ein schnelleres Tempo vorlegen. Ich wünsche dir noch einen tollen Urlaub.«

»Danke. Dir auch einen schönen Tag.« Nun spürte er doch eine Spur Enttäuschung in ihrer Stimme und er musste sich zusammenreißen, um nicht einzulenken. Sekundenlang sahen sie sich an, ohne dass sich jemand bewegte.

Stopp. Womöglich würde er so was Blödes tun wie sie um ein Date zu bitten. Das neue Fischlokal wollte er ohnehin schon lange ausprobieren.

Schlechte Idee.

»Danke.« Er wickelte sich die Leine ums Handgelenk. »Los, Simba, jetzt müssen wir rennen.« Er wartete Mias Antwort gar nicht ab, sondern joggte los.

Auf keinen Fall würde er sich noch mal umdrehen. Energisch legte er einen Zahn zu und Simba rannte begeistert mit.

Die Faszination zwischen ihnen hatte er sich bestimmt eingebildet. Sie war bildhübsch, aber Sebastian hatte oft mit schönen Frauen zu tun. Irene war ebenfalls attraktiv. Mia jedoch war umwerfend. Ihre Ausstrahlung, Lebhaftigkeit und Begeisterung – das alles hatte bei ihm eingeschlagen wie ein Blitz.

Die junge Touristin hatte ein paar Saiten in ihm zum Klingen gebracht, von denen er geglaubt hatte, dass sie ewig verstummt seien.

Krieg dich wieder ein! Sie ist nur zu Besuch hier.

Dennoch wusste er, dass er die Begegnung nicht so rasch aus dem Kopf bekommen würde.

Kapitel 11

Mia

Wow, so ein faszinierender Mann. Schade, dass er so überhaupt nicht interessiert gewesen war. Mia hatte eine ganze Horde Schmetterlinge in ihrem Bauch gefühlt. Diese dunklen warmen Augen und fast schwarzen Haare, die unter seiner Mütze hervorgeschaut hatten. Die eleganten Bewegungen, wenn er Simba das Stöckchen geworfen hatte. Mia hatte sich dabei ertappt, dass sie den Hund um Sebastians Streicheleinheiten beneidet hatte.

Wahrscheinlich war er verheiratet. Was wusste sie denn von ihm, außer dass er einen hinreißenden Hund besaß und der Onkel von Tobias war?

Dennoch war sie enttäuscht gewesen, als er sie so rasch abgewimmelt hatte. Denn nichts anderes war es gewesen, als er so demonstrativ auf die Uhr gesehen hatte.

Richtig, sie musste eine dickgefütterte Jacke kaufen, eine, die Wind und Wetter trotzte. Eventuell auch einen Schal, denn sie wollte nicht immer mit der Schrift von Büsum herumlaufen.

Sie fand ihre Tante im Wohnzimmer beim Stricken. »Hattest du einen schönen Spaziergang? Warst du beim Leuchtturm?«

»Ja. Ich habe sogar den Onkel von Tobias getroffen. Du hast mir ja von ihm erzählt. So ein Zufall, nicht?«

»Sebastian war bestimmt mit Simba unterwegs.«

»Richtig. Was macht er denn beruflich?«

»Er ist Tierarzt, auch der von Goldie. Er hat sie mir nach Walters Tod geschenkt, das war eine liebevolle Geste von ihm. Er hat sie am Strand gefunden.«

»Offenbar findet er viele ausgesetzte Tiere. Simba wurde ebenfalls zurückgelassen.«

»Bei Goldie war das etwas anders, sie wurde mit ihren Geschwistern in einen Jutesack gestopft und ins Meer geworfen. Offensichtlich nicht weit genug, denn der Sack wurde wieder angespült und Goldie hat als Einzige überlebt.«

Mia setzte sich hin und warf einen Blick auf die schlafende Katze. »Wow, was für ein Schicksal.«

»Mit der Geschichte konnte ich sie nicht abweisen.«

»Wie genau sind denn Tobis Eltern ums Leben gekommen?«

»Es war ein furchtbarer Unfall. Ein Lastwagen hat dem Pkw die Vorfahrt genommen und alle fünf waren tot.«

»Fünf?« Mia spürte eine Gänsehaut.

»Es war entsetzlich. Antjes Sohn mit seiner Frau, Christina, ihre Enkeltochter, mit ihrem Mann und eine

Freundin. Nur Sebastian und Tobi sind ihr geblieben. Tobias war damals erst sechs. Ich habe sie bewundert, wie sie es geschafft hat, den Jungen großzuziehen. Sie war doch schon über siebzig und Sebastian musste zum Studium nach Hamburg.«

Mia konnte kaum etwas darauf sagen. Wie schrecklich grausam das Schicksal doch sein konnte. Auf einen Schlag der Großteil der Familie vernichtet.

»Sebastian ist seither sehr ernst geworden. Und er kümmert sich rührend um Tobias, aber ein Teenager ist nicht immer ganz einfach. Schade, dass er noch keine tüchtige Frau an seiner Seite hat, es wäre wirklich an der Zeit.«

Mia ging auf einmal ein Licht auf. »Sag mal, du wusstest, dass ich ihn treffen würde?«

»Er geht jeden Morgen dahin, Simba braucht ordentlich Auslauf. Am Nachmittag ist das Tobis Aufgabe.«

»Und du wolltest, dass ich ihn treffe?« Mia stemmte die Hände in die Hüften. »Willst du mich verkuppeln?«

»Noch bist du verlobt, junge Dame.« Heddas Tonfall klang streng, doch Mia hörte das Lachen dahinter. »Und gefällt er dir?«

»Ja.« Mia war immer schon ehrlich gewesen. »Aber er ist nicht interessiert, wir haben uns nett unterhalten, das wars dann.«

»Wirklich?«

»Er hatte es auf einmal richtig eilig und er hat mir einen schönen Urlaub gewünscht, das klingt nicht, als ob er mich wiedersehen wollte.«

»Büsum ist klein, ihr werdet euch bestimmt wieder über den Weg laufen.«

»Du willst mich also wirklich verkuppeln?« Sie tippte sich an die Stirn. »Das darf doch nicht wahr sein.«

»Mia, es war deine Idee, einen Morgenspaziergang zu machen, und du wolltest das Meer sehen.«

»Aber du hast mir den Leuchtturm vorgeschlagen.«

»Den muss man gesehen haben.« Hedda klappte ihr Strickzeug zusammen. »Es wird Zeit, ich muss zum Laden. Wir öffnen um zehn Uhr. Kommst du mit?«

»Ich sollte mir vorher Kleidung kaufen, zumindest eine taugliche Jacke. Sebastian hat mir das Großkaufhaus in der Dithmarscher Straße empfohlen.«

»Gute Idee. Du kannst zu Fuß gehen, so weit sind die Entfernungen nicht.«

»Danke. Und danach komme ich in den Laden.«

Obwohl der Weg nur kurz war, fror Mia bereits wieder. An den Wind hier würde sie sich wohl gewöhnen müssen. In ihrer Manteltasche knisterte der Brief an Patrick. Sollte sie ihn aufgeben?

Das Kaufhaus ließ sich nicht übersehen und eine wattierte Jacke hatte sie schnell gefunden. Dazu wählte sie Winterschuhe mit einem passenden Profil. Die Ausgabe verschlang den Großteil ihres Budgets, eintausendeinhundert Euro waren eben nicht wahnsinnig viel Geld, vor allem, wenn man ein paar Wochen damit auskommen sollte. Die ersten hundert Euro hatte die Reise gekostet. Daher beschloss sie, auf einen Schal zu verzichten und das Souvenirstück zu tragen.

Im Geschäft wechselte sie ihren Mantel und die Schuhe gegen die neuen Sachen ein und sie spürte den Unterschied sofort. Vielleicht war was dran an dem

Spruch, dass es kein schlechtes Wetter gäbe, sondern nur falsche Kleidung. Ihre Laune stieg.

Zur Postfiliale war es ein Umweg, aber das machte ihr nichts aus. Der Ort gefiel ihr immer besser. Es war so anders als in Salzburg. Die kleinen Häuser gaben der Umgebung ein besonderes Ambiente, die meisten waren weihnachtlich geschmückt, mit Lichterketten oder Girlanden. Oftmals blieb Mia stehen und betrachtete die Umgebung etwas genauer, so erreichte sie die Strandpromenade, auf der sich zahlreiche Spaziergänger tummelten. Erst ihr knurrender Magen machte sie darauf aufmerksam, dass es bereits Mittag war.

Vor der Poststelle beschloss sie, den Brief nicht einzuwerfen. Sie würde Patrick anrufen, das war sie ihm schuldig. Und das Telefonat mit ihrer Mutter stand ebenfalls noch aus.

Patrick erschien ihr als das kleinere Übel. Um diese Uhrzeit war er vermutlich in seiner Kanzlei, meist ließ er sich etwas zu essen kommen.

Sie suchte sich einen ruhigen Platz abseits der Menschen und holte ihr Handy aus der Tasche. Überraschend meldete sich Patrick sofort. Sie hatte zwar seine Durchwahl, meist jedoch war seine Sekretärin dran, weil er im Gespräch mit einem seiner Klienten war.

Offenbar war Tina in der Mittagspause.

»Häschen, was gibt's?« Seine Stimme war ein Mittelmaß aus geschäftsmäßig freundlich und gestresst.

»Patrick, ich bin weggefahren und ich komme erst nach Weihnachten zurück.« Vielleicht war das nicht die sensibelste Art, sich endgültig zu trennen. Sie hätte sich besser vorbereiten sollen.

»Häschen, wir haben doch schon darüber gesprochen. Hast du Torschlusspanik? Das musst du nicht. Meine Mutter hat die Hochzeit bis ins kleinste Detail organisiert.«

»Stimmt. Sie hat alles gemacht, das ist richtig, am besten, du heiratest sie.«

Sie hörte, wie er heftig ein- und ausatmete. Dann klang seine Stimme amüsiert. »Geht es darum, Mia? Bist du eifersüchtig auf meine Mutter? Aber du hättest so ein Event doch niemals in die Wege leiten können. Mama hat das Know-how dafür und sie hat es gern getan. Wo ist das Problem?«

»Es gibt keines.« Mia schloss die Augen, obwohl Patrick sie ja nicht sehen konnte. »Ich kann dich nicht heiraten.«

»Weil meine Mutter bei der Planung mitgeholfen hat?«

»Sie hat nicht geholfen, sie hat alles allein entschieden und gemacht.«

»Häschen ...«

»Aber das ist es nicht, Patrick.« Sie verhaspelte sich fast beim Reden. »Wir beide passen nicht zusammen, wir sind zu unterschiedlich. Ich kann und werde dich nicht heiraten.« Ihre Stimme zitterte und sie ärgerte sich darüber.

»Du klingst, als stündest du neben dir. Häschen, wir reden heute Abend über alles und dann ...«

»Patrick, du hast mich nicht verstanden. Ich bin eintausend Kilometer weit weg. Und ich werde hierbleiben bis nach Weihnachten. Ich komme nicht zur Hochzeit.« Den letzten Satz sprach sie betont langsam.

»Sei vernünftig.« Jetzt hörte sie deutlich Ungeduld und Schärfe aus Patricks Tonfall. »Benimm dich nicht wie ein Kleinkind. Was ist denn plötzlich in dich gefahren? Ich kann mich mitten am Tag nicht damit befassen, ich muss in einer halben Stunde bei Gericht sein. Ich sage dir jetzt, was du machst: Du fährst sofort zurück, wo immer du auch bist – tausend Kilometer ist doch bestimmt ein bisschen übertrieben, nicht wahr?« Er lachte. »Also wir beide sprechen heute Abend. Ich lade dich zum Kirchenwirt ein.«

Mia spürte Wut in sich aufsteigen. Patrick kanzelte sie ab, wie ein Kind und dachte nicht eine Sekunde darüber nach, weshalb sie diesen weitgreifenden Schritt getan hatte.

»Es ist vorbei.« Sie räusperte sich und zwang sich zu einer festen Stimme. »Ich wünsche dir alles Gute.«

Damit drückte sie ihn weg.

Sie befürchtete, dass er sich gleich noch einmal melden würde, doch der Rückruf blieb aus. Klar, für ihn kam natürlich immer sein Beruf an erster Stelle.

Er dachte tatsächlich, dass sie log, was die Entfernung betraf. Außerdem war ihm seine Arbeit wichtiger als ein klärendes Gespräch mit ihr.

Für ein Telefonat mit ihrer Mutter hatte sie nun keine Kraft mehr, obwohl sie diese vermutlich in der Mittagspause gut hätte erreichen können.

Zwanzig Minuten später erreichte sie den Souvenirladen. Ein junges Mädchen stand an der Kasse. Es waren nur zwei Kundinnen im Geschäft, die an den Regalen entlangschlenderten.

Mia sah sich die kleinen Mitbringsel nun genauer an, alles war vertreten. Leuchttürme in verschiedenen Größen mit und ohne Beleuchtung, Schnapsgläser, Tassen und Teller mit Aufdruck, Schlüsselanhänger, Magnete, Geschirr- und Handtücher, Halstücher, T-Shirts und Mützen, Schmuckstücke, Kalender, Bildbände – alles über Büsum und die Nordsee.

Fast wäre sie über ihre Tante gestolpert, die aus einer Kiste kleine Weihnachtsmänner einräumte. Nun richtete sie sich auf. »Ah, da bist du ja. Steht dir gut.«

»Es gab leider nur mehr pinkfarbene in meiner Größe.«

»Passt dir hervorragend. In deinem Alter kann man doch alles tragen.«

Eine Gruppe von schnatternden Frauen betrat das Geschäft.

»Kann ich dir was helfen?«, fragte Mia. Sie bückte sich bereits und stellte die Weihnachtsfiguren ins Regal.

Hedda erhob sich etwas schwerfällig und drückte eine Hand in den Rücken. »Da bin ich froh, an manchen Tagen spüre ich mein Kreuz. Das Alter ...« Ihr schelmisches Grinsen strafte die jammernden Worte Lügen. »Aber was soll ich sagen? Antje ist zwanzig Jahre älter als ich und noch aktiv. Übrigens, das Mädchen an der Kasse ist Lisa. Sie hilft in den Wochen vor Weihnachten. Normalerweise studiert sie in Hamburg Sprachen, aber die Zeit nimmt sie sich immer extra frei.«

Mia warf einen Blick auf die blonde Frau, die gerade eine bebrillte Kundin bediente und eine Vase in Seidenpapier einwickelte.

»Was kann ich noch tun?«

»Wir beide gehen jetzt erst mal was essen. Im Fischlokal am Hafen gibt es die besten Fischbrötchen. Aber auch einen leckeren Backfisch.«

In Salzburg zählte Fisch nicht unbedingt zu den häufigsten Hauptspeisen, allerdings war hier die Quelle für frischen Fisch. Und darauf freute sie sich sehr.

»Lisa, wir sind eine Stunde weg«, sagte Hedda. »Das ist übrigens meine Nichte Mia.«

Lisa sah hoch. »Ich wusste gar nicht, dass du eine hast?«

»Ich bin leider mit meiner Schwester nicht im Kontakt, aber Mia hier hat den Weg allein gefunden.« Ihre Tante sagte das mit freudigem Unterton.

»Freut mich besonders, dass du gekommen bist.« Lisa streckte ihr die Hand hin und lächelte so freundlich, dass Mia ganz warm wurde.

»Mich auch.« Mia gab das Lächeln zurück. Lisa war vermutlich nur wenig jünger als sie selbst.

Lisa wandte sich wieder der Kundin mit einer Entschuldigung zu und reichte ihr die verpackte Vase.

»Sie ist sehr nett. Da hast du wirklich Glück mit der Aushilfe.«

»Das ist sie. Und außerordentlich tüchtig. Leider belastet die Familienfehde sie, vor allem jetzt, da sie sich verliebt hat.«

»Welche Fehde?« Mittlerweile waren bereits mehr Menschen in der Fußgängerzone unterwegs und eine Unterhaltung war nur erschwert möglich.

Daher antwortete Hedda erst, als sie in eine Seitengasse einbogen. »Familie Arndt und Familie Mackedanz sind schon seit Jahrzehnten, was sage ich, vermutlich seit Jahrhunderten zerstritten.«

»Richtig, Tobias hat das erwähnt. Ist so was möglich? In der heutigen Zeit?«

»Ja, kaum zu glauben, nicht wahr? Wahrscheinlich wissen sie selbst nicht mehr, weshalb sie sich entzweit haben. Und es spielt auch keine Rolle. Familie Mackedanz wohnt direkt am Hafen, sie haben ein Lokal dort, und die Arndts im Büsumer Deichhausen. Nun sind das ja keine großen Entfernungen bei uns und natürlich läuft man sich über den Weg, vor allem jetzt beim Weihnachtsmarkt. Die Mackedanzens haben zwei Söhne und der eine hat sich in die Lisa verliebt.«

»Ui, das ist ja wie bei Romeo und Julia.«

»Fast. Im Grunde genommen sind es nur die beiden alten Dösköppe, die den Familienzwist aufrechterhalten. Die jüngere Generation pfeift drauf.« Sie waren beim Lokal angelangt und stiegen die Treppen hinauf. Auf der beheizten Terrasse fanden sie gerade noch einen kleinen Tisch.

»Was möchtest du?« Hedda deutete auf das Tagesangebot, das auf eine schwarze Tafel mit Kreide aufgemalt war. »Backfisch mit Bratkartoffeln, das nehme ich.«

»Ich auch.« Mia wollte keine Umstände machen, da ihr sowieso fast jeder Fisch schmeckte.

Die Bestellung war rasch aufgegeben, Mia hatte Tee gewählt, ihre Tante eine Apfelschorle. »Du wirst dich schnell an die Temperaturen hier gewöhnen.«

»Mit der Jacke und den neuen Schuhen geht es schon besser.« Dennoch hatte Mia eine kalte Nase. Mit dem Wind, der hier ständig wehte, musste sie sich noch vertraut machen. Doch es schien ihr, dass er auch nach und nach ihre Sorgen fortblies.

»Dann müssen sich Lisa und ihr Freund heimlich treffen?«

»Zumindest dürfen die beiden Alten nichts wissen. Ennos Vater und Lisas Großvater.«

»Ist ihnen die Meinung so wichtig? Ich meine, wenn alle anderen Familienmitglieder nichts dagegen haben?«

»Hier lebt man noch nach gewissen Traditionen. Lisa liebt ihren Großvater und sie möchte ihm nicht wehtun. Enno geht es mit seinem Vater genauso. Sie haben es mittlerweile spitzgekriegt und überschütten die beiden mit Vorwürfen.«

»Man müsste ihnen mal die Meinung sagen.«

»Stimmt.«

»Sag mal, Tante Hedda, wie wäre es, wenn ich euch im Laden helfen würde?«

Hedda sah auf, denn der Kellner brachte die Getränke. Mia schien es, als wäre sie sogar froh über die kurze Unterbrechung.

Dann sah sie Mia an. »Ich bin richtig glücklich, dass du gekommen bist, Mia, wirklich. Aber wir können es uns nicht leisten, noch eine Kraft einzustellen. Lisa arbeitet bis Ende Dezember bei uns. Das Weihnachtsgeschäft boomt, danach ist erst mal Flaute. Im Winter kommen nicht allzu viele Touristen, daher stemmen Antje und ich das allein.«

»Klar, das sehe ich ein.« Mia schluckte ihre Enttäuschung hinunter. Das wäre auch zu einfach gewesen. »Aber ich muss kein Geld verdienen, das heißt, ich wollte dir nicht zur Last fallen. Vielleicht kann ich für Kost und Logis arbeiten?«

Hedda griff nach ihrer Hand. »Ich freue mich natürlich, wenn du uns hilfst. Aber es ist kein Muss. Das kann ich mir schon noch leisten, meine Nichte für ein paar Wochen einzuladen, damit sie hier Urlaub machen kann.«

»Ich hätte gern was dazu beigetragen.« Mia fiel ein Stein vom Herzen, dass ihre Tante von ›ein paar Wochen‹ gesprochen hatte. Das hieß, sie hatte akzeptiert, dass Mia bleiben würde.

»Wenn du so mithelfen willst, sehr gern.«

»Oder ich suche was anderes.«

»Hm.« Hedda ließ Mias Hand los und nahm einen großen Schluck aus ihrem Glas. »Das brauchst du nicht.«

Mia legte ihre Finger um die Teetasse. Sie wusste genau, was ihre Tante damit meinte. ›Das brauchst du nicht‹ hieß übersetzt ›Das kannst du nicht‹.

Wer würde so eine wie sie schon haben wollen? Sie hatte nicht einmal das Minimum einer Ausbildung.

»Ich wünschte wirklich, ich hätte die letzten fünf Jahre nicht in den Sand gesetzt.«

»Was hast du denn gemacht?« Hedda beugte sich vor. Ihre Stimme klang teilnahmsvoll und nicht verächtlich oder herablassend. »Gestern hast du mir erzählt, was du alles nicht getan hast, heute will ich wissen, wie du die fünf Jahre verbracht hast. Ich glaube nicht, dass du nur im Bett gelegen hast oder von einer Party zur nächsten gestürmt bist.«

Mia lehnte sich zurück. Sie war überrascht. Ihre Familie hatte nie wirklich interessiert, was sie in der Freizeit tat. Vor allem während der letzten drei Jahre, als sie bereits mit Patrick zusammen war. Aber ihre Tante, die sie ohne Fragen bei sich aufgenommen hatte, hatte die Antwort verdient.

»Als ich Jura studierte bekam die Mutter meiner Freundin die Diagnose Brustkrebs. Sie musste sich operieren lassen mit anschließender Reha und Bestrahlung. Regina hat noch drei jüngere Geschwister und die mussten versorgt werden, die Jüngste war erst sieben.«

»Da hast du ausgeholfen?«

»Ja. Es hat Spaß gemacht und so konnte Regina weiterstudieren. Ich habe gekocht und den Haushalt versorgt. Aber natürlich konnte mir Regina nichts bezahlen. Die Familie hatte es schwer genug, nachdem der Vater einfach abgehauen ist und nur spärlich Unterhaltszahlungen geleistet hat. Ich habe versucht, daneben zu lernen, aber das klappte nicht. Na ja, im Grunde genommen hat es mich zu wenig interessiert.«

»Wurde ihre Mutter wieder gesund?«

»Ja, nach ein paar Monaten konnte sie den Haushalt wieder allein führen. Zum Glück. Aber ich hatte den Anschluss verpasst, zudem war es einfach nicht das Richtige. Dann bin ich nach Innsbruck gezogen, weil ich angefangen habe, Medizin zu studieren.«

»Das sieht ja lecker aus«, sagte Hedda zum Kellner, der soeben die Speisen brachte. »Vielen Dank.«

»Gern, lasst es euch schmecken.«

Mia lief das Wasser im Mund zusammen, sie griff zu Messer und Gabel und schnitt ein Stück vom knusprigen Backfisch ab.

»Innsbruck? War wohl auch nicht das Richtige?«

»Nein.« Sie blies auf das aufgespießte Fischstückchen. »Ich lebte in einer WG mit zwei anderen Mädels. Eine arbeitete ehrenamtlich im Seniorenheim. Die suchten dort noch Helferinnen, die den alten Leuten vorlasen. Das hat mir immer schon Spaß gemacht und schwupps war ich dabei und ging dreimal die Woche hin. Eine andere Mitbewohnerin studierte Theaterwissenschaften und war bei einem Kellertheater tätig, da begleitete ich sie einmal zu einer Aufführung und ich weiß nicht, wie es geschah, auf einmal war ich dort dabei und half mit, so als Mädchen für alles. Kulissen basteln, Kostüme ausbessern und Karten verkaufen.«

»Auch ohne Entgelt.«

»Ja.« Mia aß einen Bissen. »Aber im Grunde genommen kann niemand was dafür, außer mir selbst. Weil ich nicht Nein sagen kann und zudem nahm ich das alles als Ausrede, damit ich mich vor dem Lernen drückte. Nachdem mir im Sezierkurs schlecht geworden ist, habe ich einfach aufgegeben. Obwohl die Vorlesungen teilweise interessant waren. Und ich war auch stolz darauf, dass ich die Aufnahmeprüfung geschafft habe. Es melden sich immer Tausende an und sie nehmen nur einen Bruchteil.«

»Davon habe ich gelesen.« Hedda kaute genießerisch. »Wie schmeckt es dir?«

»Großartig. Ich liebe eure Küche schon jetzt.«

»Nicht so voreilig, so viel hast du noch nicht probiert.« Hedda lachte. »Wie ging es nach Innsbruck weiter?«

»Meine Mutter war nicht begeistert, das kannst du dir vorstellen. Aber dann habe ich Patrick kennengelernt und ab da war alles anders.«

»Anders? Hast du ab da keinen Freundinnen mehr geholfen?«

Sie seufzte. »Doch. Aber meiner Mutter war es nicht mehr so wichtig. Als ich die nächste Ausbildung schmiss, hat sie lediglich die Augen verdreht.«

»Hat sie gleich nach dem Kennenlernen schon geglaubt, dass du Patrick heiraten wirst? Das ist doch etwas verfrüht.«

»Patrick hat mir ziemlich rasch einen Antrag gemacht, bereits nach zwei Monaten. Aber ich habe gebremst, ich war ja noch nicht mal einundzwanzig. Ich war fest entschlossen, doch eine Ausbildung zu machen.«

»Und dann kam die Kindergartenschule?«

»Zuerst die Hotelfachschule. Ich habe immer irgendwas daneben gemacht, einer Freundin bei ihrer Geburtstagsfeier geholfen, einer anderen bei der Hochzeit. Als meine alte Lehrerin ins Krankenhaus musste, bin ich in ihre Wohnung gezogen und habe auf ihre Tiere aufgepasst. Sie hatte drei Katzen und einen Hund. Und als sie nach sechs Wochen von der Reha zurückkam, hat mich ihre Nichte überredet, im Tierheim auszuhelfen, weil ich angeblich so ein Händchen für die Tiere habe.«

»Weshalb hat denn nicht ihre Nichte auf die Tiere aufgepasst?«

»Weil sie Familie mit Kleinkindern hatte. Im Tierheim bin ich irgendwie hängen geblieben. Und ab und zu war ich babysitten.«

Hedda sah sie an, reine Anerkennung im Blick. »Weißt du, dass du eine ganz bemerkenswerte Person bist?«

»Nein, ich habe ja nicht wirklich was zustande gebracht.« Mia steckte sich ein weiteres Stück Fisch in den Mund, doch der Appetit war ihr vergangen. »Ich hab bloß ein Helfersyndrom.«

»Woher hast du diesen Unsinn?«

»Meine Schwester. Sie ist eine tolle Journalistin und leitet bereits den Redaktionsteil vom ›Salzburger Blatt‹. Sie hat letztes Jahr eine bekannte Psychologin interviewt und seither sieht sie sich als Fachfrau auf dem Gebiet.«

»Hat deine Familie mitbekommen, was du alles nebenher tust?«

»Nein, das hat sie nicht interessiert. Elisabeth hat nur ein oder zwei Telefonate gehört, als ich als Babysitter eingesprungen bin, obwohl ich am Abend schon was vorgehabt hätte.«

»Wie ist denn deine Schwester so?« Hedda steckte den letzten Bissen in den Mund und legte das Besteck zusammen über den Teller.

»Sie ist einfach perfekt. Bildhübsch und gescheit, sie hat sich hochgearbeitet zur Chefredakteurin, obwohl sie erst einunddreißig ist.«

»Verstehst du dich mit ihr?«

Mia zuckte mit den Schultern. »Für sie bin ich halt die Kleine. Sie nimmt mich nicht ernst. Wie auch der Rest der Familie.«

Der Kellner holte die Teller. »Darf ich noch etwas bringen?«

»Zwei Schneehasen bitte.«

»Was ist denn das?« Mia lächelte.

»Es wird dir schmecken. Eierlikörgrog mit Sahne.«

»Alkohol? Musst du nicht ins Geschäft zurück?«

»Aber ich bitte dich! So ein kleines Tässchen tut doch nichts.«

Kapitel 12

Mia

Mia freute sich, Tobias wiederzusehen. Er half Antje, die Kartons hereinzutragen, und gemeinsam ordneten sie ein paar neue Souvenirs in die Regale, hauptsächlich Weihnachtsschmuck.

»Ich muss jetzt mit Simba raus. Hast du Lust, mitzukommen?«, fragte er Mia.

Sie sah sich um. Antje, Hedda und Lisa waren beschäftigt und schienen alles im Griff zu haben. »Gern.«

Sie begleitete Tobias zu seinem Wohnhaus und stellte erneut fest, dass der Kauf der gefütterten Jacke und der Schuhe eine ausgezeichnete Investition gewesen war.

Das Häuschen lag in einer Nebenstraße und Mia fand, dass es relativ groß war. Simba schien sich riesig zu freuen, sie wiederzusehen, rannte um sie herum und wedelte mit dem Schwanz. Mia bückte sich und streichelte das schöne Tier.

Tobias leinte sie an und gemeinsam spazierten sie zum Strand hinunter. Er wählte nicht den Weg zum

Leuchtturm, sondern sie gingen in die andere Richtung.

»Ich zeige dir unsere *Perlebucht*, im Sommer wimmelt es da von Touristen. Aber jetzt ist es ein wunderschöner Ort. Von dem scheußlichen Hochhaus abgesehen.«

»Von der Terrasse aus ist es bestimmt ein toller Anblick.«

»Möglich, ich war noch nie oben.

Sie erreichten das Meer und Mia blieb überrascht stehen. Vor ihr erstreckte sich eine weitläufige Lagune mit einer wundervollen Strandpromenade. »Wahnsinn! Was für ein traumhafter Anblick.« Mia schlug vor Begeisterung die Hände zusammen.

Die Sonne strahlte vom Himmel und zahlreiche Spaziergänger tummelten sich, dennoch war genug Platz für alle.

Simba ging brav an der Leine, sie schien bereits zu wissen, dass das Ziel der Hundestrand am anderen Ende war, wie Tobi ihr erklärt hatte.

»Ich wollte dich auch noch zu einem heißen Getränk am Weihnachtsmarkt einladen. Hast du heute Abend Zeit?«, fragte Mia schließlich.

»Zeit habe ich genug, aber ich darf nicht«, antwortete er mit mürrischem Unterton. »Sebastian hält mich wie in einem Gefängnis.«

Richtig, Sebastian war ja sein Onkel.

»Das kann ich mir kaum vorstellen. Ich habe ihn heute Morgen kennengelernt, da war er eigentlich ganz nett.«

»Nett.« Tobias schnaubte das Wort richtiggehend heraus. »Du hast keine Ahnung, wie er sein kann. Ich soll jeden Abend um sechs zu Hause sein. Nennst du das nett?«

Sechs erschien Mia für einen Jugendlichen ziemlich früh. Im Winter war es um diese Zeit zwar schon stockdunkel, doch Tobias war schließlich kein kleines Kind mehr.

»Was sagt denn deine Großmutter dazu?«

Tobias fuhr mit der Hand durch die Luft. »Die tut alles, was Sebastian sagt.«

»Ihr habt bestimmt Klassenpartys, oder du gehst mal ins Kino oder so. Ich erinnere mich, dass ich in deinem Alter öfter wo abgehangen habe.«

»Eben.« Tobias beschleunigte seinen Schritt. »Sebastian denkt, dass er mich durch diese Strafe kleinkriegen kann.«

Es war also eine Strafe. Jetzt kamen sie der Sache näher. Mia grinste innerlich. Aber nach außen hin musste sie ernst bleiben, sonst wäre Tobias sauer.

»Was hast du denn Schlimmes verbrochen?«

Tobias senkte den Kopf. »Ich habe ihn angelogen«, es war fast ein Flüstern, dann wurde er wieder lauter, »aber das hätte ich nicht tun müssen, hätte er nicht ein Trara wegen dieser Klassenparty veranstaltet. Schließlich wusste ich selbst nicht, dass Svens Bruder Lars auch dort sein würde mit seinen Kumpels.«

»Bitte, von vorn.« Mia war dankbar, dass Tobi seinen Schritt wieder verlangsamt hatte. »Du warst auf einer Party eingeladen, verstehe ich das richtig? Und dein Onkel wollte nicht, dass du hingehst, doch du warst trotzdem dort?«

»So wars nicht. Sven ist neu an der Schule, er ist ein wenig älter als wir anderen, also schon achtzehn. Sebastian meint, er hätte einen schlechten Einfluss auf uns, bloß weil er raucht und manchmal trinkt.«

»Woher weiß er das?«

»Beim Sportfest im Herbst hat er ihn erlebt. Ja, da war er ein wenig betrunken und hat Leute angepöbelt, aber das tut er doch nicht andauernd. Ich denke, das ist, weil seine Eltern nie daheim sind, die sind irgendwelche Geschäftsleute und ständig unterwegs. Lars und er haben die Villa meist für sich.«

»Sven hat eine Party veranstaltet und eure ganze Klasse eingeladen?«

»Ja. Erst wollte Sebastian nicht, dass ich hingehe. Schließlich hat er es erlaubt, weil ich ihm gesagt habe, dass Olivers Vater uns heimbringt. Oliver ist mein Freund. Doch dann haben Olis Eltern es ihm auch verboten und ich bin allein hin.«

»Aber es waren noch andere aus deiner Klasse da?«

»Ja, drei Mädchen und zwei Jungs, die Mädels blieben alle nicht lange.«

»Warum dann du?«

»Weil ich gesagt habe, dass ich mit Oliver um ein Uhr heimfahren werde. Sonst wäre aufgeflogen, dass er gar nicht bei der Party war.«

Die Logik erschloss sich Mia nicht, denn er hätte sagen können, dass sie gemeinsam früher heimgefahren wären. Doch sie bohrte nicht weiter nach.

»Aber du hattest um ein Uhr keine Fahrgelegenheit?«

»Lars hat versprochen, mich heimzufahren. Er hat einen Porsche.«

Mia erfasste das Ganze nun. Tobias hatte Sebastian die Erlaubnis abgenötigt, dass er zur Party durfte. Einen Rückzieher zu machen, nur weil die Eltern seines Freundes ebenfalls skeptisch gewesen waren, wollte er nicht. Und so hatte das Schicksal seinen Lauf genommen.

»Lass mich raten, Lars hat sein Versprechen nicht gehalten.«

Tobias schüttelte den Kopf. »Wir saßen im Zimmer von Sven und hörten lautstark Musik, kurz vor zehn, als die Mädels heimgingen, bin ich dann in den unteren Stock zu den Großen. Lars hat versprochen, mich nach Hause zu fahren, also bin ich wieder zurück.«

»Was habt ihr gemacht?«

»Es war langweilig, wir haben die neuen Hits gestreamt, gezockt, so was eben. Kurz vor eins bin ich dann runter und wollte, dass mich Lars heimbringt. Aber die waren alle merkwürdig drauf und verlangten, dass ich vorher einen Drink probieren sollte. Es schmeckte zuerst gut und nach einem Glas gaben sie mir noch eins. Dann wurde mir schlecht und das nächste, woran ich mich erinnere, war, dass Sebastian mich von der Kloschüssel hochzog.«

Mias Mitgefühl für Sebastian stieg. Was musste er sich für Sorgen gemacht haben, als er seinen Neffen so vorfand?

»Er hat dich abgeholt?«

»Ja, ich bin während der Fahrt eingeschlafen, zum Glück. Denn mir war immer noch übel, obwohl ich das Gefühl hatte, dass ohnehin nichts mehr in mir drin war.«

»Das kann ich mir vorstellen, muss echt schlimm gewesen sein.«

Der Junge nickte. Sie waren nun am Hundestrand angekommen und er löste die Leine. Simba rannte mit einem kurzen begeisterten Bellen los.

»Hast du keine Angst, dass sie abhaut?« Mia hielt eine Hand über den Kopf, denn die Sonne blendete sie so, dass sie den Hund nicht mehr sehen konnte.

»Simba? Niemals.« Tobias sah sich um. »Ärger gibt es nur, wenn unerzogene Hunde kommen, aber die meisten hier sind diszipliniert. Und Simba braucht einfach Auslauf, sonst wird sie unleidlich.«

Er steuerte eine Bank an und sie setzten sich. Eine Zeit lang sprachen sie nichts und sahen Simba zu, die im Sand hin und her lief. Ihre Freude war ansteckend und Mia ertappte sich dabei, dass sie lächelte.

»Was passierte nach dieser Party? Ich nehme an, diesem Ereignis hast du die Sechs-Uhr-Sperre zu verdanken?«

Tobias nickte mit düsterer Miene. »Ich habe meinem Onkel gesagt, dass ich mit Oliver nach Hause fahren darf. Um ein Uhr. Das nimmt er mir übel. Und er hat ja recht, das war scheiße von mir.«

»Die Party war also überhaupt nicht gut? Nicht erst, nachdem Lars dich abgefüllt hat?«

»Sven ist ein Vollidiot.« Tobias stand auf und griff nach einem kleinen Stöckchen, das neben der Bank lag, vielleicht von einem Hundebesitzer vergessen. »Es gab nicht mal was zu essen, nur Chips und Salzstangen.«

Das musste für einen immer hungrigen Heranwachsenden natürlich furchtbar sein.

»Simba«, rief er und die elegante Hündin kam angesprungen. Tobias holte aus und warf das Holzstück, Simba rannte los. »Aber eigentlich wusste ich das schon, als Oliver abgesagt hat.«

»Warum bist du trotzdem hingegangen?«

»Weil ...«, er seufzte, »Onkel Sebastian und ich haben tagelang nur Zoff wegen dieser Party gehabt. Er ist gegen alles, die kleinste Freude verdirbt er mir. Ich werde bald sechzehn und ich hasse es, wenn er mich immer noch behandelt wie ein Kleinkind. Was soll denn hier in diesem Kaff schon groß passieren? Dass ich einem Serienmörder in die Arme laufe? Da lach ich aber.«

»Ich verstehe dich besser, als du glaubst. Mir ging es mit meinen Eltern in deinem Alter genauso, nur dass man als Mädchen noch weniger Freiheiten hat.« Mia stellte sich vor ihn hin, hob den Zeigefinger und sagte mit theatralischem Touch: »Geh nicht nach acht Uhr auf die Straße, sonst erleidest du ein Schicksal, schlimmer als der Tod.«

Tobias brach in Gelächter aus.

Simba kam zurück und sprang begeistert an ihm hoch, bis er wieder das Stöckchen geworfen hatte. Ein älteres Ehepaar spazierte Hand in Hand an ihnen vorbei und Tobias sah ihnen nach. »Ich wünschte, meine Eltern wären noch am Leben.«

»Ja.« Mia strich kurz über seinen Oberarm, was er jedoch durch seine wattierte Jacke nicht wahrnahm. »Allerdings würden auch sie sich Sorgen um dich machen.«

»Aber nicht alles verbieten, was toll ist. Es gibt jedes Mal ein Theater, wenn ich mit Freunden was machen will. Und so wollte er auf keinen Fall, dass ich zu der

Party gehe, und wir haben gestritten. Oma hat sich schließlich eingemischt, wie üblich. Im Prinzip habe ich es ihr zu verdanken, dass ich gehen durfte.« Simba kam erneut hechelnd zu Tobi und legte das Stöckchen zu seinen Füßen. Er bückte sich, nahm Anlauf und das Holzstückchen flog fast bis zum Wasser.

Mia stand auf und sah Simba nach. »Du kannst echt weit werfen. Darf ich auch mal?«

»Natürlich!« So bückte sich Mia, als Simba dieses Mal zurückkam. Wie schon vermutet, konnte sie das Teil nicht annähernd so weit in die Ferne befördern. Sie drehte sich zu Tobias. »Ich will deinen Onkel nicht verteidigen, es klingt für mich, dass er dich wirklich ein wenig kurzhält. Gerade weil du nicht sein Sohn bist, sondern sein Neffe, schießt er möglicherweise mit seinem Verantwortungsgefühl übers Ziel hinaus. Richtig beurteilen kann ich das nicht, denn dazu müsste ich beide Seiten hören. Du weißt ja, wie das vor Gericht ist.« Sie musste nun selbst lachen, bei diesem Vergleich. »Aber stell dir mal Folgendes vor: Du erhältst eine schwierige Aufgabe, bei der du dich konzentrieren musst und dabei sollst du gleichzeitig auf ein Kleinkind aufpassen. Es ist sehr krank und darf auf keinen Fall Zucker essen. Leider ist das Haus, in dem es wohnt, voll mit Zucker. In jedem Raum ist irgendwas Süßes und da du nur zu Gast darin bist, weißt du nicht genau, wo überall die Gefahr lauert. Nur in seinem Kinderzimmer ist es sicher, denn da wurde alles Süße entfernt. Was würdest du tun?«

»Das Kind ablenken? Mit ihm spielen?«

»Das kannst du eine Zeit lang machen. Doch vergiss nicht, du musst auch deine Aufgabe zur Vollendung bringen. Und während du dich darauf konzentrierst, könnte das Kind vom Zucker naschen. Du kannst nicht gleichzeitig arbeiten und das Kleine in jeder Sekunde überwachen.«

Tobias runzelte die Stirn. Simba brachte wieder einmal ihr Stöckchen, bestimmt hatte er es schon an die zwanzig Mal geworfen. Dieses Mal flog es nicht so weit, denn er überlegte offensichtlich, wie er das Rätsel lösen könnte. »Ich hab's! Das Kinderzimmer ist sicher, hast du gesagt. Ich bringe das Kind dort unter, während ich arbeite.«

»Du sperrst es ein?«

»Na ja.« Er hob beide Arme. »Geht wohl nicht anders. Schließlich muss ich die Aufgabe erfüllen, von der du gesprochen hast.«

»Ja.« Mia schwieg und Tobias sah sie an. Der Hund sprang um sie herum und wartete auf seinen Wurf. Doch der kam nicht.

»Du denkst, dass Sebastian mich auch einsperrt, weil er denkt, dass ...« Tobi rückte seine Mütze gerade. »Verdammt, von der Seite habe ich es nicht gesehen. Aber ich bin doch kein Baby mehr.«

»Das stimmt. Und das musst du ihm auch sagen.« Mia erbarmte sich des hechelnden Hundes und warf den Stecken, dieses Mal sogar ein wenig weiter.

»Wie soll ich das anstellen? Wir streiten bloß, wenn wir reden.« Tobi schüttelte den Kopf. »Er nimmt mich nicht für voll.«

»Mit deiner Party-Aktion hast du deine Reife nicht gerade bestätigt.« Mia musste erneut werfen, denn Tobias beachtete Simba gar nicht.

»Dürfen Hunde da frei herumlaufen?«, schnarrte eine Stimme hinter ihnen. Sie drehten sich um und eine Frau in mittleren Jahren verfolgte Simba mit gekräuselter Nase.

»Das ist ein Hundestrand.« Mia lächelte die Fremde an und deutete Richtung Perlebucht. »In der Bucht da drüben sind keine Hunde erlaubt.«

»Hm.« Die Dame machte kehrt und ging in die angegebene Richtung.

Tobias starrte immer noch gedankenversunken auf das Meer.

»Es gehört zu den schlimmsten Dingen im Leben,« sagte Mia schließlich leise.

»Was?« Tobias bückte sich nun zu Simba, umarmte und streichelte sie.

»Einzugestehen, dass man einen Fehler gemacht hat. Keine Ahnung, weshalb uns das so schwerfällt. Es gehört zum Erwachsenwerden dazu, aber – ganz ehrlich? Es gib auch zahlreiche Erwachsene, die das nicht können. Das können nur Menschen mit einem starken Charakter. Diejenigen, die einen falschen Weg eingeschlagen haben, es wissen und trotzdem nicht die Richtung ändern, das sind die Dummen auf der Welt. Überrasche deinen Onkel damit, dass du nicht so bist.«

Tobias starrte sie an. »Du meinst, ich soll ihm alles erzählen und mich entschuldigen?«

»Wer einen Fehler gemacht hat und den nicht korrigiert, begeht einen zweiten.« Mia sah ihn an. »Das sagte bereits Konfuzius. Du und dein Onkel, ihr steht euch momentan wie Feinde gegenüber, als Gegner, dabei solltet ihr euch einfach nur liebhaben. Gerade weil ihr beide so einen Schmerz erleben musstet.«

»Pah.« Tobias bückte sich und warf dieses Mal den Stock besonders weit.

»Was meinst du damit?«

»Sebastian war bereits viel älter. Klar, seine Eltern starben auch, aber ich war erst fünf, also fast sechs.«

»Und du glaubst deswegen, dass dein Verlust größer war als seiner?« Mia kraulte Simba kurz zwischen den Ohren, ehe sie das nächste Mal dem Stöckchen nachjagte. Offenbar wurde sie nie müde.

»Klar, ich habe meine Eltern und meine Großeltern verloren, er bloß die Eltern.«

»Und seine Schwester, deine Mutter. Sebastians Familie war mit einmal komplett ausgelöscht, so wie deine.«

Tobias senkte kurz den Kopf, schwieg aber.

»Habt ihr nie darüber gesprochen?«

»Nein. Oma begann immer zu weinen und so habe ich nur stumm die Bilder angesehen.« Seine Stimme wurde leiser. »Ich kann mich überhaupt nicht mehr an meine Eltern erinnern. Daher will ich gar nicht darüber reden, sonst entdecken sie das noch.«

»Mit *sie* meinst du deine Uroma und Sebastian, nicht wahr? Tobias, du warst fünf – okay, fast sechs –, es ist normal, dass du dich nicht mehr richtig erinnern kannst.«

Plötzlich glänzten Tobis Augen. »Ich sehe die Fotos von allen, sie stehen bei uns im Regal nebeneinander. Es sind so schöne Bilder, aber sie sind tot. Ich kann in meinem Kopf nicht mehr erkennen, ob sie sich jemals bewegt haben.« Simba kam zurück. »Komm, Simba, wir gehen noch zum Wasser.« Ehe Mia ihn aufhalten konnte, rannte er an der Seite des Husky-Labradors Richtung Meer.

Sie selbst sah ihm nach, wie festgefroren. In ihrem Kopf entstanden Bilder, wie Tobias vor den Fotos seiner verstorbenen Familie stand und verzweifelt versuchte, Erinnerungen abzurufen, die sein Gehirn damals nach hinten geschoben hatte.

Und die Worte formten sich wie von selbst.

»Tobias«, rief sie, »ich komme.« Simba sprang zwischen ihnen hin und her. Nach einer guten Stunde waren sie auf dem Rückweg.

»Das können wir öfter machen.« Mia fühlte sich richtig wohl. »Ich hätte nie gedacht, dass das Meer auch im Winter eine besondere Atmosphäre verströmt. Du magst deinen Heimatort.«

»Ja.« Tobias leinte Simba wieder an. »Willst du mal?«

»Gern.« Mia nahm die Leine und überlegte sich, wie es wäre, selbst so einen Hund zu besitzen. Allerdings – in einer Stadt hätte er keinen Auslauf, also nein.

»Tobias, du musst mit deinem Onkel und deiner Oma reden.«

»Wie denn? Die nehmen mich doch nicht für voll.«

»Ich sage dir wie.«

Kapitel 13

Sebastian

Nach drei Operationen und ein paar Stunden mit kranken Katzen, Hamstern, Meerschweinchen und Kanarienvögeln war Sebastian erledigt wie an jedem Arbeitstag. Im Haus duftete es nach Kerzen, er liebte die weihnachtliche Dekoration. Es schuf gleich eine gemütliche Atmosphäre, die ihm half, abzuschalten. Seine Großmutter hatte Frikadellen, mit Kartoffelpüree und Krautsalat gemacht.

»Tobias war heute über zwei Stunden mit Simba draußen, der Hund sah richtig glücklich aus. Und Tobi hat es offenbar auch gutgetan, er hat eine gesunde Gesichtsfarbe.«

»Das ist gut.« Sebastian maß dem keine allzu große Bedeutung bei, Antje hatte schon immer versucht, den Gemütszustand der Menschen an der Hautfarbe abzulesen. Das stimmte manchmal und manchmal nicht, wie bei allen diesen zweifelhaften Diagnosefindern.

Kurze Zeit später hörte er Tobias die Stiege herunterpoltern. »Ah, Onkel Sebastian, du bist schon da? War viel los heute?«

Er konnte den Jungen nur mit halb offenem Mund anstarren. So freundlich hatte der sich lange nicht mehr benommen.

»Mhm, das riecht gut, Oma.« Tobi setzte sich an den gedeckten Tisch, auf dem schon eine große Schüssel mit Salat stand.

»Dann hoffen wir mal, dass es auch schmeckt.« Antje stellte die Pfanne mit den Frikadellen auf den Tisch und kurz darauf brachte sie die mit Püree gefüllte Porzellanschüssel.

»Kalle hat mich heute angerufen«, begann Antje. »Offenbar konntest du seinem Hund nicht mehr helfen.«

»Nein, der Kerl ist ohnehin fünfzehn Jahre alt geworden. Das ist ein biblisches Alter für einen Schäfermischling.«

»Aber du weißt, dass er für Kalle wie ein Sohn war.«

»Das verstehe ich. Leider sind dem Leben eben Grenzen gesetzt.« Sebastian spürte seinen Neffen zusammenzucken und hätte sich am liebsten in den Hintern gekniffen.

Das Thema Tod war in diesem Haus tabu.

Antje erzählte rasch eine amüsante Begebenheit aus dem Geschäft.

»Hilft sie mit, die Nichte?«, fragte Sebastian plötzlich. Mia ging ihm einfach nicht aus dem Kopf.

Ganz schlecht.

»Du meinst Mia, nicht wahr? Ja, sie ist tüchtig und kannte sich auch sofort mit der Registrierkasse aus. Wenn wir Lisa nicht schon eingestellt hätten, dann würde ich sie vom Fleck weg nehmen. Aber zwei Aushilfen braucht es nicht und können wir uns nicht leisten. Schließlich wollen wir auch ein wenig Geschäft machen, gerade jetzt zu Weihnachten.«

»Das bedeutet, dass sie nicht so schnell abreisen wird?«

»Sie bleibt bis Weihnachten.« Antje hielt im Essen inne. »Sag mal, du hörst dich komisch an, wenn du von ihr sprichst. Hedda war schon lange nicht mehr so glücklich. Vielleicht schafft es das Mädel sogar, dass sich ihre Mutter und Hedda versöhnen.«

»Ich wusste ja gar nicht, dass Hedda noch Familie hat.« Sebastian angelte sich eine weitere Frikadelle.

»So ein Familienstreit schlägt große Wunden, das spürt man jetzt auch bei dem Arndt-Mackedanz-Zwist. Lisa und Enno leiden ziemlich darunter. – Magst du noch was, Tobi?«

»Danke, nein. War lecker.« Tobias begann die Teller zu stapeln und brachte sie zur Spüle.

»Was ist denn mit dem heute los?«, flüsterte Sebastian.

Antje beugte sich vor. »Denkst du, er hat was ausgefressen und will gut Wetter machen?«

Sebastian senkte den Kopf und schloss kurz die Augen. Hoffentlich nicht, er hatte nicht die Nerven für so was. Irene hatte ihn auch schon dreimal probiert anzurufen, er sollte vielleicht doch zurückrufen. Mit ihren Hunden würde wohl nichts sein, sonst hätte sie die Praxisnummer gewählt.

Als er wieder aufschaute, bemerkte er, dass Antje ihre Beine rieb, die stark angeschwollen waren.

»Jetzt legst du dich mal aufs Sofa.« Er zog sie hoch. »Du weißt, dass du die Beine hochlagern sollst.«

»Ich muss noch abwaschen ...«

»Das mache ich«, ertönte es aus der Küche und Sebastian hörte das Geschirr scheppern.

Er musste unbedingt mit Tobi reden. Da stimmte etwas nicht.

Doch zuerst verfrachtete er seine Oma auf das Sofa, brachte ihr Kissen für den Rücken und legte ihre Beine hoch.

Er wollte sich ein wenig zu ihr setzen und den Tag Revue passieren lassen, ehe er Irene zurückrief.

»Am Wochenende sind wir in Hamburg, also eine Nacht, ich hoffe, du hast es nicht vergessen,« sagte Antje.

»Natürlich nicht, ich habe ja versprochen, dass ich euch zum Bahnhof bringe.« Es war schon sehr lange geplant, dass seine Oma und Hedda zusammen mit Tobias das Musical ›König der Löwen‹ besuchen würden. Die Karten waren bereits Monate vorher bestellt und die Zimmer für eine Nacht in einem Hotel gebucht worden.

»Was ist mit Mia?«

»Tatsächlich ist es gut, dass sie hier ist. Wir wollten ja das Geschäft zu Mittag schließen, aber das ist nun nicht nötig, den Nachmittag schaffen Lisa und Mia bestens. Und Sonntag ist geschlossen.«

Tobias stand plötzlich vor ihnen. Er verteilte Teetassen und stellte das Stövchen mit der bereits angezündeten Kerze auf den Tisch. Sebastian sah überrascht zu Antje, die jedoch nur mit den Schultern zuckte. Fassungslos verfolgte er Tobias mit seinen Blicken, der nun die Teekanne und einen Teller Kekse brachte. Zum Schluss stellte Tobias noch den Adventskranz mit den beiden brennenden Kerzen in die Mitte.

»Ich möchte mit euch reden.« Die Stimme des Jungen klang auf einmal richtig fest und er wirkte gereift.

Antje griff zur Kanne und schenkte ein.

Sebastian nahm seine Tasse entgegen und spürte eine Enge im Hals. Tobias wirkte so ernst. Was hatte er diesmal ausgefressen?

»Das mit der Party war scheiße«, sagte der Junge plötzlich. »Es tut mir leid. Ich hätte zu Hause bleiben sollen, als Oliver mir gesagt hat, er würde nicht hingehen. Aber ich wollte ...« Abrupt brach er ab und senkte den Kopf.

»Du wolltest dir keine Blöße geben.« Antje biss in einen Zitronenlebkuchen.

Tobias nickte.

Sebastian schluckte. Der Junge entschuldigte sich tatsächlich, also musste auch er ihm entgegenkommen. »Vielleicht habe ich ein wenig überreagiert.« Er räusperte sich. »Sechs Uhr jeden Abend ist ...«

Tobias hob die Hand. »Ich habe das nicht gesagt, damit du meine Strafe aussetzt. Es ist okay.«

Sebastian blieb zum zweiten Mal der Mund offen stehen.

»Mia hatte die Idee, dass ich mit euch reden soll.«

»Mia?« Sebastian verstand gar nichts mehr. Was hatte Heddas Nichte damit zu tun, die er seit Tagen mit wenig Erfolg aus seinen Gedanken zu verdrängen versuchte?

»Setz dich jetzt mal hin.« Antje zog den Jungen an ihre Seite und schob ihm den Tee hin.

Tobias holte ein Stück Zucker aus der Dose und ließ es in den dampfenden Tee gleiten. »Ich möchte klare Regeln ausmachen. Wenn ich dann sechzehn bin, also ab dem 10. Januar. Und in ein Internat will ich auf keinen Fall.«

»Das steht ohnehin nicht zur Debatte.« Antje schüttelte heftig den Kopf. »Nur über meine Leiche.«

Sebastian schwieg. Er wusste noch nicht, wie er das Ganze einschätzen konnte. Da saß sein kleiner Neffe vor ihm und stellte Forderungen.

Und die klangen ganz und gar nicht unvernünftig.

»Onkel Sebastian?«, fragte Tobias nach.

»Es stimmt, ich habe darüber nachgedacht, ob dir ein Internat nicht unheimlich viel bringen würde. Du würdest entsprechend deinen Fähigkeiten gefördert. Überlege nur mal, dass du auch deinem Hobby, dem Handball, besser gerecht werden könntest. Es gibt tolle Sportinternate, beispielsweise auf Spiekeroog.«

Er erwartete, dass Tobi nun aufspringen und ihn anbrüllen würde. Stattdessen blieb er sitzen und ... lächelte.

Ehe er sich darüber wundern konnte, war es Antje, die nun ihre Stimme um einiges verstärkte. »Bist du verrückt geworden? Wir schicken unseren Kleinen doch nicht auf eine Insel und sehen ihn dann nur noch in den Ferien? Da spiele ich nicht mit.«

Tobis Lächeln wurde breiter. Sebastian hätte seine Worte am liebsten zurückgenommen. Der Junge hatte einen großen Schritt getan und ein vernünftiges Gespräch gesucht und er kam mit so was.

»Ich habe es nur gut gemeint. Das Internat ist sehr teuer, aber dafür bietet es auch einiges an Möglichkeiten, die Tobi hier nicht hat.«

»So? Was denn? Er kann hier genauso sein Abi machen und später, so wie du, in Hamburg studieren. Oder er macht eine handwerkliche Ausbildung. Nein, es kommt nicht infrage, dass er so viele Kilometer von uns weggeht und noch dazu auf eine Insel. Niemals.« Es war lange her, dass Sebastian seine Großmutter so energiegeladen erlebt hatte, und es freute ihn irgendwie.

Schließlich wandte er sich an seinen Neffen. »Was sagst du Tobi?«

»Same, wie Oma. Ich bleibe hier.« Es klang ruhig und wohlüberlegt. Sebastian hatte erwartet, dass der Junge zornig werden und ihn anschreien würde. Was war mit ihm passiert? War er über Nacht erwachsen geworden?

»In Ordnung.« Offenbar war es nicht nötig, dass er noch irgendwelche Drohungen anfügte, dass sich alles ändern könnte, sollte Tobias erneut Mist bauen.

»Und jetzt iss einen Lebkuchen.« Antje hielt ihm den Teller hin. »Damit wäre alles geklärt.«

Tobi griff nach einem Keks, doch er behielt ihn zwischen seinen Fingern. »Wäre es euch lieber gewesen, wenn ich auch im Auto gesessen hätte?«

Sebastian hielt die Luft an und das Entsetzen, das er im Gesicht seiner Großmutter wahrnahm, war vermutlich der Spiegel seines eigenen. »Um Gottes willen, wie kommst du darauf?«

»Tobi, dass du da warst, war das Einzige, was uns am Leben erhalten hat damals. Es sind bald zehn Jahre«, Antje musste schlucken, »es tut immer noch weh. Aber dich aufwachsen zu sehen, hat uns beiden geholfen, nicht wahr, Sebastian?«

Er nickte mechanisch. Vor seinen Augen wurde der katastrophale Tag wieder lebendig. Die Polizei, die ins Haus kam, zwei blasse Beamte. Das Bedauern in der Stimme des Älteren.

»Das kann nicht sein, das gibt's doch nicht.« Die Fassungslosigkeit in Antjes Gesichtszügen und die Sätze, die sie ständig wiederholte, waren ihm noch deutlich in Erinnerung. Zudem Tobis riesengroße Augen, während er sich an die Schürze seiner Uroma klammerte.

Und er, dessen Gedanken sich Stunden zuvor nur um diese eine Sache gedreht hatten, die er niemandem verraten hatte. Diese Schuld konnte er nie wieder sühnen.

Alle waren damals am Unfallort gestorben. Wenigstens das! So rasch, dass sie es wohl kaum mitbekommen hatten.

Waren sie in ein fröhliches Gespräch vertieft gewesen? Hatten sie gelacht und von den erfolgreichen Einkäufen im Outlet-Zentrum gesprochen? Die Bestellung für die Möbel noch einmal durchgesprochen?

»Ich habe ein schlechtes Gewissen«, flüsterte Tobias plötzlich. Rasch kam Sebastian wieder in die Gegenwart zurück.

»Tobi, die Partygeschichte ist vorbei, Schwamm drüber.« Sebastian beugte sich vor. Was zum Teufel hatte Mia zu ihm gesagt?

»Nicht deswegen, ich meine, natürlich auch, aber«, Tobias holte Luft, »wegen Mama und Papa.«

Mit einem Ruck fuhr Sebastian wieder zurück. Bevor er nachfragen konnte, sprach Tobi schon weiter. »Ich kann mich nicht richtig an sie erinnern. Da sind kaum Bilder vorhanden. Wenn ich die alten Fotoalben anschaue, dann sagen sie mir nichts, weil ich echt nichts mehr weiß.« Nun rann tatsächlich eine Träne über seine Wange, die er mit einer energischen Handbewegung fortwischte. »Ich kann sie einfach nicht spüren. Hier drin.« Er drückte seine Hand aufs Herz.

»Tobi, du warst fünf Jahre alt. Es ist verständlich, dass du nicht mehr viel weißt.«

»Ihr werdet um diese Jahreszeit immer traurig. Am 16. Dezember gehen wir gemeinsam zum Friedhof.« Tobis Tonfall kippte ein wenig nach oben, der Stimmbruch war fast vorüber, aber manchmal schlug seine Stimme doch noch um.

»Und du möchtest nicht mitgehen?«, fragte Antje behutsam. Sebastian fing einen ratlosen Blick von ihr auf.

Tobias schüttelte den Kopf. »Das ist es nicht. Es ist nur, ich habe immer das Gefühl, dass ihr erwartet, dass ich gleich zu weinen anfange. Aber da ist nichts. Für mich sind es nur eingravierte Namen auf einem Stein. Ich stelle mir manchmal vor, was wäre, wenn sie noch da wären. Doch ich kriege kein Bild in meinen Kopf, es bleiben nur die Fotos aus dem Album.« Tobias' Schultern sanken herab. »Es tut mir leid.«

Sebastian sprang auf, setzte sich neben den Jungen und drückte ihn an sich. Es war lange her, dass er ihn das letzte Mal so umarmt hatte, und mit Erleichterung stellte er fest, dass sich Tobi langsam entspannte und an ihn lehnte.

In seinem Kopf formten sich die Worte.

»Du musst kein schlechtes Gewissen haben, Tobi. Wir erwarten nicht, dass du Trauer zeigst, wenn du das nicht empfindest. Wahrscheinlich haben wir tatsächlich nicht bedacht, dass du noch so klein warst und nach ein paar Monaten war dein vorheriges Leben mit deinen Eltern nur mehr ein blasser Schimmer. Kinder vergessen zum Glück schnell. Deine Mama hätte auch nicht gewollt, dass du dein Leben lang um sie trauerst.«

Er spürte, dass Tobias sich freimachen wollte, und löste die Umarmung. »Ich möchte, dass ihr mir von ihnen erzählt. Wie waren sie so?« Tobias' Stimme zitterte nun leicht. »Wenn es zu schwierig für euch ist, dann verstehe ich das. Bis jetzt habe ich mich nicht getraut, aber Mia meinte, ich sollte euch zumindest fragen.«

Sebastian warf einen Blick auf seine Großmutter, deren Wangen nass geworden waren. »Es tut mir leid, dass du so empfunden hast, Tobi. Und du hast recht, wir sollten die Verstorbenen mit in unsere Mitte holen, als wären sie noch bei uns.« Er schluckte kurz. »Deine Mama war meine ältere Schwester, wie du weißt, und von klein auf mein Vorbild. Sie hatte mir sechs Jahre voraus und ich erinnere mich, wie liebevoll sie mit mir gespielt hat. Sie hat immer auf mich aufgepasst.« Er legte den Kopf zurück und dachte nach, was er seinem Neffen noch sagen konnte. »Christina hatte eine unglaubliche Energie, sie wurde, so schien es, niemals müde. In der Schule war sie in der Handballmannschaft, dein sportliches Talent hast du von ihr, und das Team war richtig gut. Mehrmals fuhren sie zu Wettkämpfen. Verlieren konnte sie allerdings ganz schlecht.« Sebastian lachte und seine Großmutter fiel mit ein.

»Ja, das stimmt. Wenn wir zu Hause ein Spiel spielten, dann konnte sie zornig werden, sobald sie nicht gewann. Erinnerst du dich, wie sie einmal sämtliche Spielsteine auf den Boden geworfen hat?« Antje wischte sich die Tränen aus dem Gesicht.

»Richtig. Als einer fehlte, hat Mama sie dazu verurteilt, die gesamte Stube abzusuchen, sie musste bis unter den Schrank krabbeln.«

»Ja, gebessert hat sie sich trotzdem nicht. Sie konnte eine Niederlage einfach nicht verkraften.«

Sebastians Blick fiel auf Tobi, der mit offenem Mund zugehört hatte. »Echt jetzt?«

»Klar. Und einmal hat sie sogar die Karten manipuliert, damit sie gewinnt.« Sebastian grinste.

»Richtig. Leider so schlecht, dass es bereits vor dem Spielen auffiel. Sie hat nämlich kleine Punkte mit einem schwarzen Filzstift hinten aufgemalt.« Antje lachte nun laut. »Klar, dass wir das sofort bemerkt haben.«

Vor Sebastians Augen entstand das Bild seiner Schwester. Er und Antje erzählten weiter und Tobias hörte mit wachsender Begeisterung zu.

Schließlich weiteten sie ihre Erinnerungen auf die anderen Verstorbenen aus. Tobis Vater Helmut und Sebastians Eltern.

Auch wenn Antje zwischendurch die Tränen wegwischen musste, so wurde es ein wundervoller Abend.

Weshalb hatten sie es nicht schon längst einmal getan?

Um halb elf schickte Sebastian seinen Neffen ins Bett und gab ihm das Versprechen, dass sie nun öfter über seine Eltern und Großeltern sprechen würden.

»Das hat richtig gutgetan«, sagte Antje leise. Schon lange nicht mehr war sie um diese Uhrzeit noch wach gewesen. »Ich hatte ja keine Ahnung, womit sich der Junge herumquält.«

»Ich auch nicht.«

»Morgen muss ich das gleich Hedda erzählen. Sie wird sich freuen, dass ihre Nichte den Ausschlag gegeben hat. Mia ist wirklich ein liebes Mädchen.«

»Hm.« Sebastian überlegte sich, wie er sich erkenntlich zeigen sollte. Ein Abendessen in dem neuen Fischrestaurant vielleicht?

Das wäre dann kein Date, sondern eben ein Ausdruck seiner Dankbarkeit. Dass eine Frau, die Tobi kaum kannte, so einen positiven Einfluss auf ihn gehabt hatte und damit im weiteren Sinn auch auf ihn und Antje, beeindruckte ihn tief.

»Gute Nacht, ich muss meine alten Knochen jetzt wirklich zur Ruhe betten.« Antje stand auf und drückte im Vorbeigehen Sebastians Schulter. »Manchmal lösen sich Probleme schneller, als man glaubt.«

Er sah ihr nach, sie ging ein wenig schwerfällig. Sorge überschwemmte ihn.

Antje sollte nicht mehr arbeiten. Im Haushalt hatten sie zwar schon lange eine Putzfee, darauf hatte er bestanden, aber auch das Geschäft war bestimmt zu beschwerlich.

Aber Sebastian wusste bereits jetzt, dass Antje zu stur wäre, den Laden aufzugeben.

Zumindest mit Tobi war Entspannung eingetreten. Das letzte Problem würde es wohl nicht sein, schließlich war Tobias in der Pubertät. Aber das Gespräch hatte allen gutgetan.

Auch wenn sie die fünfte Person, die mit im Wagen gesessen hatte, nicht erwähnt hatten.

In Sebastians Magen bildete sich der altbekannte Knoten.

Kapitel 14

Mia

Am nächsten Morgen spazierte Mia wieder zum Leuchtturm. Es war noch dunkel und die dünne Schneedecke knirschte unter ihren Schuhen. Büsum lag in der Morgenstarre wunderschön da, an manchen Stellen war die Weihnachtsbeleuchtung abgeschaltet, aber am Hafen leuchtete ihr der beeindruckende Baum entgegen. Er war auf einem großen Floß im Wasser befestigt und wirkte majestätisch. Wie sie ihn da wohl auf hinaufgebracht hatten, ohne dabei baden zu gehen? Minutenlang stand sie davor und ließ die zahlreichen Lichter auf sich wirken, bis die Kälte sie zwang, weiterzugehen.

An diesem 2. Dezember war die Luft eisig frisch, Mia schlang den Schal enger. Mittlerweile hatte sie sich bereits gut an das Klima gewöhnt.

Das Gespräch mit ihrer Mutter konnte sie nun nicht länger hinausschieben. Sie hatte damit gerechnet, dass die sich ohnehin empört melden würde, schließlich hatte sie mit Patrick Schluss gemacht. Dass sie es nicht tat, konnte nur eines bedeuten: Patrick hatte nicht mit ihr gesprochen.

Entweder, weil er ihr immer noch nicht glaubte und trotz allem erwartete, dass sie am 22. zum Standesamt kommen würde, oder weil er dachte, ihre Familie wüsste ohnehin Bescheid.

Auf jeden Fall musste sie ihre Mutter informieren, immerhin waren es nur mehr drei Wochen bis zum Termin.

Hoffentlich hatten sie alles storniert, vermutlich wurde das von Tag zu Tag teurer. Oder wartete ihre Fast-Schwiegermutter in spe bis zum Schluss, in der Hoffnung, Mia würde einlenken?

Sie kickte einen Stein aus dem Weg und dann stand sie vor dem Leuchtturm. Der Anblick hatte etwas Beruhigendes. Seit Jahrhunderten waren Leuchttürme für alle Schiffe ein Zeichen.

»Imposant, nicht wahr?« Die Stimme neben ihr schnarrte in tiefsten Tönen.

Sie sah den Sprecher an, ein alter Mann, der einen dunkelgrünen Parka trug und sich einen verfilzten ausgefransten Wollschal um den Hals gewickelt hatte. Vom Gesicht konnte sie nur fröhlich zwinkernde Augen erkennen, alles andere wurde von einem weißen Rauschebart verdeckt, eine schwarze Pudelmütze hatte er weit unter die Ohren gezogen. An der Leine hielt er einen Hund mit dunklem Fell, dessen Unterkiefer über den Oberkiefer geschoben war, sodass seine Zähne hervorstanden.

Doch die Augen sahen Mia so treuherzig an, als wollte das Tier ihr sagen, dass hinter seinem skurrilen Aussehen ein lieber Kerl steckte.

»Guten Morgen!« Mia lächelte Mann und Hund freundlich an. »Auch zwei Frühaufsteher?«

»Zwangsläufig, der Herzog muss seine Runden drehen, sonst wird er ungemütlich.«

»Herzog?«

»Ein würdiger Name, findest du nicht, Deern?« Er zwinkerte ihr erneut zu. »Und was macht so eine hübsche Maid so früh hier?«

»Ich warte auf den Sonnenaufgang.« Mia deutete auf den Hund namens Herzog. »Was ist er für eine Rasse?«

»Die Frage ist eher, welche Rasse da nicht mitgemischt hat.« Ein tiefes Lachen ertönte. »Ich bin übrigens der Rolf.«

»Freut mich. Ich bin Mia.«

»Und woher kommt die Mia?«

»Aus Salzburg.«

»Ein weiter Weg, um Urlaub zu machen.«

»Eigentlich ist es kein Urlaub. Also ich bin bei meiner Tante. Vielleicht kennen Sie sie: Hedda Böhme.«

»Klar, der Ort ist überschaubar klein. Mit Walter habe ich jahrelang Doppelkopf gespielt. Der Gute ist viel zu früh dahingegangen. Die Lisa ist meine Enkeltochter. Sie arbeitet bei Hedda und Antje im Geschäft.«

»Ich hab schon Freundschaft mit ihr geschlossen.«

»Ja, sie ist ein liebes Mädchen.« Der Alte sah zu Herzog. »Nu, zieh doch nicht so, wir gehen ja gleich weiter. Aber so eine hübsche Dame treffen wir schließlich nicht jeden Tag.«

»Ihre Enkelin ist sehr tüchtig, meine Tante schwärmt in den höchsten Tönen von ihr.«

»Hör auf mit der Siezerei.« Rolf tätschelte den Kopf seines Hundes, der genießerisch die Augen schloss.

»Und ja, die Lisa, die hat das Herz am rechten Fleck. Leider hat sie sich in den Falschen verliebt.«

»Der Enno scheint aber auch in Ordnung zu sein.« Mia kannte ihn zwar nicht wirklich, denn von einem »Hallo« ließ sich wohl nicht auf den Charakter eines Menschen schließen.

»Er ist einer von denen und das geht gar nicht.« Ein Schnauben quetschte sich aus dem Vollbart heraus. »Aber die Lisa ist keine Dumme nicht, die wird das schon noch einsehen.«

»Herr Arndt – Rolf, der Zwist muss doch mal ein Ende haben. Ich habe läuten hören, dass niemand mehr weiß, weshalb ...«

»Spielt keine Rolle. Die Sippe ist verdorben, durch und durch. Wenn ein Ahne sich dermaßen nichtswürdig verhält, dann vererbt er das immer weiter.« Rolf wickelte sich die Leine fester, weil Herzog fortwollte. »Eine Arndt und ein Mackedanz, da kann nichts Gutes draus werden.«

»Das klingt dramatisch, wie Romeo und Julia.« Ein tiefes Stirnrunzeln veränderte die Gesichtszüge des alten Mannes komplett, er wirkte nun richtig bösartig. »Du hast keine Ahnung, Mia aus Salzburg. Bei uns im Norden ticken die Uhren noch anders und Unrecht bleibt Unrecht.« Mit einem Ruck drehte er sich um.

»Es muss nicht für alle Ewigkeit so bleiben«, rief sie ihm nach. Weshalb konnte sie den Mund nicht halten. »Romeo und Julia haben ein tragisches Ende genommen.«

Der Bärtige antwortete nicht mehr, entfernte sich stattdessen mit Riesenschritten ins Innere des Ortes, die sie dem Alten nicht zugetraut hätte. Aber möglicherweise war er auch jünger, als er wirkte?

Langsam ging sie weiter, ihre Füße zogen sie automatisch Richtung Hundestrand. Das wurde ihr erst bewusst, als sie ein erfreutes Bellen vernahm und Simba an ihr hochsprang. Sie schnüffelte und bellte kurz, offenbar roch sie den anderen Hund an ihr.

»Guten Morgen, du Liebe.« Sie streichelte die wunderschöne Huskydame und vergrub ihre Nase im weichen Fell. »Ich freu mich, dich wiederzusehen.«

»Gilt das auch für mich?« Die tiefe Stimme ließ ihr Herz automatisch höherschlagen. Sie richtete sich auf und lächelte Sebastian an. »Natürlich. Wer ist schon gern allein in der Dunkelheit?«

»So ganz dunkel ist es ja nicht mehr.« Auch Sebastian grinste und im Licht der Laterne schien er ihr noch attraktiver als das letzte Mal.

Tatsächlich war der Himmel bereits rot gefärbt und die Dämmerung wich dem Tageslicht.

»Warst du immer schon eine Frühaufsteherin?« Der neckende Unterton gefiel Mia.

»Ich war von klein auf eine Lerche. Leider bin ich die Einzige in der Familie. Aber das hat auch was Gutes, nie ist es so still wie am Morgen.«

»Ich muss gestehen, dass ich mir das erst angewöhnen musste, mit Simba.« Er nickte mit dem Kopf Richtung der Hündin, die am Wasser hin und her lief, während sie weiter oben am Strand spazierten. »Langschläfer war ich zwar auch nie, dennoch schlafe ich doch gern mal ein wenig länger.«

»Es ist acht Uhr, bei uns war um diese Zeit bereits Schulbeginn.« Mia drehte sich zu den Häusern und genoss den Anblick der Sonne, die sich langsam höher schob.

»Stimmt, bei uns auch.« Er richtete seine Mütze, die offenbar verrutscht war. »Die Winter können sich ziehen, wenn man bei Dunkelheit aufsteht und heimkommt.«

Mia nickte. »Das kann ich mir vorstellen.«

»Ich möchte mich noch bei dir bedanken.«

Überrascht wandte sie sich Sebastian direkt zu. »Wofür?«

»Du hast gestern offenbar die richtigen Worte für meinen Neffen gefunden und wir hatten am Abend zum ersten Mal ein ehrliches Gespräch miteinander.« Er sah sie an. »Mir war nicht bewusst, dass sich der Junge Vorwürfe macht, weil er an seine Eltern kaum mehr Erinnerungen hat. Es hat gutgetan, alte Dinge aufzufrischen, auch meiner Oma.«

»Das freut mich.« Sie lächelte.

»Wie konntest du das wissen?« Sebastian schüttelte den Kopf. »Der gestrige Abend war – ich kann es gar nicht beschreiben – es war für uns alle drei unbeschreiblich. Wir haben schon so lange nicht mehr über meine und Tobis Eltern gesprochen und ich weiß einfach nicht warum.«

»Manchmal braucht es einen Anstoß von außen.«

»Hast du eine psychologische Ausbildung gemacht?«

»Nein, die war noch nicht dabei.«

»Du hast eine Gabe dafür.«

»Unsinn. Ein bisschen reden kann jeder.«

»Absolut nicht!« Sebastian blieb stehen und griff nach ihren Händen. »Ich würde mich gern revanchieren.«

»Das musst du nicht. Ich mag Tobias und wir hatten eine gute Zeit miteinander.«

»Trotzdem. Ich würde mich freuen, wenn ich dich zum Abendessen einladen darf. Isst du gerne Fisch?«

Sekundenlang fehlten ihr die Worte. Hatte sie sich nicht sehnsüchtig ein Date mit ihm gewünscht? Und nun sollte es wirklich so sein!

Ihr Herz hüpfte fast zum Hals heraus und sie traute ihrer Stimme nicht. Aber er stand vor ihr und wartete auf eine Antwort.

»Wenn du keinen Fisch magst, es gibt auch ein Steakhaus ...«

»Nein«, unterbrach sie ihn hastig. »Ich meine, ja, ich liebe Fisch. Eure Küche hier ist wirklich super.«

»Dann weiß ich schon, wohin wir gehen. Passt es dir morgen Abend?«

»Natürlich, gern.«

Sie hatte den verrückten Drang, hier im Sand ein paar Räder zu schlagen. Das ging freilich nicht, also suchte sie fieberhaft nach einer Ablenkung.

Rolf Arndt fiel ihr ein.

»Ich habe vorher Lisas Großvater getroffen, er war auch mit einem Hund unterwegs.«

»Ha, der Herzog.« Sebastian lachte. »Nicht gerade mit Schönheit gesegnet, aber es gibt kaum einen Hund, der gutmütiger ist. Die beiden passen zusammen, Herr und Hund. Leider ist Herzog schon betagt, zwölf Jahre. Rolf wird zusammenbrechen, wenn das Tier stirbt. Seit seine Frau nicht mehr lebt, ist es sein einziger Halt.«

»Das kann ich verstehen, bei meiner Großmutter war es auch so. Sie hatte einen Pudel, zum Glück ist sie vorher gestorben. Putzi starb aber nur zwei Monate danach.«

»Da ist oft eine Verbindung von den Haustieren zu ihren Besitzern.«

»Sag mal, weißt du etwas über die Fehde zwischen den beiden Familien? Lisa und Enno tun mir richtig leid.«

»Deine Tante müsste mehr darüber wissen.« Sebastian zuckte mit den Schultern. Mittlerweile war die Sonne komplett aufgegangen und Mia streckte ihr Gesicht den Strahlen entgegen. »Auf jeden Fall geht es schon Jahrzehnte, ich kenne es seit meiner Geburt nicht anders. Wenigstens haben die Übergriffe aufgehört.«

»Übergriffe?« Mia riss die Augen auf und starrte ihn an. »Du meinst, sie haben sich körperlich angegriffen?«

»Ja. Häuserwände beschmiert, Zäune beschädigt und stinkenden Fischunrat vor die Tür gelegt – solche Sachen eben.«

»Das ist ja total bescheuert.« Auf die Schnelle hatte Mia kein anderes Wort dafür gefunden.

»Das ist es. Aber in den letzten Jahrzehnten herrschte eher kalter Krieg. Ich habe selbst gehört, wie Joris seinem Sohn die Hölle heißgemacht hat, wegen seiner Beziehung zu Lisa. Und ich wette, dass auch Lisa ihr Fett wegkriegt.«

»Ja, das hat sie erzählt. Als ich die beiden mit Romeo und Julia verglichen habe, war Rolf ziemlich rasch verschwunden. Und er hat klar gemacht, dass es keine Versöhnung geben wird.«

»Das kann ich mir vorstellen. Der knatschige Alte.«

Simba kam zu ihnen und Sebastian rannte auf einmal los. Die Hündin sprang bellend neben ihm her. Es war ein schönes, friedliches Bild.

In ihrem Kopf reifte ein Gedanke, eine plötzliche Eingebung. Sebastian kam heftig atmend zurück. »Ich schwöre, Simba ist die beste Fitnesstrainerin von Nordfriesland.«

Die Hündin sprang an Mia hoch und schien sie ebenfalls zum Rennen animieren zu wollen. Und schon folgte sie Simba bis zum Wasser hinunter, wo sie nach Luft schnappend in den Sand fiel.

»Na, da hat aber jemand noch weniger Kondition als ich.« Sebastian war mitgelaufen, doch auch ihm merkte man an, dass er außer Atem war. Er streckte ihr die Hand hin. »Steh lieber wieder auf, bevor du dich erkältest.«

Sie ließ sich hochziehen, spürte seine Hitze durch den Handschuh durch. »Dein Tipp bezüglich Einkaufen war übrigens klasse.« Mia drehte sich vor ihm. »Die neueste Mode und auch noch warm.«

»Kann ich nur bestätigen.« In seinen Augen blitzte etwas auf, sodass Mia verlegen wegsah und zum ursprünglichen Thema zurückkam. »Wie stehen denn die anderen Familienmitglieder zu dem Zwist?«

»Das beschäftigt dich offenbar.« In Sebastians Stimme lag ein humorvoller Unterton. »Hauptsächlich geht es von den zwei alten Dickschädeln aus, vermute ich mal. Aber Genaueres, da musst du deine Tante fragen. Oder meine Großmutter.«

»Man sollte die beiden gemeinsam an einen Tisch setzen.« Sie hatte es nicht laut aussprechen wollen, es war einfach so herausgerutscht.

Sebastian lachte auf. »Vergiss es, Mia. An denen haben sich schon andere die Zähne ausgebissen. Außerdem bist du nicht so lange hier, wie du brauchen würdest, die beiden Streithähne zu versöhnen. Das geht bestimmt nicht von heute auf morgen.«

Mia schwieg, denn sie dachte anders darüber. Auch ein jahrzehntelanger Streit musste einmal ein Ende haben.

Und sie hatte nicht im Sinn, so rasch heimzufahren. Gerade jetzt, wo sie sich dermaßen wohlzufühlen begann.

Kapitel 15

Sebastian

Mia ging ihm den ganzen Tag nicht aus dem Kopf. Seine Faszination für sie musste und wollte er unterdrücken, und er ärgerte sich, dass es ihm so kläglich misslang.

Weshalb hatte er sie eingeladen? Ein Blumenstrauß oder ein nettes Geschenk aus dem Souvenirladen hätten es auch getan.

Lieber würde er mit ihr andere Sachen anstellen, aber das stand natürlich keinesfalls auf dem Programm.

Worüber sollte er sich mit ihr unterhalten?

So ein hübsches Mädchen hatte bestimmt nur Mode und Party im Kopf. Und hier in Büsum war diesbezüglich tote Hose.

Naja, nicht ganz. Gerade jetzt zu Weihnachten gab es schon die eine oder andere Attraktion. Aber sie kam aus einer Stadt, die für Festspiele und Lebensstil bekannt war. Auch wenn Salzburg keine Weltmetropole darstellte, so war sie eine kulturelle Größe, nicht zu vergleichen mit Büsum.

Hoffentlich warf sich Mia nicht in Schale, wie es so schön hieß, denn sie mussten ein wenig zu Fuß gehen. In High Heels und dünnem Abendkleidchen wäre das wohl kaum möglich. Zudem hatte er vergessen zu erwähnen, dass es in dem Lokal zwar ausgezeichnete Fischgerichte gab, dass das Ambiente jedoch eher rustikal war.

Außerdem hatte er ihr verschwiegen, dass Joris Mackedanz der Besitzer war. Hoffentlich ließ sie sich nicht dazu hinreißen, über den Familienstreit zu diskutieren. Ob er eventuell ein anderes Restaurant wählen sollte? Allerdings liebte er das Lokal *Zum ollen Piraten*, das Joris hatte renovieren und dessen Mobiliar er hatte überholen lassen.

Nun stand Sebastian vor Heddas Haus. Er trug Jeans, Winterstiefel und einen dicken Pullover unter seiner Winterjacke. Zur Not musste sich Mia eben rasch umziehen.

Die Klingel schnarrte unangenehm. Aber Hedda und ihr verstorbener Mann Walter hatten darauf bestanden. Einen lästigen Ton konnte man nicht überhören, war ihre Devise.

Hoffentlich war Mia schon fertig. Er hasste es, zu warten.

Sie überraschte ihn, denn sie öffnete bereits in Winterschuhen. »Hallo, ich bin gleich so weit.« Dann rief sie nach hinten: »Tschüss, Tante Hedda.«

»Viel Spaß«, ertönte es aus dem Wohnzimmer.

»Nein, Goldie, dich kann ich nicht mitnehmen.« Ein empörtes Miauen zeigte ihm, dass die Katze damit offenbar nicht einverstanden war. Und dann sah er die rotblonde Perserkatze, die um Mias Beine strich. Sie bückte sich und hob sie auf. »Ich komm ja wieder, Süße.« Sie trug sie nach hinten und schubste sie in den Wohnraum, dann schloss sie vorsichtig die Tür, damit Goldie nicht entwischen konnte.

Auf einmal waren seine Bedenken, was den Abend betraf, komplett verschwunden.

Und am liebsten hätte er sie an sich gezogen und geküsst.

Reiß dich zusammen, dachte er bei sich.

Mia schlüpfte in ihre pinkfarbene Jacke, setzte ihre Wollmütze auf und wickelte den Schal um den Hals.

Die Weihnachtsbeleuchtung schuf eine romantische Stimmung, während sie nebeneinander herliefen.

»Wie war dein Tag?«, fragte Sebastian, weil ihm nichts Besseres einfiel.

»Es war einiges los im Laden.« Sie lächelte ihn an und er spürte wieder dieses Kribbeln. »Ich hoffe, es ist okay, dass ich Hose und Pullover gewählt habe. Falls es ein piekfeiner Schuppen sein sollte, in dem eine Kleiderordnung herrscht, wäre ich falsch gekleidet. Aber leider habe ich kein Abendkleid dabei.«

»Nein? In diesem Fall muss ich zu meinem Bedauern eine andere Begleitung für heute Abend aussuchen.« Er gab seiner Stimme einen übertrieben mitleidigen Tonfall.

Mia blieb ruckartig stehen. »Denkst du, dass du auf die Schnelle jemand anderen findest, der seinen Abend opfert, um mit dir tranigen Fisch zu essen?« Sie klang todernst und schüttelte dann auch noch den Kopf. »Ich fürchte, nein. Schließlich bist du nicht Ryan Gosling oder Channing Tatum.«

»Ich bin zutiefst betroffen.« Die Müdigkeit verschwand immer mehr. Er hob den Zeigefinger. »Aber ich bin ein vermögender Tierarzt.«

»Stimmt, das hat mir meine Tante erzählt. Hast du eine eigene Praxis?«

»Seit dem Sommer. Vorher war ich bei einem Kollegen angestellt und habe gelernt.«

»Das ist ja spannend. Ich habe bei meiner ehrenamtlichen Arbeit im Tierheim herausbekommen, dass jedes Tier einen eigenen Charakter hat.«

»Da sagst du ein wahres Wort.«

»Hast du viel Arbeit?«

»Allerdings. Da kann ich nicht klagen. Aber ich habe es gut organisiert, vor allem meine Assistentin hat mir geholfen. Fenna ist Gold wert. Sie hat Ordnung ins Chaos gebracht.«

»Geht das überhaupt? Es ist ja nicht abzusehen, wann welches Tier krank wird.«

»Das nicht. Aber wir haben spezielle Zeiten für kurzfristig erkrankte Tiere, Termine für Impfungen oder bestellte Untersuchungen und gewisse Kapazitäten für Hausbesuche.«

»Also betreust du auch größere Tiere?«

»Natürlich, wir haben schließlich Landwirtschaft in der Gegend. Allerdings haben wir es uns ein wenig aufgeteilt, der Kollege in Heide ist beispielsweise auf Milchkühe und Zuchtpferde, ich auf Kleintiere spezialisiert. Daher haben wir Schwerpunkte, aber es lässt sich oft nicht ganz trennen. Heute war ich bei der Geburt eines Kalbes dabei, denn Paul, das ist der Kollege, war inmitten einer Operation.«

»Denkst du, das kann ich auch mal sehen?« Die blinkenden Weihnachtslichter rundum spiegelten sich in Mias Augen.

»Solche Geburten passieren meist spontan, aber sollte es sich ergeben, spricht nichts dagegen, dass ich dich mitnehme.«

»Wow, klasse.«

»Bist du überhaupt so lange da?«

»Bis Weihnachten bestimmt.«

»Hedda ist schon seit ewig und immer eine liebe Freundin von uns.« Sebastian sah Mia nicht an, während er sprach. »Also von meiner Oma und mir.«

»Das hat sie mir erzählt. Sie hält große Stücke auf dich.« Mias Stimme hatte sich nicht verändert. Offenbar hatte sie nicht verstanden, was Sebastian ihr mit dieser Bemerkung hatte sagen wollen.

Dass er nicht wollte, dass Hedda wehgetan wurde.

Sie erreichten das Lokal, ein reetgedecktes Häuschen in der Nähe des Hafens. Es war weihnachtlich dekoriert, eine Girlande mit Lichterkette schmückte den Eingang. Besonders lustig schien Mia den tanzenden Weihnachtsmann zu finden. Er war ungefähr einen Meter groß und wippte direkt neben der Tür zu ›Jingle Bells‹ mit seinem dicken Bauch. Mia stellte sich davor und ließ ebenfalls die Hüften kreisen.

Ihre Bewegungen trugen nicht dazu bei, dass Sebastians Wunsch, sie zu küssen, nachließ.

Und beim Kuss würde es nicht bleiben. Nie zuvor hatte er so eine Anziehungskraft erlebt.

Die groben Holztische und Bänke im Inneren wirkten auf den ersten Blick nicht besonders edel, doch Mia strahlte über das ganze Gesicht. »Ist das ein gemütliches Beisel. Wahnsinn, da fühlt man sich gleich wohl.«

»Beisel?« Den Ausdruck hatte er noch nie gehört.

»Oh sorry, das ist ein österreichischer Begriff für ein urig heimeliges Lokal. Kein Nobelschuppen, sondern ein Ort, in dem alle sich wie zu Hause fühlen können.«

»Das freut mich. Sieh mal, da hinten ist Platz für uns.« Sebastian lotste sie durch die Menge, neben dem Ausschank vorbei, der den halben Gastraum einnahm. »Ich habe Joris gebeten, uns etwas freizuhalten. Normalerweise tut er das nicht, aber ich habe seiner Katze das Leben gerettet und daher habe ich einen Stein bei ihm im Brett.«

»Hast du sie operiert?«

»Nein, eine Magenspülung vorgenommen. Sie hatte eine Vergiftung.«

»Hier?« Ihre Augen waren groß geworden. »Wurde der Täter erwischt?«

»Joris hat so seine Vermutungen, wer es war, aber es lässt sich nichts beweisen. Gibst du mir deine Jacke?«

Mia schälte sich aus den Klamotten und reichte sie Sebastian, der sie in den hinteren Teil brachte und dort auf Haken hängte. »Und was glaubst du?«

Joris trat an ihren Tisch. »Moin, Sebastian, was darfs sein?«

»Was gibts heute?«

»Steht auf der Tafel. Was Flüssiges?«

»Was möchtest du?«, fragte Sebastian nun Mia. »Trinkst du ein Glas Wein mit mir?«

»Gerne, Weißwein.«

»Bring uns mal einen halben Liter von deinem Hauswein.«

Joris nickte und schlurfte weg, er war kein Mann vieler Worte.

Sie saßen einander gegenüber. Mia beugte sich vor. »Wie war das nun mit der Katze?«, flüsterte sie.

»Du musst nicht so leise reden.« Sebastian konnte sich ein Grinsen nicht verkneifen. »Joris hört schon schlecht. Aber ein Hörgerät lehnt er ab. Suchen wir uns lieber zuerst was zu essen aus. Er wird ziemlich unangenehm, wenn er mit Getränken zurückkommt und wir haben uns immer noch nicht entschieden. Das mag er gar nicht.«

»Wie viele Minuten haben wir Zeit? Oder soll ich sagen Sekunden?«

»Letzteres.«

»Dann beeilen wir uns.« Mia schien Gefallen an der Situation zu finden und sah auf die schwarze Tafel, auf der mit weißer Kreide die Tagesgerichte standen. »Büsumer Krabbensuppe hatte ich bei meiner Tante, die war wirklich ausgezeichnet. Und Backfisch hatte ich gestern Mittag, sonst ist alles eine Premiere für mich. Ich habe keine Ahnung, welchen von den Fischen ich wählen soll.«

Sebastian wandte sich ebenfalls um. Scholle, Seelachs, Rotbarsch, Zander und Lachs standen zur Auswahl. »Puh, schwierig. Ich hoffe, du hast Hunger, die Portionen hier sind sehr groß.«

»Rotbarsch habe ich noch nie gegessen, den probiere ich.«

»Gute Wahl.« Joris war herangetreten, stellte eine Karaffe mit Wein und zwei Gläser auf den Tisch. »Einmal Rotbarsch. Und du, Sebastian?«

»Nehme ich auch.« Joris verschwand wieder und Sebastian schenkte Wein aus der Karaffe in die Gläser und hob seines.

»So schlecht kann er nicht hören, denn ich habe jetzt leise gesprochen.« Mia sah ihm nach.

»Tja, vielleicht ist was dran an der Behauptung, dass diejenigen mit Hörproblemen nur mehr das hören, was sie hören wollen.«

»Das wäre schon praktisch.« Mia nahm ihr Glas und prostete Sebastian zu. »Herzlichen Dank für die Einladung.«

Ihr dunkelblondes Haar umrahmte ihr Gesicht und erhielt durch das Kerzenlicht einen Goldschimmer. Sebastian konnte kaum den Blick von ihr abwenden. »Gern geschehen.« Er beugte sich zu ihr. »Ich bin dir wirklich dankbar wegen Tobias.«

Sie runzelte die Stirn. »Ist das der einzige Grund für die Einladung?«

Was sollte er darauf antworten? Ein »Ja« wäre eine Lüge, ein ehrliches »Nein« würde ihr Hoffnung geben, dass mehr werden könnte.

Er war fast dankbar, dass Joris eine Schale mit Brot und seinen berühmten Eieraufstrich auf den Tisch stellte und ohne Worte wieder verschwand.

»Den Aufstrich musst du probieren.« Sebastian angelte sich ein Stück von dem knusprig warmen Brot und bestrich es. Mia tat es ihm nach und biss ab.

»Lecker.« Dann lächelte sie. »Also, was war mit der Katze?«

»Joris vermutet, dass es Rolf Arndt war.«

»Der Mann, den ich heute früh getroffen habe?« Mia tippte sich an die Stirn.

»Ja.«

»Und wurde die Katze wirklich vergiftet?«

»Sie hatte einen verdorbenen Magen, das ist richtig, aber vermutlich hat sie von der Straße was gegessen, was ihr nicht bekommen ist.«

»Hast du es nicht ins Labor geschickt?«

»Nein. Die Symptome sprachen nicht für Gift und ich wollte den Streit nicht auch noch schüren. Ich denke nicht, dass die Arndts so weit gehen würden, eine Katze zu vergiften. Rolf ist ausgesprochen tierlieb.«

»O! Und du weißt echt nicht, wie es zu dem tiefen Zerwürfnis gekommen ist? Tante Hedda hat erzählt, dass nicht einmal Lisa und Enno es wissen.«

»Das glaube ich sofort. Früher gab es sogar handfeste Schlägereien. Ich war noch ein Kind, aber ich erinnere mich, dass sich Joris«, er nickte Richtung Ausschank, »und Lisas Großvater Rolf eine wilde Prügelei im Sommer mitten am Strand geliefert haben. Die Touristen dachten damals, es gehöre zu einer Art Showprogramm. Sie standen rundum und feuerten die beiden an. Das Blut hielten sie für unecht. Als die Raufbolde endlich getrennt wurden, mussten beide im Krankenhaus behandelt werden. Joris' Nase war eingeschlagen, Rolf hatte zwei gebrochene Finger. Das war für ihn als Fischer besonders hart, denn er musste nun mit Gips arbeiten.«

»Er ist Fischer?«

»Früher war er es, bevor er das Gasthaus eröffnet hat. Die Schlägerei ist so ungefähr zwanzig Jahre her, seither haben sie nie mehr offen gekämpft. Es gab auch sonst keine Übergriffe, das habe ich dir bereits erzählt, wie Sachbeschädigungen oder so. Das ist für mich ein zusätzlicher Beweis, dass die Katze nicht bewusst vergiftet worden ist.«

»Zum Glück hat sie überlebt. Tante Hedda hängt auch sehr an Goldie. Ich habe gehört, dass du sie ihr geschenkt hast?«

»Ja. Tobias hat sie am Strand gefunden, einen Jutesack mit drei Katzen, zwei davon waren leider tot. Er war acht damals und wir konnten sie nicht behalten, wir hatten ja schon Simba. Da hatte ich die Idee, wir könnten sie Hedda schenken.«

»Das war ein wunderbarer Einfall von dir.« Sie strahlte ihn an und ihm wurde richtig heiß.

Joris musste auch immer so stark einheizen!

»Deine fürsorgliche Geste hat Tante Hedda aufgemuntert, es ging ihr schlecht, hat sie mir erzählt«, fuhr Mia fort.

Wovon sprach sie gerade? Ach ja, die Katze.

»Sie und Walter waren eine Einheit, sie haben sich sehr geliebt. Als er Krebs bekam, hat sie ihn gepflegt bis zum Schluss. Es ging dann so wahnsinnig schnell, keine der Chemotherapien hat gewirkt.«

»Das muss schlimm gewesen sein.« Sie trank einen Schluck Wein. »Aber ihr habt auch einen Riesenverlust erleiden müssen. Auf einen Schlag die gesamte Familie zu verlieren. Ich kann mir nicht annähernd vorstellen, wie entsetzlich das für euch gewesen sein muss.«

»Ja.« Sebastian war zum ersten Mal versucht weiterzureden. Meist würgte er Gespräche ab, die in diese Richtung gingen.

Aber wieder war es Joris, der ihn erlöste, und die beiden gefüllten Teller vor sie hinstellte.

»Die Portionen sind wirklich groß, wow.« Mia schnupperte. »Zum Glück habe ich einen Bärenhunger.« Sie griff nach dem Besteck. »Ich finde es grausam, Tiere auf diese Weise umzubringen. Lebendig in einen Sack zu stecken und zu ertränken.«

»Ich vermute, dass Goldie das Produkt einer wilden Beziehung ist.« Sebastian nahm die erste Gabel Fisch in den Mund. »In den Züchtungen gelten nur reinrassige Exemplare.«

»Ich würde das nicht einmal erkennen.« Mia schüttelte den Kopf. »Ich verstehe ehrlich gesagt den Hype um die Rassehunde und Katzen nicht. Jedes Tier ist auf seine Art liebenswert.«

Sebastian trank nun ebenfalls einen großen Schluck. Mia gefiel ihm.

Zu gut. Und immer besser.

Auch weil sie das ursprüngliche Thema ganz offensichtlich nicht weiterverfolgte.

»Wie viele kommen denn täglich zu dir in die Praxis? Ich schätze, du musst einiges zu tun haben.« Sie sah ihn erwartungsvoll an.

»Meistens schon. Aber es gibt auch ruhigere Tage.«

»Und was sind die hauptsächlichen Probleme? Routine? Oder hattest du irgendwann richtig seltene Krankheiten?«

Sebastian hatte eigentlich Informationen über Mia sammeln wollen. Doch dann kam er in einen Erzählfluss über seine Arbeit. Mia wirkte wissbegierig und aufmerksam, sie stellte eine ganze Palette an Fragen, die er nur zu gern beantwortete. Schon lange nicht mehr hatte sich jemand so intensiv für seine Praxis interessiert.

Sie aßen und er erzählte weiter und genoss es, wie Mia gebannt an seinen Lippen hing.

Erst beim Nachtisch, der roten Grütze mit Vanillesoße, sagte er schließlich: »So nun habe ich weiß Gott genug geplaudert, jetzt bist du dran. Wieso kanntest du deine Tante vorher gar nicht?«

»Meine Mutter und Tante Hedda sind Schwestern, aber offenbar seit Jahren hoffnungslos zerstritten.« Sie schloss nach dem ersten Löffel Grütze genießerisch die Augen.

»Das muss so sein, ich kenne deine Tante schon sehr lange, seit ich ein kleiner Junge war. Und für mich war sie immer alleinstehend, ohne Verwandte. Als Walter starb, hätte sie die Unterstützung einer Familie brauchen können.«

Mia zuckte leicht zusammen.

»Wir hatten leider keinen Kontakt zu Hedda. Meine Mutter hat nie von ihr gesprochen.« Es klang schuldbewusst.

»Du kannst bestimmt nichts dafür«, beeilte er sich zu versichern. »Dass Hedda nie darüber geredet hat, wundert mich allerdings.« Er schüttelte den Kopf.

»Sie hat mir bis jetzt den Grund nicht verraten, doch wir hatten auch noch nicht so viel Zeit miteinander.«

»Ist deine Mutter deiner Tante ähnlich?«

»Überhaupt nicht. Meine Mutter ist Hochschulprofessorin und ich kenne sie nur in eleganter Kleidung.«

»Und dein Vater?«

»Er ist vor fünf Jahren gestorben.« Ein Schatten flog über ihr Gesicht. »Er war Rechtsanwalt, einer von den Guten. Ich vermisse ihn.«

Das konnte er sich vorstellen.

Doch was meinte sie, mit ›einer von den Guten‹?

»Das tut mir leid.« Er drückte kurz ihre Hand, »war dein Vater ein guter Mensch oder war er als Anwalt gut?«, fragte er nach.

»Er war einer der Top-Anwälte in Salzburg.« Mia leckte den Löffel ab und Sebastian konnte seinen Blick nicht von ihren vollen Lippen lösen. »Und ich hoffe schon auch, dass er kein schlechter Mensch war.«

Wovon sprach sie?

»Es könnte sein, dass Hedda ihnen nicht gut genug war«, fuhr Mia bereits fort. »Meine Eltern legten sehr viel Wert auf eine akademische Ausbildung.«

Hedda stand in einem Souvenirladen, ihr Mann war Tischler gewesen. Waren Mias Eltern zu hochnäsig für die Verwandtschaft gewesen?

Möglich wäre es, aber …

»Nein, das kann nicht der Grund für so eine tiefe Entzweiung sein, dass man den Kontakt komplett abbricht.« Er schüttelte den Kopf und aß ebenfalls einen Löffel der süßen Köstlichkeit. »Hast du noch Geschwister?«

»Ja, die sind beide ein paar Jahre älter als ich. Ich war die nicht geplante Nachzüglerin.« Sie lächelte, aber er spürte ein wenig Traurigkeit dahinter. »Mein Bruder ist Oberarzt im Krankenhaus, seine Frau ist ebenfalls Ärztin und meine Schwester leitet bereits die Redaktionsabteilung vom *Salzburger Tag,* das ist die bekannteste Salzburger Tageszeitung.« Sie schob sich einen weiteren Löffel in den Mund. »Also, an das Essen hier könnte ich mich gewöhnen.«

»Eine Akademikerfamilie, sozusagen.«

»Richtig. Ich bin das schwarze Schaf.« Wiederum dieses halbtraurige Lächeln.

»Dir fehlen die schwarzen Kraushaare für ein Lämmchen«, unkte er. Nun war ihr Lachen echt. »Wie hast du dann von Hedda erfahren?«

»Ich wusste natürlich schon, dass eine Tante existiert, die offenbar nichts von uns wissen wollte. Als ich nun einen Ort suchte, wohin ich mich flüchten könnte, habe ich in Mamas Schreibtisch nach einer Adresse gesucht. Und dabei den Brief gefunden, den Tante Hedda ihr nach dem Tod ihres Mannes geschrieben hatte.«

»Was stand in dem Brief?«

»Tante Hedda hat meine Mutter vom Tod ihres Ehemannes informiert und gebeten, ob sie ihr nicht endlich verzeihen könnte. Ich habe keine Ahnung, worum es da ging, aber es muss schlimm sein, wenn meine Mutter es nach all den Jahren nicht vergessen kann, nicht einmal im Angesicht des Todes ihres Schwagers. Und sie hat Hedda auch nichts vom Tod meines Vaters geschrieben. Hedda war total entsetzt, als ich es ihr erzählt habe.«

»Ist deine Mutter deiner Tante ähnlich?«

Mia verschluckte sich fast und hustete kurz. »Entschuldige, aber das ist so absurd. Meine Mutter ist Miss Perfekt, wie sie leibt und lebt. Ihr Tagesablauf ist streng geregelt und sie hält sich an ihre Prinzipien. So gesehen wundert es mich nicht, dass sie unversöhnlich ist. Dennoch verstehe ich es nicht. Ich kann nicht behaupten, dass meine Schwester und ich ein Herz und eine Seele sind, wir sind einfach altersmäßig zu weit auseinander. Aber wir mögen uns. Hast du Geschwister?«

Sein Hals wurde eng. »Nein«, sagte er rasch und war froh, dass seine Stimme nicht versagte.

»Tobi hat mir erzählt, dass seine Eltern gestorben sind, in diesem Fall hast du einen Bruder verloren, nicht wahr?«

»Meine Schwester. Sie war noch nicht verheiratet, aber es war geplant. Daher heißt Tobi Christiansen.«

Mia hatte aufgehört zu essen und hielt seinem Blick stand. »Das muss unheimlich schwer für dich gewesen sein.«

»Ist lange her.«

Sein Tonfall musste ihr einiges gesagt haben. »Tut mir leid, ich habe schon vorhin begriffen, dass das ein Tabuthema ist. Ich bin froh, dass ihr innerhalb der Familie darüber sprechen konntet.«

Er nickte, dankbar für ihr Verständnis. »Weshalb bist du nun so – unerwartet«, er wusste nicht, wie er es anders hätte ausdrücken sollen, »hergefahren?«

Mia rührte mit dem Löffel in ihrer Grütze und senkte den Kopf. »Meine Hochzeit wäre am 22. Dezember.«

Er prallte zurück. Was sollte er darauf sagen? Da faszinierte ihn einmal seit Langem eine Frau und nun stellte sich heraus, dass sie vergeben war?

So ein Pech.

Was dachte er da? Eine Beziehung zu ihr wäre doch ohnehin auf keinen Fall infrage gekommen. Weshalb traf es ihn dann, dass Mias Hochzeit vor der Tür stand? Er konzentrierte sich wieder auf sein Gegenüber, den ersten Teil des Satzes hatte er offenbar versäumt.

»... bereits geplant. Aber ich kann ihn nicht heiraten. Meine Mutter hat es nicht eingesehen und gemeint, ich müsse es tun. Nun sei es zu spät, alles abzusagen.«

Das fand er leider auch. Man stornierte keine Hochzeit knapp vier Wochen vor dem Termin, streng genommen waren es jetzt nur mehr drei.

»Ich weiß, was du denkst«, kam sie ihm zuvor, »Dass ich ein wenig spät draufkomme. Es ist keine Torschlusspanik oder so. Ich habe nur festgestellt, dass ich bis jetzt Scheuklappen getragen habe. Es war einfach, meine Familie, vor allem meine Mutter, war zufrieden und Patrick erwartete von mir nichts, ausgenommen als hübsches Abziehbild an seiner Seite zu posieren. Er ist wohlhabend und es ist ihm gleichgültig, ob ich arbeite oder nicht. Dass seine Eltern mich herablassend behandelt haben, hat er nicht mal gemerkt und ins Lächerliche gezogen. Da er schon Mitte vierzig ist, wünscht er sich möglichst rasch Kinder und ich könnte als Mutter zu Hause bleiben.«

»Aber?«

»Ich will noch keine Kinder. Später, ja. Der Altersunterschied war nie ein Problem für mich, denn Patrick sieht jünger aus und ist Energie pur. Nur beim Sex …«

Sie schlug sich auf dem Mund und starrte ihn an, ihr Gesicht verlor die gesunde Farbe. »Das wollte ich jetzt nicht sagen.«

Seine Hand legte sich über ihre Finger, die den Löffel umklammert hielten. »Es bleibt unter uns, Mia. Wem sollte ich es erzählen? Meines Erachtens ist Sex einer der wichtigsten Punkte in einer Partnerschaft. Egal ob häufig oder selten, wild oder sanft, im Bett oder sonst wo – es muss einvernehmlich sein. Hat er dir wehgetan?«

Mia schüttelte den Kopf. »Im Gegenteil.«

Kapitel 16

Mia

Das war so was von peinlich! Sebastian war ja fast noch ein Fremder für Mia, und jetzt sprachen sie über Sex!

Trotzdem war da was an ihm, dem sie bedingungslos vertraute. Und die Demütigung, die Patrick ihr zugefügt hatte, quälte sie immer noch.

»Das verstehe ich jetzt nicht. Was bedeutet Gegenteil?« Sebastians Stimme brachte sämtliche Nerven in ihr zum Vibrieren. Sein Blick war teilnehmend auf sie gerichtet, die dunklen Augen schufen eine Wärme in ihr, die sich wohltuend über den gesamten Körper verteilte. Und auf einmal wusste sie: Er würde sie nicht verurteilen, sondern Verständnis zeigen.

»Na ja, das ist vielleicht nicht der richtige Ausdruck. Aber bei Patrick läuft alles nach Plan, selbst Sex. Einmal, jeden Samstag. Wenn ich meine Tage hatte oder eine Veranstaltung war, fiel der Tag auch noch flach. Und es lief immer gleich ab. Wir gingen in ein feines Restaurant oder Patrick bestellte Essen von einem gehobenen Cateringdienst. Ich wusste ebenfalls, was ich zu tun hatte, seidene Unterwäsche und ein Abendkleid oder sonst was Festliches anziehen, Patricks Lieblingsparfüm und Make-up auflegen. Dann saßen wir uns gegenüber, es gab Wein und wir betrieben höfliche Konversation.« Mia sah hoch und bemerkte Sebastians zusammengezogene Augen. »Ein gestelzter Ausdruck, nicht wahr? Aber genau so war es, er berichtete von irgendwelchen Klienten, wir sprachen übers Wetter und Ähnliches. Danach räumten wir den Tisch ab, das Geschirr musste im Geschirrspüler sein und alles aufgeräumt. Erst dann nahm er meine Hand und wir gingen ins Schlafzimmer. Und dort lief es auch immer genau gleich ab.«

Sebastian schwieg. Mia sah auf seine Hand, die ihre Finger umschloss und nun drückte er sie.

»Patrick bemühte sich. Er streichelte mich überall und fragte ununterbrochen, ob ich das mag. Egal.« Sie seufzte, noch mehr ins Detail wollte sie nicht gehen. »Auf jeden Fall wollte ich vor zwei Wochen das Ganze durchbrechen. Es war Donnerstag und wir waren zur Eröffnung einer Kanzlei eines jungen Kollegen von Patrick eingeladen. Wir sahen uns die Räumlichkeiten an, aßen ein paar Häppchen, tranken ein Glas Sekt und spazierten dann in Patricks Wohnung. Und da ging ich zum Angriff über, sozusagen.«

Sebastian strich erneut über ihre Finger und zog seine Hand dann zurück. »Du musst mir das nicht erzählen, ich spüre, wie schwer dir das fällt.«

»Es kommt ohnehin nicht mehr viel. Ich küsste ihn und fuhr mit den Händen über seinen Körper, er löste sich ziemlich rasch von mir. Und er sagte: Häschen, wir holen am Samstag alles nach.«

Joris schlurfte vorbei. »Habt ihr Wünsche? Wein vielleicht?«

Sebastian sah in den Krug. »Danke, es ist noch ein wenig drin.«

Joris entfernte sich und Mia war froh über die Unterbrechung.

Sie hatte genug preisgegeben, noch peinlicher musste es nicht werden, schließlich kannte sie Sebastian kaum. Da war lediglich diese Vertrautheit, die sie sich nicht erklären konnte.

Und gleichzeitig dieses unerhörte Prickeln.

Das Lokal leerte sich langsam. Die Zeit war so schnell vergangen und Mia bedauerte das. Wollte Sebastian sich noch einmal mit ihr treffen?

»Wäre es nicht möglich gewesen, mit allen Beteiligten zu reden?« Sebastian drehte sein Weinglas in den Fingern, es war nur mehr ein letzter Schluck darin.

Mia schluckte. Denn im Prinzip hatte er recht. Sie war feige davongelaufen, statt sich der Konfrontation zu stellen.

»Eine andere Person hätte genau das gemacht.« Sie senkte den Kopf. »Aber eine andere Person hätte es nicht so weit kommen lassen. Die Ereignisse an diesem Donnerstag waren nur der letzte Tropfen, der das Fass zum Überlaufen brachte. Im Grunde genommen hätte ich schon längst die Reißleine ziehen müssen.«

Mia sah nicht hoch, sie wollte die Enttäuschung und Verachtung in Sebastians Blick nicht sehen. Sie war weggerannt wie ein unreifer Teenager und vermutlich war sie in ihrer Entwicklung auch nicht weitergekommen.

»He, du wirkst auf einmal so bedrückt.« Aus seiner Stimme hörte sie Anteilnahme, jedoch keine Geringschätzung heraus. Zögernd wagte sie es, wieder ihn anzusehen. »Bereust du es, dass du Patrick verlassen hast? Noch ist es nicht zu spät, zurückzukehren und doch die Hochzeit durchzuziehen.«

»Auf keinen Fall.« Es kam heftiger heraus, als beabsichtigt. »Der Schritt, den ich gemacht habe, der war notwendig. Mir tut nur die Art und Weise leid, wie ich es getan habe. Aber Patrick wollte mir nicht glauben, er hat das Ganze als Hysterie abgestempelt. Und wie üblich hatte er keine Zeit, sich mit mir zu unterhalten. Ich habe deswegen den einfachsten Weg gewählt.«

»Weshalb hast du dich in ihn verliebt?«

»Es war bequem. Und er hat mich verwöhnt. Bei ihm musste ich nichts anderes tun, als hübsch zu sein.« Mia legte den Löffel hin. Der Appetit auf den Rest der süßen Nachspeise war ihr vergangen. »Wir waren ein paar Monate zusammen, da hat er mir einen Ring geschenkt und ich war verlobt. Meine Mutter war aus dem Häuschen vor Freude, dass das schwarze Schaf der Familie sich so einen Mann geangelt hatte, und seither hatte ich Narrenfreiheit. Die Hochzeit war nach meinem 23. Geburtstag geplant und was ich bis dahin machte, war ihnen egal.«

»Und deinem Verlobten auch?«

»Im Prinzip ja, immer wenn ich eine Ausbildung abbrach, sagte er nur, dass es eine gute Entscheidung sei, wenn ich mich nicht wohlfühlte.«

»Was möchtest du, Mia?« Sebastians dunkle Augen schimmerten samtig. »Du hast viele Berufe angefangen und wieder aufgegeben. Also weißt du bereits bei einigen Dingen, dass du sie nicht willst. Aber es muss was geben, das du dir wünschst. Für dich, für dein Leben.«

Eine gute Frage, die sich Mia in ihrer Direktheit noch nie gestellt hatte. Automatisch griff sie wieder zum Löffel und aß die letzten Bissen.

Auch Sebastian hatte sein Dessert aufgegessen und schob den Teller leicht von sich. »Stell dir vor, du wärst Millionärin – nein, sagen wir Milliardärin. Du hättest jede Menge Geld. Was würdest du mit deinem Leben anstellen? Nur auf einer Hängematte in der Karibik liegen und Cocktails schlürfen? Oder etwas Künstlerisches machen? Malen, Töpfern, ein Buch schreiben ...«

Ihr Lachen unterbrach ihn. »Um Gottes willen, ich habe nicht die Spur einer künstlerischen Ader in mir. Ich war schon im Kindergarten nicht unbedingt mit Begeisterung dabei, wenn es ums Basteln ging, und später in der Schule, Mamma Mia, meine Ergebnisse vom Handarbeitsunterricht oder meine Zeichnungen, die willst du nicht wirklich sehen. Ein Musikinstrument habe ich zwar gelernt, für meine Eltern gehörte das zur Allgemeinbildung dazu, doch mein Geklimpere auf dem Klavier klang selbst in meinen eigenen Ohren schräg.« Sie lehnte sich zurück und seufzte. »Ich fürchte, ich eigne mich für gar nichts. Und ja, Karibik, da bin ich nicht abgeneigt, zumindest für eine Urlaubswoche.« Sie hob beide Hände hoch, ein harter Knoten hatte sich im Magen geformt. »Aber ich muss irgendwas finden, schließlich kann ich nicht mein Leben lang meiner Mutter auf der Tasche liegen. Es wird Zeit, dass ich was arbeite und wenn es nur ein Job ist. Ich habe meine Tante schon gefragt, ob ich im Geschäft aushelfen kann, leider hat sie eine Aushilfe und für eine zweite reicht es nicht. Und ich kann ihr nicht zumuten, dass sie für mich wochenlang sorgt.«

»Wäre das überhaupt auf Dauer ein Job für dich?«

Mia überlegte kurz. »Ich denke nicht. Es ist für ein paar Wochen amüsant und ich freue mich, dass ich Tante Hedda ein wenig zur Hand gehen kann, für Kost und Logis, aber nein, das wäre kein Beruf für mich.«

Auf einmal spürte sie die Wärme seiner Hand auf ihren Fingern. »Hab Geduld. Manchmal braucht es etwas länger, bis man seine Berufung entdeckt.«

Seine Worte rannen wohltuend den Rücken hinunter. Hatte er recht?

Ihr Hals kratzte. Was sollte das überhaupt! In Salzburg hatte sie ein Chaos zurückgelassen, einen Verlobten, der die Trennung nicht akzeptierte, eine Mutter, die vermutlich stinksauer auf sie war, wenn sie erfuhr, wo Mia sich aufhielt und dass die Hochzeit wirklich Geschichte war.

Noch konnte sie zurück. Alles war vorbereitet, ihr Kleid musste lediglich abgeholt werden.

Nein.

Sie wollte definitiv nicht zurück.

Sebastian sah auf die Uhr. »Meine Güte, schon fast zwölf.«

»Wann öffnet deine Praxis?«

»Um halb zehn. Und vorher gehe ich immer mit Simba eine Runde, wie du weißt. Sie braucht den Auslauf. Da wäre eine kleinere Rasse besser, so ein Schoßhündchen, die müssen nicht so viel rennen.«

»Meine Großtante hatte einen Dackel, aber den mochte ich nicht besonders. Was denkst du: Kann ein Tier auch einen schlechten Charakter haben?«

Sebastian zuckte mit den Schultern. »Ich habe schon einiges erlebt, da streiten sich die Gemüter ohnehin, beim Menschen ebenfalls. Was von uns ist angeboren und was anerzogen? Wenn ein Tier falsch behandelt wird, reagiert es dementsprechend.«

»Ja, aber davon rede ich nicht. Der Dackel, er hieß Doris Day, lach nicht.« Mia musste selbst kichern. »Großtante Bertha war ein großer Fan von Doris Day. Allerdings weiß ich nicht, ob die Schauspielerin so begeistert gewesen wäre, hätte sie gewusst, dass so ein Mistvieh ihren Namen trug. Der war hinterhältig, sag ich dir. Er hatte schon so verschlagene Augen, die konnte er zu Schlitzen verziehen, das schwör ich dir. Ich war damals ein kleines Mädchen, der konnte zuschnappen und immer hat Tante Bertha mir die Schuld gegeben. Einmal biss er mich richtig in den Finger und rollte sich gleich darauf winselnd zusammen. Sofort wurde ich ausgeschimpft, was ich ihrem Liebling getan hätte, und sie kümmerte sich bloß um ihn. Leider mussten wir sie oft besuchen, sie hatte selbst keine Familie.«

Sebastian lachte laut, doch Mia fuhr schon fort. »Ein anderes Mal hat sie das Kleidchen von meiner Puppe zerfetzt. Später, als sie schlecht zu Fuß war, musste ich mit dem Kläffer spazieren gehen. Das Miststück hat nie gepinkelt oder Größeres gemacht, lediglich sämtliche Passanten angebellt. Die haben dann auch wieder mich strafend angeguckt. Egal, wie lange ich mit ihr fort war, sie erledigte ihr Geschäft später in der Wohnung. Und rate mal, wer es wegputzen musste?«

Sebastian beugte sich vor. »Ein gerissenes Kerlchen. Pardon, Dame. Ich will Doris Day nicht beleidigen.«

»Ja! Und jetzt sag du mir, kann ein Tier so einen bösartigen Charakter haben?«

»Warum nicht? Nach deiner Story würde ich das nicht mehr anzweifeln.« Er grinste. »Was allerdings erwiesen ist, es gibt intelligente und dümmere Tiere.«

»Ja, das habe ich mal im Fernsehen gesehen. Es wurden sogar Intelligenztests entwickelt. Da müssen Hunde gewisse Prüfungen bestehen, wie beispielsweise unter einer Decke hervorkriechen. Es wird dann gestoppt, wie viel Zeit sie dafür brauchen.«

»Richtig. Das ist besonders wichtig, bevor sie eine Ausbildung machen, wie Lawinenhunde oder Assistenzhunde für Behinderte. Die geeigneten Tiere können so herausgefiltert werden.«

»Die leisten Bewundernswertes.«

»Die Ausbildung ist auch sehr aufwendig und angesichts der Lebenserwartung der Hunde ist klar, dass nur die Gescheitesten genommen werden. Doch selbst die können nicht ewig arbeiten.« Plötzlich grinste er. »Im Fall von Doris Day muss ich dir aber sagen, das Ganze klingt nach einem hochintelligenten Hund, der schlichtweg eifersüchtig war.«

»Eifersüchtig? Dabei hat meine Oma immer nur Doris Day geglaubt und niemals mir.«

»Vielleicht sah Doris Day das anders?«

»Und du sagst, es sei ein intelligenter Hund gewesen?«

Er lachte. »Da kann ich dir noch ulkigere Dinge erzählen. Letztes Jahr kam ein Glatzkopf mit seinem Boxerhund Ferdinand ...«

Mia hätte ihm stundenlang zuhören können. Diese Stimme! Aber auch sein Gesicht wirkte so unheimlich anziehend auf sie. Am liebsten wäre sie mit beiden Händen durch sein dunkles Haar gefahren. Aber das Beste war, dass er sie ernst nahm. Während des gesamten Abends hatte sie nicht einmal das Gefühl gehabt, unzureichend zu sein oder für nicht voll genommen zu werden.

Er hatte sie auch nicht mit Verachtung oder Spott bedacht, weil sie noch keinen Beruf erlernt hatte. Im Gegenteil, er hatte ihr Mut gemacht.

Patrick war es egal gewesen.

Joris kam mit der Rechnung. Sebastian zog seine Brieftasche heraus und beglich die Summe, gab auch noch ein großzügig bemessenes Trinkgeld, wie Mia feststellte. Das gefiel ihr. Ihre Mutter war da immer ein wenig zurückhaltend.

»Herzlichen Dank für die Einladung«, sagte sie schnell. »Vielleicht kann ich mich mal revanchieren?« Ein zweites Date wäre ganz nach ihrem Geschmack.

»Das kommt überhaupt nicht infrage. Du kannst dich anders erkenntlich zeigen, zum Beispiel mal mit Simba spazieren gehen.«

»Das mache ich natürlich sehr gern.«

Zehn Minuten später schlenderten sie zurück. Der Weg erschien Mia nun viel kürzer, vermutlich auch deswegen, weil sie gern noch mehr Zeit mit Sebastian verbracht hätte.

Erst später im Bett kam ihr in den Sinn, dass Sebastian zwar viel von seiner Arbeit und der Praxis gesprochen, jedoch kein Wort über seine Familie verloren hatte.

Kapitel 17

Sebastian

Auf dem Heimweg gestand Sebastian sich selbst ein, dass es seit Langem der schönste Abend gewesen war. Die Zeit war wie im Flug vergangen. Mia schien sich wirklich für seine Arbeit interessiert zu haben, ihre zahlreichen Fragen hatten ihn überzeugt.

Auch dass sie offenbar keine einzige Ausbildung zu Ende gebracht hatte, stieß ihn merkwürdigerweise nicht ab. Stattdessen wunderte er sich über ihre Familie und ihren Verlobten.

Offensichtlich war Mia auf ihr Aussehen reduziert worden. Zwischen ihren Sätzen hatte er herausgehört, dass ihre hochgebildete Familie vermutlich dachte, sie wäre zu dumm für eine höhere Stellung und da war ihnen lieber, sie verheirateten sie mit einem Akademiker. Dann konnte Mia quasi auf dem Standesamt promovieren.

Weshalb hatte Mia noch nicht das gefunden, was sie sich als Job vorstellen konnte? Sie wirkte nicht, wie eine Faulenzerin, der jede Arbeit zu viel war.

Natürlich konnte er sich täuschen, aber er glaubte es nicht.

Und dann war da diese Anziehungskraft, die er seit Jahren bei niemandem verspürt hatte.

Es war, als würde er mit eiserner Kraft immer näher zu Mia geschubst und je mehr er sich dagegenstemmte, desto gewaltiger wurde die Energie.

Sich auf eine Affäre mit ihr einzulassen, das kam schon wegen Hedda nicht infrage. Da er mit Tobi und Antje zusammenwohnte, wäre es auch schwer, ein amouröses Abenteuer quasi unter den Augen der beiden zu haben.

Dennoch dachte er zum ersten Mal darüber nach.

Was war los mit ihm?

Er hatte offenbar schon viel zu lange keinen Sex mehr gehabt. Vielleicht sollte er wieder einmal einen Abstecher nach Hamburg unternehmen, da ließen sich leichter Frauen für ein kurzes Abenteuer aufgabeln und niemand hier würde es mitbekommen.

Früher hatte er das hin und wieder getan, aber sich danach immer mies gefühlt. Er wollte keine rasche Eskapade, nur um seinem kleinen Freund einen Gefallen zu tun. Hinterher waren die Leere und Einsamkeit meist noch größer als zuvor.

Aber auf eine richtige Beziehung konnte er sich auch nicht einlassen.

Nie mehr.

Das wusste er seit nunmehr fast zehn Jahren.

Und er hatte bereits eine Frau enttäuschen müssen, Stefanie, eine alte Schulkollegin, die er zufällig während seines Studiums in Hamburg getroffen hatten. Sie wünschte sich eine Familie, Kinder, doch er hatte ihr nach ein paar Dates klipp und klar gesagt, dass dieses Konzept in seiner Lebensplanung nicht vorgesehen war.

Zumindest war er nicht mit ihr im Bett gewesen. Drei Jahre später hatte sie ihm eine Hochzeitsanzeige geschickt.

Er war ein wenig traurig gewesen, aber nicht wirklich betroffen.

Seine Gefühle damals ihr gegenüber waren ein Nichts im Vergleich zu dem Aufruhr, der seit der Begegnung mit Mia in seinem Inneren herrschte. Er musste das in den Griff bekommen, denn er konnte ihr nichts bieten.

Wenn er jedoch auf der Suche nach einer Frau wäre, dann stünde Mia momentan ganz oben auf der Liste.

Nicht wegen ihres wunderschönen Aussehens, das zugegeben eine Augenweide war.

Nein, weil er sich in ihrer Gegenwart wohlgefühlt hatte. Er war richtiggehend glücklich gewesen. Sie hatte ihm ein Gefühl vermittelt, dass er toll war.

Und er hatte gespürt, dass ihre Gesellschaft wie eine Droge auf ihn wirkte. Er musste sie wiedersehen.

Vielleicht sollte er zwanglos *Bi Antje un Hedda* vorbeischauen.

Klar, das wäre total unauffällig. Er besuchte seine Großmutter fast nie im Geschäft.

Es war ohnehin keine gute Idee. Auch Mia würde nach mehreren Dates erwarten, dass es weiterging und er den nächsten Schritt machte.

Zudem würde sie spätestens nach Weihnachten zurück nach Österreich gehen.

Eine Affäre würde ihm Hedda nie verzeihen und seine Großmutter ebenfalls nicht. Hedda war wie eine

Tochter für Antje, selbst wenn man eine knappe Rechnung ansetzen musste.

Aber noch ein Date könnten sie doch haben? Er hatte schon lange nicht mehr so einen amüsant entspannten Abend verlebt.

Sie würden auf keinen Fall Sex miteinander haben.

So war zumindest der Plan.

Aber Pläne funktionierten nicht immer.

Das bewies Irenes Anwesenheit in seiner Praxis. Die adlige Witwe trug ein hautenges Kostüm und Stiefel mit hohen Absätzen, die ihre schlanke Figur noch mehr betonten.

Sie war zweifelsohne eine bildschöne Frau. Jedoch konnte Sebastian nicht mit Sicherheit sagen, welche Teile von ihr natürlich und welche dem Skalpell eines Schönheitschirurgen zu verdanken waren.

Sein Blick fiel auf die Box, die sie dabeihatte, und er seufzte innerlich.

Auf der anderen Seite, weshalb sollte er sich nicht ein kleines amouröses Abenteuer gönnen? Mit Mia durfte er sich nicht einlassen.

»Moin, Irene, welch eine angenehme Überraschung am frühen Morgen«, holte er seinen allerfreundlichsten Tonfall heraus. »Hat einer deiner Lieblinge Probleme?«

»Guten Morgen.« Sie trat auf ihn zu. »Ich brauche dringend deine Hilfe. Fiffi ist auf eine Glasscherbe getreten.«

»Dann komm gleich mit hinein.« Sie trippelte hinter ihm her, aus der Box ertönte Winseln.

Fenna sah auf, als er die Praxisräume betrat. »Moin, Sebastian. Könntest du bitte gleich Paul anrufen? Es geht um die Vertretung nächste Woche, er muss für drei Tage nach Berlin.«

»Ah, ja.« Er drehte sich zu Irene. »Wärst du so nett und wartest noch ein wenig?«

»Natürlich, dafür habe ich jedes Verständnis.« Sie setzte sich auf einen der Stühle im Wartebereich. Sebastian nahm aus seinem Augenwinkel wahr, dass bereits einige Tierbesitzer auf eine Behandlung warteten.

Vermutlich würde es Getratsche geben, wenn er die elegante Witwe vornahm. Aber nun konnte er nicht zurück und sie warten lassen.

Er erreichte Paul zum Glück sofort. »Sebastian, es tut mir leid, meine Schwiegermutter ist gestorben und ich muss für ein paar Tage nach Berlin.«

»Mein herzliches Beileid.«

»Ja, wir sind alle noch ziemlich durch den Wind. Klar, sie war schon weit über achtzig, aber es kam nun doch relativ plötzlich. In der Situation möchte ich meine Frau nicht allein lassen. Kannst du bitte meinen Notdienst am Wochenende übernehmen? Ich revanchiere mich, versprochen.«

»Kein Thema, Paul. Alles Gute und mein Beileid, besonders für Emma.«

»Ich richte es ihr aus.«

Da ging es dahin, sein freies Wochenende. Er hatte sich drauf gefreut, mal in Ruhe ausspannen zu können, während Antje und Tobias in Hamburg waren, nun würde er in Bereitschaft bleiben müssen.

Aber natürlich hatte er nicht ablehnen können, er verdankte Paul sehr viel.

Fenna steckte den Kopf zur Tür herein. »Darf ich Gräfin von Aldersna schon hereinschicken?« Die Mimik
seiner Assistentin sprach eine deutliche Sprache. Sie
wäre die Dame lieber sofort losgewesen.

»Ja, schick sie herein.«

Fiffi, ein braun-weiß gescheckter Pekinese, selbstverständlich mit einem ebenso beeindruckenden Stamm-
baum wie seine Besitzerin, stand einer Behandlung
eher skeptisch gegenüber. Die blutende Wunde war
von Irene nur unzureichend verbunden worden.

»Ich habe nur schnell was drumgewickelt, mir wird
bei Blut immer übel.«

Fiffi schnappte nach Sebastians Fingern, die sie nur
knapp verfehlte. Fenna musste kommen, die Hündin
erhielt eine Beruhigungsspritze, die sie kurzzeitig in einen Dämmerzustand versetzte, sodass Sebastian die
Wunde nähen konnte.

Schließlich half Sebastian der Gräfin noch, den schla-
fenden Hund in die Box zu verfrachten. »Ich freue mich
schon auf unser Treffen heute Abend«, flüsterte sie ihm
ins Ohr.

Fenna war mit der Reinigung des Behandlungstisches
beschäftigt, doch Sebastian war sich sicher, dass sie jedes Wort verstanden hatte.

Aber was zum Teufel ging es sie an? Er hatte schließlich auch ein Recht auf Freizeit.

»Um sechs?«

»Gern.« Sie zeigte bei ihrem Lachen eine perfekte
Zahnreihe. Wie Klaviertasten, kam es ihm in den Sinn.

Er sah ihr nach, wie sie den Raum verließ. Ihr Hintern
unter dem engen Rock war wirklich sehenswert.

Dennoch hatte er keineswegs das Gefühl, sich sofort auf sie stürzen zu müssen. Vor sein Auge schob sich Mias Gesicht, ihr Lachen und ihre ungeduldige Geste, wenn sie ihr langes dunkelblondes Haar zurückstrich.

»Na, Chef, machen wir weiter?«, hörte er Fennas Stimme hinter sich. »So eine Granate ist sie auch wieder nicht, meine Güte. Die hat auf jeden Fall eine Stange Geld beim Chirurgen gelassen.«

Er sollte seine freche Assistentin zurechtweisen. Aber im Prinzip sprach sie die Wahrheit. Und natürlich zog sie ihre Rückschlüsse, weil er der Dame so nachgestarrt hatte. Dabei hatte er an jemand anderen gedacht.

Irene von Aldersna ließ ihn ziemlich kalt.

Weshalb hatte er eingewilligt, sich mit ihr auf dem Weihnachtsmarkt zu treffen? Er ahnte doch bereits, dass sie davon mehr erwartete, mindestens einen Ausklang in ihrer Nobelhütte.

Ein verschwindend kleiner Teufel hüpfte in seinem Kopf herum und lockte ihn, das Angebot anzunehmen.

Ganz schlechte Idee, dachte er Stunden später, als er mit Irene an der Seite durch den Trubel des Weihnachtsmarktes schlenderte und sie sich schließlich einen Platz beim Stand der bekannten *Smutje-Bar* suchten. Hatte er seine Zusage bereits wenige Sekunden danach angezweifelt, so bereute er sie nun zutiefst. Irene war trotz der eiskalten Luft dick geschminkt, ihr Gesicht hatte Ähnlichkeit mit einer Maske. Auch an Parfüm schien sie nicht gespart zu haben, denn eine Wolke von zuckrigem Duft schlug ihm entgegen und er versuchte unauffällig herauszubekommen, wie er sich am besten setzen musste, sodass der Wind den Geruch von ihm fortblies.

Sie setzte sich mit Blick auf das Treiben. »Von hier aus haben wir einen tollen Überblick auf einen großen Teil des Marktes.« Damit drückte sie ihm einen Kuss auf die Wange. Automatisch rieb er mit den Fingern darüber, schließlich wollte er nicht mit einem roten Fleck im Gesicht hier sitzen.

Sie kicherte, es klang wie das Glucksen eines Huhns. »Musst keine Angst haben, der Lippenstift ist kussfest.«

»Was es alles gibt«, murmelte er und sah sich um. Ihm wäre es lieber gewesen, nicht so auf dem Präsentierteller zu sitzen. Hoffentlich hatten die anderen genug mit sich selbst zu tun und würden nicht auf ihn achten.

Auf dem Markt waren schließlich hauptsächlich Touristinnen unterwegs, die ihre jeweiligen Männer im Schlepptau hatten. Oder es waren reine Frauengruppen, die sich mal abseits ihrer Heimatorte vergnügten.

»Ich nehme einen Glühwein mit Amaretto.«

»Wie geht es Fiffi?«, fragte er. »Konntest du sie schon allein lassen?«

»Keine Angst, meine Haushälterin ist bei ihr. Sie ist ganz froh, dass sie ein Extrageld erhält, und bleibt bis zehn bei ihr. Danach ...« Sie ließ die Worte in der Luft hängen, ihre Augen fixierten ihn, während sie mit der Zunge frivol über ihre Lippen fuhr.

Sebastian fiel auf einmal eine pinkfarbene Jacke hinter ihr auf.

Mia, das musste ja so kommen.

Da vernahm er auch schon die Stimme seines Neffen. »Onkel Sebastian, das ist aber eine Überraschung. Seit wann gehst du auf den Weihnachtsmarkt?«

Er hätte dem Jungen seine Strafe nicht erlassen sollen! Dann wäre Tobias um diese Zeit zu Hause.

Die Antwort konnte er sich sparen, denn in diesem Augenblick kam eine Musikgruppe vorbei, die mit ihren Instrumenten eine etwas eigenwillige Version von *Jingle Bells* zum Besten gab.

In Mias Augen las er eindeutig Enttäuschung.

Zum Teufel, was hatte sie erwartet? Er hatte sie zum Essen eingeladen, weil er ihr dankbar war. Schließlich hatte sie die Wogen zwischen ihm und Tobi geglättet.

Lügner, dachte er sofort.

Es war mehr gewesen, viel mehr.

»Was darf ich dir bestellen?«, gurrte es neben ihm. »Einen Lumumba? Schneehasen? Oder einen Glühwein mit Schuss? Grog gibt es auch. Du bist selbstverständlich eingeladen, weil du Fiffi geholfen hast.«

»Das ist mein Job«, sagte er automatisch, in Gedanken weit weg.

»Einen Job kann man so oder so machen.« Sie beugte sich zu ihm, wiederum stieg eine süßliche Duftwolke in seine Nase. »Fiffis Wohlergehen ist mir sehr viel wert. Und du weißt doch schon lange, dass wir beide aufeinander zurasen wie zwei Düsenflugzeuge?«

Und dann küsste sie ihn.

Kapitel 18

Mia

»Es tut mir wirklich leid, Mia.« Ihre Tante betonte das nun schon zum dritten Mal. »Aber das Wochenende in Hamburg das haben wir bereits im Sommer gebucht und wir waren so glücklich, dass wir Karten erhalten haben.«

»Das ist überhaupt kein Problem für mich, außerdem passe ich auf Goldie auf.«

»Gern.« Hedda schrubbte weiter mit ihrem Putzschwamm die Herdplatte. »Antje gibt auf jeden Fall Sebastian Bescheid, vielleicht kann er mit dir etwas unternehmen.«

Bloß nicht! Mia wurde immer noch schlecht, wenn sie an die gestrige Begegnung dachte. Die Frau neben ihm spielte in einer anderen Liga als sie.

Tobias mochte sie auch nicht. Sie war angeblich eine Gräfin mit zwei Hunden. Sie war erst im Sommer hierhergezogen und hatte seither ein Auge auf den Tierarzt geworfen. Offenbar waren ihre Nachstellungen endlich von Erfolg gekrönt. Der Kuss war nicht von schlechten Eltern gewesen.

»Nein, bitte, lass ihn in Ruhe.« Sie hörte selbst den fast flehenden Unterton aus ihrer Stimme heraus. »Ich kann mich die zwei Tage wirklich gut allein beschäftigen. Sonntag seid ihr ja bereits am Nachmittag wieder da.«

Hedda zog ihre Augen zusammen. »Du hast doch nicht gestritten mit Sebastian?«

»Nein, gewiss nicht. Aber er hat eine Freundin und ich möchte nicht, dass er für mich den Babysitter spielen muss.«

»Eine Freundin? Das wäre mir neu. Antje hat gar nichts erzählt.«

»Vielleicht will er nicht, dass sie es weiß. Tobi und ich haben ihn gestern auf dem Weihnachtsmarkt gesehen.«

»Ja?« Hedda wusch den Schwamm aus und nahm ein Trockentuch, mit dem sie den Herd polierte. »Wie sieht sie denn aus?«

»Sehr schön, schwarze lange Haare und total ebenmäßige Gesichtszüge. So ein perfektes Make-up kriege ich nicht hin.«

»Klingt nach einem Vamp.« Hedda lächelte.

»Ich bringe jetzt mal das Gespräch mit meiner Mutter hinter mich.«

»Wirst du ihr verraten, wo du bist?«

»Wäre dir das unangenehm?«

Hedda hielt kurz inne. »Nein. Der Ball liegt bei deiner Mutter.«

»Was hast du denn Schlimmes angestellt?«

»Das ist kein Thema für zwischendurch. Geh und telefoniere mit deiner Mutter, aber erwarte nicht, dass sie sich über deinen Aufenthaltsort freuen wird.«

»Das ist nicht das Einzige, das ihr nicht gefallen wird.« Mia räusperte sich. »Dennoch denke ich, ist es fair, wenn ich mich melde. Mittlerweile muss sie wissen, dass ich nicht bei meiner Freundin bin.«

Das Gespräch verlief noch unerfreulicher, als Mia es sich ausgemalt hatte. Sie hasste Streit. Die Stimme ihrer Mutter war schneidend scharf. »Wenn du diese Hochzeit wirklich ins Wasser fallen lässt, dann musst du nicht mehr heimkommen.«

Der schrille Ton schmerzte in Mias Ohren. Ihr Hals war wie zugeschnürt.

»Es tut mir leid.« Mehr brachte sie nicht heraus.

»Nein, das genügt dieses Mal nicht. Nach all den Dingen, die du dir geleistet hast, setzt das dem Ganzen die Krone auf. Du kannst Patrick und seine Eltern nicht so blamieren. Deine sogenannte Auszeit dauert nun schon über zwei Wochen. Menschenskind, heute ist der 12. Dezember, du kommst sofort zurück, die Hochzeit findet in zehn Tagen statt. Noch ist Zeit und wir vergessen deinen Ausrutscher.«

Mia schwieg.

Schließlich kam die befürchtete Frage. »Wo steckst du überhaupt?«

Sie holte Luft. »Ich bin in Büsum.«

»Wo?« Dann hörte sie ein heftiges Atmen. »Das kann doch nicht sein! Du bist – wie bist du dahin gekommen?«

Sie hatte noch nie erlebt, dass ihre Mutter so offensichtlich nach Worten ringen musste.

»Ich bin bei Tante Hedda, deiner Schwester. Du musst dir also keine Sorgen machen, es geht mir gut und ich werde vorläufig nicht nach Hause kommen, keine Angst.« Sie wartete, doch es kam nichts.

Hatte es ihrer Mutter die Sprache verschlagen?

»Mama?«

»Ich – ich melde mich später wieder.«

Mia saß auf dem Bett und starrte auf ihr Handy.

Offenbar war es ein kompletter Schock für ihre Mutter, dass sie hier war. Ihre Neugierde stieg. Was mochte damals wohl vorgefallen sein?

»Ich habe erwartet, dass sie gleich zurückruft«, sagte Mia zehn Minuten später zu Hedda. Nachdem sie vergeblich darauf gewartet hatte, war sie wieder zu ihrer Tante hinuntergegangen.

»Ich habe gesagt, der Ball liegt bei ihr.« Hedda schüttelte den Kopf. »Ich habe uns heißen Kakao gemacht.«

Mia nahm dankbar die Tasse entgegen und leckte an der Schlagsahne. Hedda hatte auch mehrere Kerzen angezündet, Tannenduft erfüllte den Raum und Mia lehnte sich zufrieden zurück. »Erzählst du es mir nun?«

»Nicht böse sein, Schätzchen, aber nein, das möchte ich nicht. Ich habe dich mittlerweile sehr gern und ich will dich nicht in alte Streitigkeiten hineinziehen.«

Mia war zwar enttäuscht, doch kurze Zeit später sprachen sie wieder über andere Dinge, wobei sie auch einen gewissen Tierarzt als Thema bewusst ausklammerte.

Am nächsten Morgen hatte Hedda Kopfschmerzen und bat Mia, ins Geschäft vorauszugehen. »Ich nehme eine Tablette und komme in ein, zwei Stunden nach«, sagte sie.

Bi Antje un Hedda fand Mia eine heulende Lisa vor. Als diese Mia kommen sah, wischte sie sich rasch die Tränen fort.

»Was ist passiert?«

»Ach, nur das Übliche.« Lisa putzte sich die Nase und steckte das Taschentuch rasch weg. »Mein Opa und Ennos Vater. Es ist immer das Gleiche. Und Enno lässt sich von seinem Vater zu viel gefallen. Heute hat er mich angerufen und wieder mal ein Date abgesagt. Er müsse aushelfen. So ein Quatsch! Sein Vater will ihn nur fernhalten. Und mein Großvater setzt meiner Mutter täglich zu, dass ich mich von diesem Ungeziefer, wie er es nennt, trennen soll.«

»Da muss endlich was passieren.«

»Wir haben schon so viel versucht, aber die beiden Dösköppe reden nicht mal miteinander.«

»Und wenn wir sie zwingen?«

»Wie meinst du das?«

»Na, wir müssten sie in einem Raum zusammenbringen und den Schlüssel umdrehen. Dann müssen sie reden.«

Lisa lachte. »Sie würden sich vermutlich gegenseitig umbringen.«

Mia zuckte mit den Schultern. »Und wenn schon! In diesem Fall wäre auch Ruhe.«

Lisa starrte sie an. Mia prustete los. »Späßchen. Aber im Ernst, wir müssen da was tun. Für Enno und dich. Er hilft doch bestimmt, seinen Vater herzulocken?«

»Puh, ich weiß nicht ...«

»Eine gute Planung ist alles.« Es bimmelte, die ersten Kunden kamen. »Wir brauchen einen passenden Raum, nicht zu bequem, doch mit alten Möbeln und Toilette.«

An diesem Tag war sehr viel los im Souvenirladen.

Trotzdem dachte Mia in den freien Minuten an nichts anderes. Zudem lenkte es sie von Sebastian ab.

Schließlich war nichts passiert zwischen ihnen. Ein Abendessen, nette Gespräche – also keine Verpflichtungen.

Warum fühlte sie sich trotzdem so dermaßen betrogen und lustlos?

Am selben Abend kam die Verschwörungsrunde zusammen. Und neben den beiden Liebenden und Tobias waren nun auch Antje und Hedda an Bord.

»Mia hat die spezielle Gabe. Wenn es jemand schaffen kann, dann sie.« Antjes Lächeln schuf ein warmes Gefühl in ihr.

»Mia schafft das.« Tobias sagte es mit Inbrunst.

Mia fühlte sich gestärkt, dass da Leute waren, die ihr das zutrauten.

Lisa und Enno sahen sie hoffnungsvoll an. Tante Hedda drückte mehrmals ihre Hand und flüsterte, dass sie stolz auf ihre Nichte sei.

Überraschend schnell war ein ›Gefängnis‹ gefunden: ein Kellerraum in Antjes Wohnhaus. Es war der ehemalige Hobbyraum ihres Sohnes, Sebastians Vater.

Antje hatte bereits einen Plan gezeichnet, wohin sie die beiden Sturköpfe locken wollten. »Ich habe heute ein wenig geputzt, schließlich wurde der Raum zehn

Jahre nicht benutzt. Jetzt frage ich mich, warum.« Sie schüttelte den Kopf. »Mein Sohn ist tot, damit muss ich mich abfinden, und sein Hobby, das Basteln von Fliegern, ist mit ihm gestorben. Ich hätte den Raum schon längst anders nutzen können.«

»Hast du etwas Passendes bekommen?« Mia sah nun zu Enno, der strahlend eine Einkaufstüte mit Aufdruck eines Spielwarengeschäfts hochhielt. »Es gab natürlich nicht allzu viel Auswahl in dem kleinen Laden, aber das hier wird es tun.« Er zog nun eine Packung heraus und Mia klatschte in die Hände.

Es war ein 3-D-Puzzle wie gewünscht, ein großer Leuchtturm. Das würde die beiden Alten eine Zeit lang beschäftigen.

»Was machst du, wenn sie lieber das Ding aufbauen, als zu reden?«

Mia seufzte. »Ich hoffe, dass sie zur Einsicht kommen. Ich hatte mal so ein Puzzle, da musste mir mein Bruder helfen, denn es geht sehr schlecht allein. Und ein paar Stunden werden sie brauchen, ich bin überzeugt, dass die Zeit für uns spielt.«

»Es ist einen Versuch wert.« Antje drehte sich zu Lisa und Enno. »Jetzt zu euch beiden. Wird es gelingen, die Sturköpfe zu mir zu locken?«

»Mein Großvater ist kein Problem. Ich werde ihn damit ködern, dass du beim Nachlass deines Sohnes ein altes Buch über Schiffsbau gefunden hast. Er sucht immer Dinge für sein kleines Museum.«

»Mein Vater ist ein schwieriger Brocken«, sagte Enno. »Aber Sebastian und er sind Freunde, ich könnte sagen, dass Sebastian seine Hilfe braucht bei ...?« Er sah sich

ratlos in der Runde um. »Vielleicht sollten wir ihn ein-
weihen?«

»Nein.« Antje schüttelte erneut heftig den Kopf. »Gerade weil er Joris' Freund ist, wird er nicht mitspielen.
Aber das mit der Hilfe ist gut, lass mich überlegen.«

Das taten sie dann alle ausgiebig und schließlich kamen sie zu einer Lösung, die jedoch auf schwachen Beinen stand.

»Eure Mütter weihen wir hinterher ein, was meint
ihr, werden sie dichthalten?«

»Meine Mama bestimmt.« Lisa lachte. »Ihr geht ohnehin auf die Nerven, dass Opa mir vorschreiben will, mit
wem ich befreundet sein soll.«

»Meine Mutter wird sich auch breitschlagen lassen.«
Enno rieb über seine Nase, es kam jedoch nicht so zu-
versichtlich heraus, wie seine Worte vermuten ließen.

»Wenn es Probleme gibt, rede ich mit ihr«, sagte
Hedda in ihrem resoluten Tonfall.

»Ich auch.« Antje klang ebenfalls energisch.

Kapitel 19

Mia

Bereits am kommenden Tag hatten sie ihren Plan umgesetzt. Alles war wie am Schnürchen gelaufen. Sowohl Joris als auch Rolf Arndt waren in die Falle getappt. Nicht einmal Joris hatte Verdacht geschöpft, dass Sebastian Hilfe beim Transport eines Hundes benötigte, der bei ihm vergiftet im Keller lag.

Mia hatte ihn im Kellerraum erwartet, gebeugt über einen Kartoffelsack. »Dich schickt der Himmel«, hatte sie ihm entgegengerufen. »Sebastian holt gerade seine Tasche.«

Er war sofort zu dem angeblich verletzten Tier gesprungen, hinter ihm hatte Antje den Schlüssel bereits im Schloss herumgedreht.

»Was soll das?«, hatte er sie angeblafft.

»Abwarten.«

Der Raum war wirklich bestens geeignet. Ein altes Sofa stand darin, ein Holztisch mit Stühlen, Antje hatte Decken und Kissen bereitgelegt. Eine schmale Tür führte zu einer Toilette mit einem winzigen Waschbecken.

Mehr brauchte es nicht.

Joris sah sich misstrauisch um, da hörte Mia, wie Rolf im Nebenraum eingeschlossen wurde, er hämmerte sofort an die Tür. Der Raum daneben war ein kleiner Lagerraum, der lediglich ein Regal mit Eingelegtem beinhaltete.

»Was soll das?« Rolf Arndt benutzte dieselben Worte und brüllte sogar noch lauter als Joris. Mia befreite ihn, indem sie die Verbindungstür aufschloss, dann standen sich die Kampfhähne gegenüber.

Mia hatte erwartet, dass sich die beiden beschimpfen würden, doch nichts geschah. Sie sahen sich an, Joris ging ein paar Schritte zurück und setzte sich auf das alte Sofa.

Rolf wählte einen der Holzstühle, die rund um den wackligen Tisch standen. Beide wirkten wie zwei Tiere auf dem Sprung, angespannt und bösartig.

Mia überkam auf einmal eine innere Ruhe und sie setzte sich ebenfalls auf einen Stuhl, den sie in die Mitte des Raumes zog.

»Ihr wundert euch vielleicht, warum wir hier eingesperrt sind?« Sie sah Joris an und dann Rolf. Die beiden älteren Männer starrten sie an, keiner wollte offenbar zuerst reden. Dabei fiel ihr die Ähnlichkeit zwischen den zweien auf. Nicht in den Gesichtszügen, eher der Ausdruck darin.

»Es geht um Lisa und Enno. Wollt ihr, dass ihre Liebe so endet wie bei Romeo und Julia?«

»Schnickschnack!« Rolf schlug mit der flachen Hand auf den Tisch. »Die Lisa wird zur Einsicht kommen. Sie ist jung und der Kerl hat sie angebaggert, der Döskopp.«

»Nenn meinen Jungen nicht Döskopp.« Joris schlug mit der Hand auf seine Schenkel. »Die Lisa, das Luder, die hat ihm schöne Augen gemacht.«

»Luder?« Rolf schwang mit der Faust durch die Luft.

»Auf jeden Fall kann sie lang warten, bis sie einen Antrag bekommt.«

»Denkste, dass dein Kerl so ein Mädel abkriegt? Im Leben nicht.« Rolf lachte gackernd.

»Denkt ihr eigentlich auch mal an eure Familie?« Mia verschränkte die Arme. »Die haben euch alle dick. Und deswegen seid ihr hier, damit es endlich ein Ende mit eurem unsinnigen Streit gibt.«

»Und das sagst ausgerechnet du? Du bist eine Fremde, hast keine Ahnung von unseren Gebräuchen.« Rolf trat nun direkt vor Mia, doch die wich keinen Millimeter zurück.

»Manchmal braucht es einen Blick von außen.« Sie verschränkte die Arme. »Und genau den biete ich. Wir bleiben hier so lange, bis ihr euch geeinigt habt und Frieden schließt.«

»Na, dann hocken wir hier noch eine Weile.« Joris schlug die Beine übereinander.

»Du sperrst jetzt auf, sonst werde ich ungemütlich.« Rolfs Stimme war laut geworden.

»Das kann ich nicht.« Mia hob beide Arme. »Ihr könnt mich durchsuchen, ich habe keinen Schlüssel.«

»Aber irgendwo hier hast du ihn versteckt.« Joris stand auf und begann zu stöbern. Zuerst sah er unter dem Sofa nach, dann öffnete er der Reihe nach Schranktüren und Schubladen.

»Das ist vergebens.« Mia beobachtete seine hektische Suche, Rolf schloss sich nach wenigen Minuten an.

Nach einer Viertelstunde, in der kein Wort gefallen war, sagte sie laut. »Ich nenne euch eine Alternative.« Mia zog nun die Packung mit dem Puzzle hervor. »Meine Herren.« Sie stellte die große Schachtel auf den Tisch und legte ihre Hand darauf. »Das ist ein 3-D-Puzzle. Ihr könnt es zusammen aufbauen, wenn es fertig ist, dürft ihr ebenfalls nach Hause gehen.«

»Hast du sie noch alle?« Joris brüllte, dass die Gläser im Regal klirrten. »Ich hab ein Geschäft zu führen und keine Zeit für Spielchen.«

Auch Rolf runzelte die Stirn. »Kinderkram. Was, wenn wir das nicht tun? Willst du uns verhungern lassen?«

»Wir werden verpflegt.« Sie sah zum Kellerfenster und gleich auf die Uhr. »Um sieben Uhr gibts Abendessen. Aber ich hoffe sehr, dass ihr euch bis dahin die Hand gereicht habt.«

Joris ging zum Tisch und hob den Karton hoch. »Die hat echt ein paar Schrauben locker«, sprach er nun zu Rolf und tippte gegen seine Stirn. »Ich mach das nicht.« Damit zog er sich aufs Sofa zurück und verschränkte seine Beine.

Rolf ließ sich auf einem Stuhl nieder und schob mit einer Handbewegung die Packung nach hinten.

Mia lächelte. »Ich habe Zeit.«

»Ich muss spätestens um fünf im Geschäft sein.« Joris sah betont auf seine Armbanduhr. »Noch zwanzig Minuten, sonst werde ich verdammt ungemütlich.«

»Das liegt ganz bei euch.« Mia zuckte entschieden mit ihren Schultern. »Reicht euch die Hand und ihr dürft gehen.«

»Du hast doch keine Ahnung, wie viel Arbeit so ein Gasthaus macht.«

»Pah, der alte Schuppen«, kam es von Rolf.

Nun richtete sich Joris' Zorn gegen Rolf. »Du alter Dösbaddel, was weißt du über ehrliche Arbeit in einer Gaststube? Sitzt schon lange auf deinem Altenteil.«

»Ich hab jahrzehntelang geschuftet.« Rolf strich über seinen Bart. »Und damals, da war die Arbeit wirklich noch Arbeit.«

»Na klar.« Joris schlug mit der Hand durch die Luft und pflanzte sich vor Mia auf, die Hände in die Hüften gestemmt. »Also, was ist mit meinem Wirtshaus?«

»Enno kümmert sich um alles.«

»Enno? Der Junge ist doch noch grün hinter den Ohren«, brüllte er los.

Rolf begann zu lachen. »Ja, genau das sage ich auch immer. Unnütz, dein Lütter.«

Jetzt drehte sich Joris wieder zu seinem Widersacher. »Mein Enno war schwer in Ordnung, bevor deine Deern ihm den Kopf verdreht hat.«

»Er wird auf jeden Fall heute im Wirtshaus sein, denn du bist nicht da«, stellte Mia ruhig fest.

Joris griff nach dem Karton. »Nun jut, wenn es sein muss, dann bastle ich das Ding da zusammen. Damit wir rauskommen. Verdammt, es wird schon dunkel, gibts Licht?«

Mia knipste den Schalter um, der Raum wurde in trübes Licht getaucht.

»Da hätten wir gleich Kerzen nehmen können.« Rolf sah sich stirnrunzelnd um. »Der gute Johannes hat hier seine Modelle gebastelt. Der muss Adleraugen gehabt haben, bei der mageren Beleuchtung.« Der Weißbärtige schluckte. »Was für eine Tragödie war das damals.«

»Ja, eine Katastrophe. Sebastian war nie mehr derselbe Junge, er ...« Joris brach ab und kratzte sich am Hinterkopf, sah jedoch niemanden an.

Vermutlich plagte ihn, dass er mit seinem Widersacher einer Meinung war.

Ein gutes Zeichen?

Doch dann wurde seine Stimme wieder scharf. »Den Verdienstausfall von meinem Lokal, den zahlst du mir.« Mit dem Zeigefinger stach er durch die Luft in die Richtung von Mia. »Da kommt eine daher und meint, sie wisse Bescheid, wie man zwei Leute versöhnt, wo es nichts zu versöhnen gibt. Das ist richtiggehend anmaßend.«

Das dachte Mia in diesem Moment auch. Und ob sie sich eventuell zu viel zugemutet hatte. Sie war sich so sicher gewesen, dass die beiden zumindest mal reden würden. »Zeit spielt hier keine Rolle.«

»Willst du uns die ganze Nacht hierbehalten?«

»Wenn es sein muss.«

Rolf wies auf die Glühlampe, die nicht gerade viel Licht abwarf. »Bei der Funzel sollen wir arbeiten? Vergiss es.«

Joris saß wieder auf dem Sofa und Rolf setzte sich ebenfalls hin.

Es klopfte am Kellerfenster und Mia kletterte mit einem Stuhl hinauf. Tobis Kopf war zu sehen. »Na, wie läufts?«

»Sie weigern sich.«

»Ich hab frische Krabbenbrötchen für euch und Bier.«

Mias Magen knurrte bereits, zudem plagte sie die Unsicherheit, ob das Experiment gelingen würde. Durch das kleine Fenster nahm sie Tobi die Teller ab und balancierte sie zum Tisch.

»Weiß Sebastian, was ihr da treibt?« Joris ging unter die Luke und schrie laut. »Sebastian, hörst du mich?«

»Spar dir deinen Atem«, sagte Tobi. »Sebastian hat den Informationsabend an der Grundschule, er kommt spät heim.«

Auch das hatten sie eingeplant, Antje wusste natürlich Bescheid. Einmal im Jahr hielt Sebastian einen Vortrag über artgerechte Haustierhaltung in der Schule.

Die Männer griffen schweigend zu, ein Hungerstreik erschien ihnen wohl nicht sinnvoll. Auch Mia schmeckte es.

Schließlich stapelte sie die Teller zusammen. »Weshalb wollt ihr nicht wenigstens versuchen ...«

»Davon verstehst du nichts«, schnitt ihr Rolf das Wort ab.

»Es bleibt euch immer noch der Leuchtturm.«

»Pah.« Joris legte sich auf das alte Sofa und stopfte ein Kissen unter den Kopf. »Ich habe es bequem.«

»Lusche.« Rolf blieb auf seinem Stuhl.

Mia hätte liebend gern ein Bett gehabt.

Die Zeit kroch unendlich langsam dahin. Niemand konnte schlafen.

»Euer Streit geht schon zu lange.« Mias Stimme klang in ihren eigenen Ohren laut in der Stille.

Sie wusste, dass beide Männer wach waren.

»Joris«, sprach sie bewusst nur einen an, »was müsste Rolf tun, dass du Frieden schließen kannst?«

Es kam keine Antwort.

Sie drehte sich zu Rolf. »Und du Rolf? Was wünschst du dir von Joris?«

»Dass er sich in Luft auflöst«, knurrte er. »Das Ganze ist lächerlich.«

»Jedes Wetter tobt sich aus, eines Tages haben wir wieder den Regenbogen und das Fest der Versöhnung.« Mia stand auf und trat in den Raum, genau zwischen die beiden Unversöhnlichen. »Theodor Fontane. Ich wette, ihr habt nicht einmal den Hauch einer Ahnung, weshalb der Familienstreit besteht.«

Erneut redete sie gegen eine Wand des Schweigens.

»Ich habe noch etwas auf Lager.« Mia stellte sich gerade hin. »Jede Aussöhnung ist eine Tat des Friedens, die unseren Planeten Erde wiederum ein Stückchen wohnlicher macht. Das ist von Carl Fröhling, der war ein Philosoph.« Sie schluckte.

Es war eine dumme Idee gewesen. Von wegen besondere Gabe. Sie war eine Versagerin, sonst nichts.

Doch sie straffte sich. Noch würde sie nicht aufgeben.

»Einen Fehdehandschuh in einen Massagehandschuh zu verwandeln, das ist gelungene Versöhnlichkeit.« Sie mischte nun einen triumphierenden Unterton in ihre Stimme. »Der Spruch gefällt mir besonders gut, so eine wohltuende Massage statt Krieg. Wisst ihr, von wem der ist? Von Esther Klepgen.«

»Das darf doch nicht wahr sein.« Rolf schlug auf den Tisch. »Das höre ich mir nicht die ganze Nacht an. Wir sollten lieber das verdammte Puzzle nehmen.«

»Wir? Ich mach das alleine. Deine Hilfe ist eher ein Schaden«, tönte es von Joris, der nun vom Sofa aufsprang und sich die Packung griff.

»Ja? Das werden wir ja sehen. Ich habe jahrelang Fischernetze geknüpft, während du nur Bier in Gläser gegossen hast.« Der Ältere streckte die Finger nach der Schachtel aus, die Joris jedoch nicht loslassen wollte.

Schließlich riss sie auf und ein Plastiksäckchen fiel auf den Boden.

»Alles Plastik, ich sag's ja, an die Umwelt denkt keiner.« Rolf bückte sich und hob den Sack auf. »Lauter kleine Teile.«

»Das ist Sinn und Zweck eines Puzzles.« Mia nahm ihm das Teilchen aus der Hand, legte es auf den Tisch und löste den abgeklebten Teil. »Da muss noch eine Platte drin sein, dann könnt ihr loslegen.«

»Haste wenigstens was für die Kehle, Mädchen?«, fragte Rolf. »Vertrocknet sind wir nicht von Nutzen.«

»Bier und Rum sind hier.« Mia war froh, dass Antje an alles gedacht hatte.

Kurze Zeit später saßen sich die alten Herren gegenüber, jeder ein Glas Bier vor sich. Rolf war der Lebhaftere, die zwölf Jahre Altersunterschied merkte man nur an der weißen Farbe von Haar und Bart.

Eine Stunde lang arbeiteten die zwei Sturköpfe eifrig und der Leuchtturm nahm Formen an. Mittlerweile war es weit nach Mitternacht. Allerdings wirkte es fast vertraulich, wie sie miteinander die Teile suchten und einsetzten. Zwischendurch hatten sie immer mal wieder einen Schluck Bier genommen, dennoch nicht so viel, wie Mia befürchtet hatte.

Sollten die Männer fertig werden, ohne dass das entscheidende Gespräch geführt worden war, wäre die ganze Aktion vergebens gewesen.

Schlimmer noch: Alle Beteiligten müssten mit bösen Konsequenzen rechnen. Gewagte und illegale Dinge wurden nur beklatscht, wenn sie erfolgreich waren.

Sie musste etwas tun!

»Weswegen gibt es den Familienstreit?«, fragte sie schließlich.

Sie rechnete nicht mit einer Antwort, doch zu ihrer Überraschung platzte Rolf heraus: »Jasper Mackedanz hat Beeke Arndt sitzen gelassen. Und daher«, er drehte sich nun zu Mia, »wird es niemals Frieden geben zwischen den Mackedanzens und den Arndts. Das ist ein unehrenhafter Menschenschlag.«

Mit dem Unterarm wischte Joris ein paar Puzzlestücke vom Tisch, seine Stimme steigerte sich um einige Dezibel. »So ein Blödsinn! Das saugst du dir jetzt aus den Fingern! Ihr seid nichts als eine verschlagene, verlogene Bande.«

Mia wich automatisch zurück. Sollten die beiden handgreiflich werden, dann wäre sie definitiv überfordert.

Rolf erhob sich und baute sich vor seinem Widersacher auf. Mia stellte fest, dass er einen halben Kopf größer war. »Du findest es also in Ordnung, dass man ein Mädel, dem man die Hochzeit versprochen hat, sitzen lässt? Noch dazu schwanger? Und das in der damaligen Zeit?«

»Das Kind war nicht von Jasper.«

»Das ist eine impertinente Lüge.«

»Doch, so wars. Meine Großmutter hat es mir erzählt.« Joris hielt inne, ein Puzzleteil in der Hand. »Jasper hat Beeke niemals angerührt.«

»Sie war schwanger von Jasper und ...«

»Von einem anderen. Das Kind war nicht von ihm, das hat er Stein auf Bein geschworen.«

»Was heißt das schon! Es gab keinen anderen außer ihm. Beeke wurde geächtet und musste Büsum verlassen.«

Joris schwieg und sah auffällig zu Boden.

Mia trat zum Tisch. »Joris, was weißt du noch?«

»Gar nichts weiß er. Er lügt, dass sich die Balken biegen. Sein Ahne hat sich frevelhaft verhalten und ich will verdammt noch mal nicht, dass es Lisa gleich ergeht.«

Kurz war es still im Raum. Dann sprach Joris mit leiser Stimme. »Du glaubst, mein Enno könnte auch so ein Schurke sein?«

»Blut lügt nicht.«

»Beeke ist nach einem Abtreibungsversuch gestorben.« Rolf lehnte sich zurück.

»Denkst du, dass es Jasper besser ergangen ist? Er musste schließlich auf einem Schiff anheuern und ist im Sturm umgekommen.«

Mia sah komplett überrascht von einem zum anderen. »Die Geschichte ist zwar tragisch, aber ist es euer Ernst, dass die Familien deswegen seit Jahrzehnten zerstritten sind? Ihr kennt die Story offenbar nur vom Hörensagen.«

Beide sahen sie konsterniert an.

»Spielt das eine Rolle?«, brummte Rolf und drehte ein Puzzleteil. »Die Geschichte scheint sich ja jetzt zu wiederholen. Der Sohn von einem Lumpen kann nur wieder ein Lump werden.«

Joris' Gesicht lief rot an, er öffnete den Mund, doch Mia kam ihm zuvor. »Die Zeiten haben sich geändert. Es ist niemand mehr am Leben, der die beiden gekannt hat. Die genauen Umstände werden sich ebenfalls nicht ermitteln lassen.«

Joris stand auf und stellte sich mit dem Gesicht zur Wand. »Jasper hat einen Brief hinterlassen, bevor er zur See ging. Er hat noch einmal betont, dass das Kind nicht von ihm sein kann. Aber ...«

»Was, aber?« Auch Rolf stand auf und trat zu seinem Erzfeind. »Du weißt doch noch was?«

»Meine Großmutter, Jaspers Nichte, hat mal erzählt, sie wüsste von ihrer Mutter, dass Jasper ein ziemlicher Schwerenöter gewesen sei.«

»Das heißt, das Baby war vermutlich doch von ihm?«

Joris zuckte mit den Schultern. »Möglich.« Er drehte sich zu Rolf. »Aber seit dieser Zeit hat sich kein Mackedanz mehr schändlich verhalten. Mein Enno ist schwer in Ordnung!«

»Meine Lisa verdient einen anständigen Kerl. Der sie auf Händen trägt.« Rolf fuhr mit der Hand durch seinen Bart.

»Enno und Lisa sind erwachsen.« Mia stellte sich zwischen die beiden Männer. »Sie können ihre eigenen Entscheidungen treffen und sie wünschen sich nichts mehr, als dass ihre Familien sich vertragen.«

»Jasper hat ...«

»Rolf.« Mia nahm seine Hände. »Wir werden das Ganze niemals aufklären können. Möglicherweise hat Jasper damals Beeke verlassen, aber vielleicht war es auch wirklich nicht sein Kind. Ist es heute noch von Bedeutung? Die beiden sind längst in einer anderen Welt und sollen das dort regeln. Wollt ihr, dass eine Vergangenheit, die euch alle nicht betrifft, die Zukunft beeinflusst? Vergesst ihr nicht das Wichtigste: nämlich in der Gegenwart zu leben?«

Sekundenlang war es totenstill. Die beiden Männer sahen sich an, standen da wie eingefroren, dann war es überraschend der Ältere, Rolf, der das Wort ergriff.

»Du hast zum ersten Mal eingestanden, dass Jasper eventuell doch ein mieser Kerl gewesen sein könnte. Auch ich kenne die Wahrheit nicht. Wir sollten die Toten endlich ruhen lassen. Beeke ist gestorben und vermutlich hat Jasper nicht lange danach ebenfalls ein nasses Grab gefunden. Und wenn unsere Lisa mit deinem Lütten glücklich ist, dann soll es so sein.«

Joris drückte Rolfs Hand. »Die Lisa ist eine patente Deern. Wir wollen hoffen – nein, ich glaube fest daran –, dass es anders endet mit den beiden.«

Mias juchzte auf und fiel beiden Männern spontan um den Hals.

Ein Poltern, die Tür wurde aufgerissen und zu Mias Überraschung war es Sebastian, der alle Anwesenden der Reihe nach musterte. Seine Miene stand auf Sturm.

Kapitel 20

Sebastian

»Was hättet ihr eigentlich gemacht, wenn es fehlgeschlagen wäre?« Sebastian spießte ein Salatblatt auf. Mia saß ihm gegenüber, ihre zarten Gesichtszüge ließen sie engelhaft erscheinen. Seine Einladung zum Abendessen war ihm spontan herausgerutscht. Aus den Lautsprecherboxen ertönte »White Christmas« und die Gaststube bot mit den zahlreichen Kerzen und Weihnachtssternen einen zauberhaften Anblick.

Er dachte an die besagte Nacht zurück. Zuerst war er wütend gewesen, was da hinter seinem Rücken abgegangen war.

Normalerweise schlief er tief und fest, und als er kurz vor elf Uhr heimgekommen war, war er auch todmüde ins Bett gefallen. Die ungewöhnlichen Geräusche hatten ihn geweckt, vermutlich weil es sonst nachts immer still war.

Als er die kompletten Zusammenhänge erfahren hatte, konnte er nicht umhin, Mia seine ganze Hochachtung und Bewunderung zu zollen.

Sie hatte einen jahrzehntelangen Streit aus der Welt geschafft. Noch immer wusste er nicht genau, was da in dem Keller vorgefallen war, aber es musste etwas Weltbewegendes sein.

Die beide folgenden Tage war es Gesprächsthema Nummer eins in Büsum gewesen, dass die eingefleischten Widersacher nun zusammen am Stammtisch hockten. Sebastian hatte seinen Freund Joris noch nie so strahlen sehen. Und auch Rolf Arndt wirkte viel zugänglicher.

Die Sturköpfe! Das hätten sie schon längst haben können.

Der Abend hatte feuchtfröhlich geendet und die beiden alten Dösköppe hatten zum Schluss miteinander Seemannslieder angestimmt.

Es war grauenvoll gewesen.

Und einfach toll.

Jetzt in diesem Augenblick konnte Sebastian kaum den Blick nicht von der wunderschönen Frau ihm gegenüber abwenden.

Mia war etwas Besonderes. Und nicht wegen ihres langen, dunkelblonden Haars, die ihre ebenmäßigen Gesichtszüge charmant umschmeichelten, oder ihrer tiefblauen Augen, die so unschuldig blicken konnten. Nein, es war vielmehr ihre innere Ausstrahlung, die in Wellen zu ihm schwappte. Sie schien ihn mit frischer Energie zu versorgen, als ob er Berge versetzen könnte und gleichzeitig hüllte sie ihn in ein angenehmes Wohlgefühl.

Er fühlte sich behaglich in ihrer Gegenwart.

Na ja, nicht ganz. Da war dieses unruhige Prickeln in ihm, das sich – ebenfalls in Wellen – zur Erregung steigerte.

Da machte er sich nichts vor. Er wollte sie haben, mit Haut und Haar.

Jetzt lächelte sie auch noch und das zwang ihn in die Knie. Die Hand mit dem Salatblatt sank zurück.

»Ich habe, wie immer, nicht über die Konsequenzen nachgedacht.« Mia schnitt ein Stück vom zarten Fisch ab und schob es in ihren Mund.

Sebastian aß nun rasch das Salatblatt, bevor er etwas Dummes tat.

Wie beispielsweise ihre Hand zu ergreifen und jeden Finger einzeln zu küssen.

Er war außerdem froh, dass der Tisch zwischen ihnen stand und gewisse Teile von ihm verdeckte.

»Mir taten Lisa und Enno leid. Sie lieben ihre Familie und sie wollten nicht, dass sie sich lossagen müssen. Rolf und Joris schienen so verbissen zu sein. Ich hatte die Idee, dass wir sie einfach zusammen einsperren müssten. Und dann haben die anderen gute Tipps gegeben. Das mit dem 3-D-Puzzle kam von Tobias. Zuerst haben sie sich geplagt, den Leuchtturm aufzubauen, und hatten die Absicht, danach ihrer Wege zu gehen.« Mia lachte auf. »Sie haben nicht damit gerechnet, dass diese Puzzles relativ schwer sind. Und sie haben nicht bedacht, dass ein gemeinsames Schicksal und die Notwendigkeit des Zusammen-Arbeiten-Müssens unweigerlich zusammenschweißen.«

»Unglaublich.« Sebastian riss den Blick von ihr los und beschäftigte sich erneut mit seinem Essen.

»Dass es so rasch klappen würde, damit haben wir nicht gerechnet.« Mia nahm einen Schluck Wein. »Aber nachdem sie einmal angefangen haben zu reden, gings wie ein Wasserfall. Zum Glück bist du nicht früher aufgetaucht. Es war riskant, denn wenn es schiefgegangen wäre ...« Sie zuckte mit den Schultern.

Ein Hauch von Schuldgefühl überspülte ihn. Er hätte vermutlich tatsächlich alles kaputtgemacht. Was für eine Fügung des Schicksals, dass er erst gekommen war, als sich die zwei bereits versöhnt hatten!

»Kaum zu glauben, dass der Beginn eine unglückliche Liebesaffäre war. Und dass sie das all die Jahre mitgeschleppt haben.«

»Ja, jede Familie gab der anderen die Schuld. Die Wahrheit wird sich nicht mehr herausfinden lassen. Hat Jasper Beeke zu Recht verlassen, weil sie ihn betrogen hat? Oder hat er das nur behauptet? Egal, das sollen die beiden im Himmel ausmachen. Ich glaube, der Auslöser für die Versöhnung war, das Eingeständnis von Rolf und Joris, dass auch die andere Version stimmen könnte.« Sie prostete ihm zu.

Er hob ebenfalls sein Glas. »Na denn, Prost auf dich, dass du so clever warst.«

Sie stieß mit ihm an und ihre strahlenden Augen brannten sich in ihn wie Feuer.

»Ist dir klar, dass du etwas Besonderes bist?« Er hatte es einfach sagen müssen.

Es war, als schöbe sich ein Vorhang vor ihr Gesicht. Das Strahlen verschwand und sie wurde ernst, stellte ihr Glas betont langsam auf den Tisch. »Ich bin eine Versagerin, wie du weißt. Das schwarze Schaf in der Familie. Und jetzt blase ich sogar die Hochzeit ab.«

»Ich finde es sehr mutig von dir, dass du diesen Schritt tust. Natürlich ist es etwas spät, aber Arrangements lassen sich absagen. Aus einer misslichen Ehe kommt man nicht so leicht heraus.«

»Ja, du hast recht. Trotzdem habe ich ein schlechtes Gewissen. Ich habe meine Familie immer nur enttäuscht und die abgesagte Hochzeit macht es nicht besser. Vor allem weiß ich einfach nicht, was ich mit meinem Leben anfangen soll. Auf einen Mann zu warten, der mich aushält, ist keine Option.«

»Macht die Arbeit ›Bi Antje un Hedda‹ Freude?«

»Ja, das schon. Aber auf Dauer möchte ich nicht in den Verkauf, wenn du das meinst.« Sie wirkte deprimiert, wie sie da lustlos in ihrem Essen stocherte.

Sebastian legte sein Besteck hin und sah sie an. »Mia, ich habe gesagt, dass du was Besonderes bist, und das stimmt auch. Du hast eine Gabe, Menschen zusammenzubringen, ihnen zu helfen, die Dinge klar zu sehen. Denk an Tobias, mein Verhältnis zu ihm ist so gut wie lange nicht mehr. Und die zwei Sturköpfe ...«

»Das war Glück.«

»Nein, das war Intuition. Du hast ein spezielles Talent dafür. Dazu braucht es Empathie und Einfühlungsvermögen, das haben nur wenige Menschen. Und die passenden Worte zum richtigen Zeitpunkt. Vielleicht wäre Therapeutin etwas für dich?«

Mia schien auf einmal zu erstarren und riss ihre Augen auf. Dann senkte sie den Blick. »Du meinst Psychologin oder so? Nein, das würde mich deprimieren.«

»Woher willst du das wissen?« Automatisch nahm er die Gabel und aß weiter.

»Die Freundin einer Schulkollegin war depressiv, sie hat sich letztlich umgebracht. Stell dir vor, das passiert einer Patientin von mir? Ich wäre todunglücklich.«

»Du könntest psychologische Beraterin werden. Da berätst du Menschen in normalen Lebenslagen, genau das, was du mit den beiden Herren gemacht hast.«

»Ja? Denkst du, die Ausbildung gibt es auch in Österreich?« Ihre Augen leuchteten nun.

»Bestimmt.«

Mia würde wieder weggehen.

Aber das war doch gut so? Schließlich durfte er ohnehin nichts mit ihr anfangen.

Erschrocken zuckte er zusammen, als sie ihre Gabel fallenließ, so heftig aufsprang, dass ihr Stuhl dass fast ihr Stuhl umgekippt wäre, und um den Tisch herumlief. Ehe er es sich versah, hatte sie ihn von hinten umarmt. »Danke, das ist so eine tolle Idee.« Sie drückte ihre Lippen auf seine Wange.

Er drehte sein Gesicht zu ihr und küsste sie.

Es war wie eine Explosion und schließlich glitt sie auf seinen Schoß und er wünschte sich, der Kuss möge nie enden.

Doch sie waren in einem öffentlichen Lokal. Obwohl ihr Tisch am Rand stand, konnten einige Leute das Spektakel, das sie boten, sehen.

Er löste seine Lippen von ihr. »Kommst du nachher mit?«

Sie sprang auf. »Ich dachte, du fragst nie.«

Sebastian winkte dem Ober. Er platzte fast vor Ungeduld und er konnte Mia ansehen, dass es ihr genauso ging.

Rasch trank er sein Glas leer, Mia setzte sich wieder auf ihren Platz ihm gegenüber hin, aß ihre letzten Bissen und legte das Besteck nun ordentlich hin.

Es dauerte dann eine weitere Viertelstunde, ehe sie zahlen konnten und das Lokal verließen. Die kalte Luft kühlte ihre erhitzten Gemüter ein wenig, während sie Hand in Hand zu Antjes Haus wanderten.

Stille empfing sie. Was für ein Glück, dass Antje und Tobi in Hamburg waren und sie sturmfreie Bude hatten. Ein wenig fühlte sich Sebastian wie ein Teenager, wenn er Mädchen die Treppe hinauf an den Eltern vorbei in sein Zimmer geschmuggelt hatte.

Der Gedanke an seine Eltern ernüchterte ihn kurz. Sollte er das wirklich tun? Doch dann umarmte ihn Mia und ihre Küsse wischten seine Bedenken weg.

Sie eilten die Treppe hinauf.

In der Früh hatte er es zu eilig gehabt, sein Bett zu machen, aber Mia schien sich nicht daran zu stören. Sie zog ihren Pullover aus und entblößte einen schwarzen Spitzen-BH.

»Wow, hast du den meinetwegen angezogen?«

»Für wen sonst?« Ihre Finger wanderten bereits unter sein Hemd, lösten die Knöpfe.

Und dann konnte er für lange Zeit an gar nichts mehr denken.

Kapitel 21

Mia

Mia erwachte, als Sebastian sich vorsichtig erhob. Zur Arbeit musste er nicht, deshalb wunderte sie sich, dass er so früh aufstand. Die Digitalanzeige des Weckers zeigte halb acht.

»Komm doch zurück«, flüsterte sie und streckte die Arme nach ihm aus.

»Simba muss raus«, sagte er.

Mia war alarmiert. Nicht vom Inhalt, sondern vom Tonfall seiner Worte.

In der Nacht hatte sie verrückte Sinnlichkeit aufgesogen, sie spürte immer noch das Vibrieren in sich. Sie hatte sich richtig fallen lassen können und einfach nur genossen.

Mit Patrick war es eher eine wissenschaftliche Angelegenheit gewesen, seine verbissene Besessenheit, ihr einen Orgasmus zu verschaffen, hatte eben oft verhindert, dass einer kam.

Bei Sebastian hatte sie nicht eine Sekunde nachgedacht, sondern einfach nur gefühlt.

Und was für Gefühle! Ihr Körper hatte vibriert, gesungen, jubiliert, getanzt und gejauchzt.

Doch jetzt spürte sie, dass offenbar Eiszeit einkehrte.

Sebastians Augen schienen kalt und starr. Sie erhaschte noch einen Blick auf seine beachtliche Kehrseite, ehe er das Zimmer verließ. Minuten später war sie in der Lage, aus dem Bett zu steigen, öffnete die Zimmertür und sah Licht unter der Tür aus dem Badezimmer. Sie tappte barfuß hin und lauschte.

Er duschte offenbar.

Was war passiert?

Sie schlüpfte ins Zimmer zurück, suchte ihre Kleidungsstücke und zog sich rasch an. Für das Gespräch wollte sie nicht nackt sein.

Kurze Zeit später kam er zurück, mit einem Handtuch um die Hüften.

Hatte sie sich vorschnell angekleidet? Wäre er für einen ausgiebigen Guten-Morgen-Kuss bereit gewesen?

Nein.

Ohne sie anzusehen, ging er zum Schrank, holte sich Wäsche heraus und begann, sich mit dem Rücken zu ihr anzuziehen.

Wut stieg in ihr hoch.

»Bereust du es?« Sie konnte den schrillen Unterton nicht verhindern.

»Ja.«

»Na, das war mal ehrlich.« Sie ging an ihm vorbei zur Tür.

Er griff nach ihrem Arm und hielt sie zurück. »So war es nicht gemeint, tut mir leid.« Sein Tonfall war nun sanft. »Du bist nicht schuld. Es ist nur ... es liegt nicht an dir ...« Er brach ab, ließ sie los.

»Allerdings. Wir hatten einen tollen Abend und eine fantastische Nacht. Und jetzt setzt du mich ohne Frühstück vor die Tür und speist mich mit dieser lahmen Phrase ab?«

»Nein, ich ...« Er ließ den Satz unbeendet, stattdessen schlüpfte er in die Hose.

Unten hörten sie Simba winseln, sie spürte, dass sie bald hinausdurfte.

»Du bist mir zumindest eine Erklärung schuldig.« Mia wunderte sich, dass ihre Stimme so scharf klingen konnte. Aber das hier war zu wichtig, als dass sie es im Raum stehen lassen konnte.

Verflixt, sie hatte sich bis über beide Ohren verliebt.

»Wenn du meinst.« Er zuckte mit den Schultern. »Dann musst du mitkommen.«

»Kein Problem.« Mittlerweile schreckte Mia die morgendliche Kälte nicht mehr.

Eine Viertelstunde später hatten sie den Hundestrand erreicht. Simba rannte am Wasser entlang, Sebastian wirkte verschlossen.

Doch Mia würde ihn nicht gehen lassen. »Ich möchte eine Antwort hören. Bist du mit der reichen Witwe zusammen? Dieser Irene?«

Sebastian zuckte merklich. »Wie kommst du denn darauf?«

»Es war naheliegend, schließlich habe ich euch gesehen.«

»Sie hätte es gern. Aber wohl nur für Sex. Nein, dafür bin ich mir zu schade.« Er holte Luft. »Du weißt von dem Unfall.«

»Ja.«

»Was hat dir meine Großmutter erzählt? Oder war es Hedda?«

»Tante Hedda und ein bisschen weiß ich von Tobi. Er hat seine Eltern verloren. Seine Mutter war hochschwanger und sie wollten für das Baby einkaufen.«

»Ja, das ist richtig. Das Baby wäre ebenfalls im Januar auf die Welt gekommen, wie Tobias.«

»Er kann sich nicht daran erinnern, aber das hatten wir schon.«

Sebastian nickte. »Es waren noch mehr Leute im Wagen.«

»Deine Eltern.«

»Ja. Sie haben sich so wahnsinnig gefreut, dass sie wieder Großeltern werden, und wollten Christina und Helmut begleiten. Es war allerdings noch jemand dabei.«

»Eine Freundin von Christina, sagte Hedda.«

»Nein. Es war meine Freundin. Sie und Christina hatten sich angefreundet, aber Wiebke war mit mir zusammen. Sie war erst siebzehn und wir waren seit einem Jahr ein Paar. Wir besuchten dieselbe Schule, zumindest bis zu diesem Sommer. Im Herbst bin ich nach Hamburg gezogen.«

»Du hast deine Freundin auch noch verloren?« Mia fröstelte auf einmal doch. »Das tut mir so leid für dich. Bestimmt hast du sie sehr geliebt.«

»Geliebt?« Es klang spöttisch. »Weiß Gott, heute wünschte ich, es wäre so gewesen. Dann wäre meine Schuld nicht so groß.«

»Welche Schuld? Du hast doch den Lastwagen nicht gefahren, warst nicht einmal in der Nähe des Unfallorts.«

»Du kennst nicht die ganze Geschichte.« Sebastians Atem war zu sehen, weil er die Worte hektisch herausstieß. »Wiebke war auch schwanger.«

Mia musste schlucken. Langsam begriff sie, dass Sebastians Welt damals wirklich in Scherben lag. Wie konnte man so viel Unglück auf einmal nur verkraften?

»Ich weiß nicht, was ich sagen soll, Sebastian«, sagte sie leise. »Das muss furchtbar schlimm für dich gewesen sein, das Schicksal ist echt grausam. Ich bewundere dich, dass du trotzdem so eine starke und tolle Persönlichkeit geworden bist.«

»Du hast keine Ahnung!« Sein Ausbruch kam so heftig, dass sie automatisch zwei Schritte zurückging. »Ich verdiene weder dein Mitleid noch deine Bewunderung, die schon gar nicht.«

»Dann erkläre es mir.« Mia wollte sich durch seine Heftigkeit nicht aus der Fassung bringen lassen. »Du hast auf einen Schlag deine gesamte Familie verloren, Eltern, Schwester, deine ungeborene Nichte oder einen Neffen, deine Freundin. Und jetzt höre ich, dass auch noch dein Kind dabei war.« Ihre Stimme brach. »Es tut mir unendlich leid.«

Sebastian ließ sich auf eine der Bänke am Rand des Strandes fallen. Offenbar störte es ihn nicht, dass sie komplett vereist und mit Frost überzogen war.

»Ich war ein verwöhnter Mistkerl.« Er verbarg sein Gesicht in den Händen.

Mia ging zu ihm und hockte sich vor ihn. Sich auf die Bank zu setzen, war ihr doch zu kalt.

Simba kam angelaufen und bellte kurz. Sebastian strich dem Hund über den Kopf. »Lauf und nutze deine Zeit.«

Simba spitzte die Ohren, dann eilte sie davon, als hätte sie die Worte verstanden.

Sebastian seufzte. »Ich habe es noch nie jemandem erzählt, Mia. Und eigentlich möchte ich es auch nicht. Aber ich muss es tun, damit du weißt, dass du mit so einem Dreckskerl wie mir ohnehin nichts anfangen kannst.«

Mias Herz zog sich zusammen. Was mochte Sebastian getan haben? Sie konnte sich nicht vorstellen, dass es so schlimm sein sollte.

»Ich war bereits zum Studium in Hamburg. Wiebke und ich konnten uns nicht mehr so oft sehen. Sie ging ja noch zur Schule. Und ich muss gestehen, dass ich das Studentenleben genoss. Das zwischen Wiebke und mir war so eine Jugendliebelei für mich gewesen. Aus den Augen, aus dem Sinn. Offenbar sah sie es anders, denn als ich ein Wochenende Anfang Oktober zu Besuch kam, klebte sie an mir wie eine Klette. Ich hatte Schluss machen wollen, doch dann ging ich den Weg des geringsten Widerstandes und irgendwie landeten wir erneut im Bett.« Er holte tief Luft. »Ich fuhr nach Hamburg zurück und wir schrieben uns ab und an, ich war zu feige, einen Schlussstrich zu ziehen, obwohl ich in Hamburg andere Mädchen hatte.«

Mia zuckte zusammen, doch sie schwieg. Das passte so gar nicht zu dem Sebastian, den sie kannte und der mit Irene keine Affäre wollte, weil es nur Sex wäre.

Sebastian schien eine Reaktion erwartet zu haben, sah sie schweigend an. Als Mia nichts sagte, fuhr er fort.

»Am 16. Dezember werden es genau zehn Jahre. Meine Eltern, Christina und ihr Mann wollten nach Hamburg fahren, sie wollten die Einrichtung für das Kinderzimmer bestellen, vor allem für Tobias, und einiges einkaufen. Am Vorabend war Wiebke bei uns und ich überlegte, weshalb ich überhaupt Schluss machen sollte. Von meinen Eskapaden würde sie ohnehin nichts mitbekommen. Also blieb sie über Nacht bei mir.«

»Kam sie dich nie in Hamburg besuchen?«

»Bis zu diesem Zeitpunkt noch nicht. Und so weit dachte ich damals auch nicht. Ich war ein sexgeiler Kerl und so hatte ich jemanden fürs Bett, während ich in Büsum war. Außerdem hatten Christina und Wiebke sich angefreundet und so beschloss sie spontan beim Frühstück, mitzufahren. Ein Platz war ja noch frei. Nach dem Frühstück bat sie um ein Gespräch. Wir gingen in mein Zimmer, dort sagte sie mir, dass sie schwanger sei.« Sebastian hatte nun Tränen in den Augen. »Es war für mich, als hätte sie mir einen Eimer Eiswasser über den Kopf gegossen. Im Moment sah ich alle meine Pläne dahinschwinden. Wie sollte ich ein Studium mit Kind bewältigen? Und wie konnte ich das finanziell stemmen? Meine Eltern würden so enttäuscht sein, ich habe einfach nur rotgesehen und sie angeschrien. Ich wollte, dass sie das Kind abtreiben lässt. Sie hat geweint und ich habe ihr nur noch mehr Vorwürfe gemacht.« Er schüttelte den Kopf. »Wenn ich denke, was für ein Schwein ich war.«

Mia überlegte kurz, dann stand sie auf und zog ihn hoch. »Die Bank ist zu kalt.«

Er gehorchte überraschend, auf einmal war auch wieder Simba bei ihnen.

Sie gingen weiter, mittlerweile war es Tag geworden, selbst wenn an dem wolkenbedeckten Himmel keine Sonne zu sehen war.

»Ich könnte jetzt sagen, dass du jung und dumm warst«, sagte Mia leise. »Ich denke jedoch, das würdest du vermutlich nicht gelten lassen. Ich glaube auch, dass dies keine Entschuldigung ist, aber du hast spontan reagiert. Das ist menschlich, dass man sich im ersten Schock nicht passend verhält. Dein Gehirn war ausgeschaltet.«

Offensichtlich hatte Sebastian nicht zugehört, sah in die Ferne. »Weißt du, was mein erster Gedanke war?« Ruckartig blieb er stehen und fasste sie bei den Schultern. »Ich dachte doch tatsächlich, dass meine Welt in Scherben läge. Und dabei war mir Stunden später klar, wie lächerlich das war. Denn da lag meine Welt wirklich in Millionen Teile zerbröselt vor mir.«

»Sebastian, weder deine Eltern noch deine Schwester hätten gewollt, dass du ein Leben lang um sie trauerst.«

»Ah, das weißt du so genau? Was meine Familie gewollt hätte?« Er klatschte schräg in beide Hände, es kam jedoch nur ein dumpfer Laut, weil er Handschuhe anhatte. »Mia aus Salzburg weiß haargenau, was meine Familie für mich will und wünscht, obwohl von allen nur mehr ein Häufchen Asche in Urnen übrig ist?« Er schüttelte den Kopf. »Nein, vermutlich nicht mal das. Nun liegen sie gemeinsam auf dem Friedhof. Kannst du mit Toten sprechen? Vielleicht gehört das auch zu deinen Gaben?«

Die Bitterkeit in seiner Stimme schreckte sie ab.

»Die letzten Worte, die ich zu Wiebke sagte, waren grausam und unüberlegt. Ich habe ihr gesagt, dass sie sich keine Hochzeit erwarten darf und dass ich längst mit anderen ...« Er brach ab, ein trockenes Schluchzen kam aus dem Hals. »Ich werde niemals ihr Gesicht vergessen. Es fiel komplett auseinander, sie zerbrach förmlich vor meinen Augen.«

Ihr Hals war wie zugeschnürt, aber sie wollte nicht aufgeben. »Sebastian, du konntest nicht klar denken ...«

Er hörte nicht zu. »Sie hat sich umgedreht und ist die Treppe hinuntergegangen. Ich hatte erwartet, dass sie es gleich meinen Eltern erzählt, und wappnete mich für ein Gespräch. Aber nichts. Eine halbe Stunde später sind sie abgefahren. Sie waren so lustig, so fröhlich. Ich habe immer noch Christinas Lachen im Ohr, sie hatte ein besonderes Lachen, so hell und ansteckend.«

»Was geschah dann? Taten dir deine Worte leid?«

Er atmete wieder ruhiger. »Ich habe überlegt, wie ich das managen könnte. Meine Eltern waren nicht reich, aber sie verdienten nicht schlecht mit ihrem Keramikladen und sie konnten mir einen Zuschuss zum Studium geben. Ich habe es durch ein paar Nebenjobs aufgefrischt. Aber mit einem Baby, das konnte ich nicht stemmen. Das Leben in Hamburg ist nicht so billig. Außerdem, wie sollten wir als Familie funktionieren? Ich war den ganzen Tag in meinem Zimmer, wollte nicht einmal was essen und Stunden später wusste ich immer noch nicht, was ich tun sollte. Es gab nur die eine Möglichkeit: mein Studium aufgeben und mir Arbeit suchen. Meine Großmutter wusste nicht, was mit mir los war, aber sie musste sich ohnehin um Tobi kümmern. Und kurz vor vier Uhr standen dann die Beamten vor der Tür. Zuerst begriffen wir es nicht. Oma bat

sie herein. Sie benahmen sich von Anfang an merkwürdig. Ich schätze, es ist Horror, so eine Nachricht überbringen zu müssen. Oma war so starr, ich glaube, sie
hat es zuerst gar nicht aufgenommen. Und ich stand da,
mir war übel und ich dachte nur daran, wie böse ich zu
Wiebke gewesen war. Erst nach und nach sickerte zu
mir durch, dass auch meine Eltern, Christina und Helmut tot waren. Ein Lastwagen ist auf der glatten Fahrbahn gerutscht, sie hatten keine Chance.«

»Mein Gott«, flüsterte Mia.

»Ich dachte später oft, dass es die gerechte Strafe
wäre. Jetzt konnte ich ungehindert studieren, meine Eltern hatten eine Lebensversicherung hinterlassen, zudem war ich auch die Sorge um Wiebke und das Baby
los. Ich hatte alles und doch nichts mehr. Und ich
wollte es nicht, nicht um diesen Preis.« Er wandte sich
ab und eilte mit großen Schritten Richtung Meer.

Mia folgte ihm bis knapp ans Wasser. Simba sprang
an ihm hoch, doch er blieb stehen wie eine Statue, obwohl die nassen Pfoten Spuren auf seiner Kleidung
hinterließen.

Erst als Mia neben ihm war, sprach er wieder, seine
Stimme klang monoton. »Ich habe kein Recht, glücklich zu sein, mit der großen Schuld, die ich auf mich geladen habe.«

»Ich kann dir da nicht widersprechen.« Mia sah ihn
nicht an. »Du hast dich nicht nett verhalten und du hast
Wiebke ziemlich verletzt. Auch schon vorher, als du sie
betrogen hast.«

»Das wusste sie nie.«

»Bist du dir sicher? Vielleicht ahnte sie, dass du ihr in der Großstadt immer mehr entgleitest, während sie noch hier zur Schule gehen musste. Habt ihr verhütet?«

Er zuckte mit den Schultern. »Das Kondom muss geplatzt sein.«

»Ihr konntet euch nicht mehr aussprechen und eine gemeinsame Lösung für das Baby finden. Wir leben im 21. Jahrhundert, alleinerziehende Mütter sind keine Schande, wie es damals zur Zeit von Beeke und Jasper war. Du wärst für dein Kind da gewesen, aber du und Wiebke, ihr wärt getrennte Wege gegangen.«

»Das weiß ich eben nicht.« Er schüttelte den Kopf, während er langsam wieder Richtung Dorf zurückging. Dann blieb er stehen und sah Mia an. »Es geht nicht, Mia. Wir beide, das darf nicht sein. Ich mache alle Frauen, die mich lieben, unglücklich.«

»Mich hast du bis jetzt nur glücklich gemacht.« Sie griff nach seinem Ärmel. »Bitte, Sebastian, ich spüre, dass du dich genauso in mich verliebt hast wie ...«, sie schloss die Augen, ehe sie mit ihrem Geständnis herausrücken konnte, »wie ich mich in dich.«

Er legte seine behandschuhte Hand auf ihre, drückte sie kurz, ehe er die Finger sanft wegschob. »Ich wünschte, es gäbe eine Chance für uns. Aber ich kann nicht. Ich sehe immer noch Wiebkes aufgelöstes Gesicht vor mir. Was ich ihr angetan habe, das kann ich nie wiedergutmachen, verstehst du das? Sie hat ihre Verzweiflung mit ins Grab nehmen müssen.«

Ein kalter Luftzug blies ihnen entgegen, als sie die ersten Häuser erreichten.

»Sie werden bald aus Hamburg zurückkommen, am besten deine Tante findet dich zu Hause vor.« Sebastian bückte sich, klickte die Leine an Simbas Halsband und ging einfach weg.

Er drehte sich nicht mehr um.

Mia fühlte, wie alle Energie von ihr wich. Sie hatte nicht einmal Kraft zum Weinen.

Kapitel 22

Sebastian

Am 16. Dezember, dem Tag des Unfalls, stand Sebastian zum ersten Mal allein am Grab. Antje hatte so starke Rückenschmerzen, dass sie sich kaum bewegen konnte, der Arzt hatte ihr Ruhe verordnet, und Tobias blieb bei ihr. Sebastian machte sich Sorgen um seine Großmutter. Mit über achtzig sollte sie endlich zu arbeiten aufhören, das hätte sie verdient.

Es war eisig kalt, der Wind blies unangenehm und kleine Eiskristalle brannten auf seinen Wangen. Es schmerzte unerträglich. Noch immer hörte er Mias geflüsterte Liebesworte, spürte ihre zarten Hände auf seiner Haut.

Mit dem Morgen war die Kälte wieder in sein Inneres eingezogen. Es waren erst zwei Tage vergangen, dennoch kam es ihm wie Monate vor, dass er Mia nicht mehr gesehen hatte.

Von Tobias wusste er, dass sie fleißig im Geschäft mithalf, das zurzeit außerordentlich gut lief. Antje konnte dadurch öfter zu Hause sein, sie legte sich auch zu Mittag immer hin.

Das Grab sah aus wie eh und je. Sebastian zog seine Finger aus den Handschuhen und hatte das Gefühl, dass sie sofort zu Eis gefroren, während er die Kerzen anzündete. Wegen des Windes gelang es ihm erst nach mehreren Versuchen, die vier Kerzen anzuzünden und in das durch Glas geschützte Kerzenhaus hineinzubekommen.

Endlich flackerten die vier Lichter darin.

Vier Kerzen für vier Menschen.

Ob der Schmerz einmal nachlassen würde? Irgendwann hätten sie schließlich ohnehin sterben müssen.

Aber nicht so früh. Es war noch nicht ihre Zeit. Zu schnell. Ohne Abschiedsworte.

Ihn fror. Er würde sie vermissen, solange er lebte. Und mit Antjes Unpässlichkeit wurde ihm bewusst, dass ein weiterer Abschied bevorstünde.

Noch nicht an diesem Tag, vielleicht aber nächste Woche, nächstes Jahr oder in zehn Jahren?

Ein zusätzlicher Grund, dass er nie mehr jemanden an seiner Seite haben wollte. Ein Mensch, von dem er sich womöglich schon bald würde verabschieden müssen.

Seine Beine trugen ihn weiter.

Wiebkes Grab war am Rand des Friedhofs direkt an der Hecke. Ein geschmückter Adventskranz lag darauf, zwei der LED-Kerzen brannten.

»Es tut mir leid«, flüsterte er in den Wind. Die gleichen Worte, die er in jedem Jahr sagte.

Aber sie blieben unbeantwortet. Es gab keine Verzeihung für ihn, er konnte seine grausamen Worte nie mehr ungeschehen machen.

Sein Hals wurde eng. Er zog die letzte Kerze heraus und stellte sie schließlich brennend in das Kerzenhaus.

»Das ist aber lieb, dass du immer noch an sie denkst.« Beim Klang der Stimme richtete er sich ruckartig auf. Vor ihm stand Wiebkes Mutter, ebenso dick eingemummt wie er, den Schal ins Gesicht gezogen. In den Händen hielt sie drei weiße Rosen. Fast verlegen lächelnd sah sie auf die Blumen und gleich wieder zu ihm. »Sie hat weiße Rosen geliebt. Ich bringe sie ihr recht oft, allerdings werden sie heute wohl nicht lange halten.«

Langsam stand er auf, wusste nicht, was er sagen sollte. Wie oft war er damals bei seiner Freundin gewesen und ihre Mutter hatte sie mit ihrem wundervollen Napfkuchen verwöhnt.

»Ich ...« Es kratzte in seiner Kehle. Wiebkes Mutter legte ihre Hand auf seinen Unterarm.

»Du hast an dem Tag so viel verloren, Sebastian. Es tut mir leid, dass ich nie für dich da war, aber der Schmerz ...« Sie räusperte sich. »Wir hatten nur die eine Tochter. Sie hat sich in eurer Familie wohlgefühlt.«

»Ich mich bei euch auch.« Er schluckte. Dass Wiebke ihren Eltern nichts von der Schwangerschaft erzählt hatte, wusste er seit Langem. Sie hatten ihn zumindest niemals darauf angesprochen.

Zu seiner Überraschung umarmte ihn Wiebkes Mutter plötzlich. »Ich wünsche dir viel Glück für dein Leben.«

Dann wandte sie sich ab und legte die Blumen aufs Grab.

»Schöne Weihnachten«, sagte er lahm.

»Das wünsche ich dir auch.«

Mia ging er aus dem Weg, doch die Einladung zur Verlobungsfeier von Enno und Lisa einige Tage später konnte er nicht ausschlagen.

Beide Familien vereint in Joris Wirtshaus.

Er sah Mia sofort, sie saß am anderen Ende vom Tisch. Es wäre so einfach, zu ihr zu gehen, ihre Hand zu nehmen und …

Schnellstens schlug er sich den Gedanken aus dem Kopf. Für ihn durfte es kein Glück geben. Sein Unrecht konnte nie gesühnt werden.

Weshalb war er mit ihr ins Bett gegangen? Noch mehr Ballast auf seinem Schuldenkonto.

Zudem musste er sich gar nicht um Mia kümmern, sie war heiß begehrt an diesem Abend. Alle klopften ihr auf die Schultern, aber am glücklichsten war wohl das verlobte Paar.

Es ging lustig zu. Glühwein, Bier und Grog wurden in rauen Mengen ausgeschenkt. In der Mitte des Raums stand ein Leuchtturm, sogar mit funktionierendem Licht. Offenbar hatten die beiden ehemaligen Widersacher das 3-D-Puzzle zu Ende gebracht.

Das liebevoll dekorierte Büfett war bereits ziemlich abgegrast, als neue Besucher die Kneipe betraten.

Ein Mann in den Dreißigern kam herein, er trug einen teuer aussehenden Mantel. Beim Abnehmen seiner Kappe entblößte er schütter gewordenes mittelblondes Haar, zudem war offenbar seine Brille angelaufen, die er ebenfalls abnahm. Hinter ihm drängten sich drei Frauen herein. Eine Mittsechzigerin, deren halblange Haare von einem Stirnband aus Wolle gebändigt wurden und die einen energischen Eindruck erweckte. Es folgten eine jüngere Ausgabe von ihr mit roter Strickmütze sowie eine ebenfalls bebrillte Dame, die ein wollenes Tuch um Kopf und Hals geschlungen hatte. Hinter ihnen trat ein Mann herein, groß gewachsen, von dessen Gesicht Sebastian nichts erkennen konnte. Er war in einen Schal gewickelt und hatte seine Pudelmütze fast bis über seine Augen gezogen.

Was tat diese Gruppe hier in der einfachen Hafenkneipe? Sie waren elegant gekleidet, als ob sie in Luxusrestaurants und nicht in billigen Gasthöfen verkehrten.

Die meisten beachteten die Neuankömmlinge nicht, aber Sebastian sah, dass zwei Personen förmlich zu Eis erstarrt schienen: Mia und Hedda.

Und dann kam Bewegung in die blonde Frau, die sich nicht die Zeit nahm, ihren eleganten Mantel – Sebastian vermutete Kamelhaar – abzulegen, sondern mit Riesenschritten auf Hedda und Mia zuging. Dabei schob sie jene Personen, die nicht schnell genug zur Seite springen konnten, einfach aus dem Weg.

Schließlich war sie bei Hedda angelangt, die immer noch wie eine Steinsäule wirkte. Sogar ihre Gesichtszüge waren maskenhaft.

Die Fremde packte sie bei den Schultern und schüttelte sie kräftig. »Du verdammtes Luder! Ist das deine Rache? Dass du mir meine Tochter abspenstig machst?« Ihre Stimme hallte schrill im Raum wider und mittlerweile war auch das letzte Gespräch verstummt. »Hast du immer noch nicht genug?«

»Mama!« Er zuckte bei diesem Wort zusammen, jedoch mehr schüttelte es ihn bei Mias komplett schockiertem Gesichtsausdruck.

Sie hatte einen Familienstreit beendet, aber hier bahnte sich offenbar ein neuer an. Oder schwelte er ebenfalls schon seit Langem?

Kapitel 23

Mia

Mia befand sich in einem furchtbaren Albtraum. Hedda und ihre Mutter standen wie Kampfhähne einander gegenüber. Ihre Schwester riss die beiden schließlich auseinander. Auf einmal sah sie sich von Familienmitgliedern umringt, ihrem Bruder, ihrer Schwägerin, ihrer Schwester und – o Gott – Patrick!

Was taten alle hier? Weshalb waren sie ihr nachgereist? Es war der 22. Dezember, der Tag der Hochzeit war verstrichen.

Sie zwinkerte ein paarmal, in der Hoffnung, die Szene vor ihr würde sich in Luft auflösen.

Dann fand sie sich überraschend in einer mütterlichen Umarmung wieder. »Mia, es tut mir leid, dass wir dich nicht ernst genommen haben.« Sie löste sich von ihr und sah sie an. »Aber das hier«, ein Nicken zu Tante Hedda, »das geht gar nicht. Du holst deine Sachen aus dem Haus. Wir wohnen im ›Störtebekers‹, da ist auch noch ein Zimmer für dich frei.«

»Was macht ihr alle hier, Mama?« Mia sah ihre Familie der Reihe nach an. »Ihr wolltet doch zum Skifahren nach Schladming?«, sagte sie nun an ihren Bruder gewandt.

»Wir waren noch nie hier im Norden. Die Gelegenheit mussten wir ergreifen«, antwortete stattdessen ihre Schwägerin Renee.

»Was für eine Gelegenheit?« Mia verstand nur Bahnhof. Ihr Blick fiel auf einmal auf Sebastian, der sich den gesamten Abend über von ihr ferngehalten hatte. Nun hätte sie ihn gern an ihrer Seite.

Aber da wollte er gar nicht sein. Und nach dem Auftritt ihrer Familie vermutlich noch weniger.

»Wir können nachher reden, jetzt hol erst mal deine Sachen, wir genehmigen uns hier einen Grog.« Die ruhige Stimme ihres Bruders klang logisch, doch der Inhalt war Mia unbegreiflich.

»Weshalb soll ich denn bei Tante Hedda ausziehen? Ich fühle mich sehr wohl bei ihr.«

»Kind, du kannst nicht irgendwelchen Leuten auf der Tasche liegen.« Die Stimme ihrer Mutter klang, als käme sie direkt aus dem Gefrierfach. »Wir haben dir viel zu lange durchgehen lassen, dass du dem Nichtstun frönst. Du musst lernen, Verantwortung zu übernehmen. Und das bedeutet auch, einen Teil der Kosten zu tragen, die du durch dein unüberlegtes Fernbleiben von der Hochzeit verursacht hast.«

Mia wurde eiskalt. Die überdimensionale Hochzeit, die ihre Schwiegermutter in spe geplant hatte. Ihr wurde übel, wenn sie an das viele Geld dachte. Im Leben nicht konnte sie das zurückzahlen, zumal sie keinen Job hatte. Ihr wurde heiß und sie vermied es, in Patricks Richtung zu sehen.

Da spürte sie auf einmal eine warme Hand, die sich um ihre eisigen Finger schloss. »Es ist nicht Mias Problem, wenn Stornogebühren anfallen, sie hat nichts von dem gewollt oder bestellt.« Hedda sprang für sie ein. »Sie kann so lange bei mir bleiben, wie sie es wünscht.«

»Das könnte dir so passen!« Es war nur ein Zischen. Mia hatte ihre Mutter noch nie dermaßen außer Fassung gesehen. »Sie ist meine Tochter, du hast kein Recht auf sie.«

»Mia ist dreiundzwanzig, also lange schon volljährig. Ihr habt ebenfalls keine Bestimmungsgewalt über sie.« Sie sah zu Mia, die spürte, dass auch Hedda erregt war. Ihr Zittern übertrug sich auf sie. »Wollen wir nach Hause gehen?«

»Sie ist in Salzburg zu Hause«, sagte nun ihre Mutter. »Und genau dorthin werden wir sie zurückbringen.« Sie drehte sich erneut zu Mia. »Überleg es dir gut, Mia. Solltest du an deiner widerborstigen Meinung festhalten, dann bist du in meinem Haus nicht länger willkommen. Und du darfst auch keinen Cent mehr von uns erwarten.«

»Drohst du ihr wie mir damals?«, fragte Hedda.

Rundum war es totenstill geworden. Alle schienen den Familienzwist mit Spannung zu verfolgen.

Mia wurde es zu viel und sie rannte aus dem Lokal.

Die eiskalte Luft, die sie empfing, nahm sie kaum wahr, während sie Richtung Meer lief.

»Mia«, hörte sie hinter sich.

Sebastian.

Sie blieb stehen.

»Bist du wahnsinnig, ohne Mantel hinauszurennen?« Er half ihr in ihre gefütterte Jacke und sie fühlte sich gleich besser. Auch Mütze und Schal hatte er mitgebracht.

»Danke.«

Er nahm sie überraschend in die Arme und sie schmiegte sich hinein. »Deine Familie?« Es klang nur halb wie eine Frage, denn schließlich war es offensichtlich.

»Ja. Ich verstehe nicht, weshalb sie alle komplett angereist sind. Normalerweise arbeiten sie auch am Heiligen Abend bis kurz vor der Bescherung.«

»Offenbar ist es ein Zwist zwischen deiner Tante und deiner Mutter.«

»Ja, Hedda wollte mir nichts erzählen.«

Sebastian schob sie von sich und legte seine Arme auf ihre Schultern. »Mia, erinnere dich, wozu du fähig bist. Bring sie dazu, miteinander zu reden.«

»Du glaubst doch nicht, dass meine Mutter mich ernst nehmen würde? Ich bin die Loserin der Familie, schon vergessen?«

»Das bist du nur, wenn du dich selbst so siehst. Mia, du bist mit Joris und Rolf fertig geworden. Niemand hat das geschafft, in Jahrzehnten nicht. Du bist dafür geschaffen, Leute zum Reden zu bringen. Vielleicht gibt es eine Versöhnung, vielleicht einen Kompromiss und vielleicht ändert sich danach auch nichts. Aber wenn du es nicht versuchst, wirst du es nie wissen.«

Energie durchströmte sie. »Du hast recht.« Dann drückte sie sich erneut an ihn. »Hast du deine Meinung geändert, Sebastian?« Sie wartete seine Antwort nicht ab und küsste ihn.

Er erwiderte ihren Kuss. Es war so gut. Sie wünschte sich, dass es niemals enden möge.

Doch dann spürte sie, dass sich etwas veränderte. Sebastian löste sich sanft von ihr. »Es tut mir leid, Mia, aber ich kann es nicht. Ich darf es nicht.« Damit drehte er sich um und verließ sie.

Einfach so.

Sie sah ihm nach, bis sie ihn in der Dunkelheit nicht mehr erkennen konnte. Ihr Hals kratzte und sie schlang die Arme um sich.

»Mia?«

Ihre Vergangenheit hatte sie eingeholt. Langsam drehte sie sich zu Patrick um.

»Weshalb bist du gekommen?«, fragte sie leise. »Den ganzen weiten Weg?«

»Ich dachte, wir beide hätten noch eine Chance.«

»Ich habe die Hochzeit sausen lassen.«

»Ja.« Er wischte mit der Hand durch die Luft. »Ich hätte mehr auf dich hören sollen. Und ich habe dich vernachlässigt in den letzten Wochen und das tut mir leid. Als ich hörte, dass du weg warst, da war alles so leer.« Er wirkte verloren, wie er mit gesenktem Kopf vor ihr stand. Zudem schien er zu frieren, sein schicker Mantel war dem Wind nicht gewachsen. Das erinnerte sie an ihre eigene Ankunft.

War das wirklich erst vier Wochen her? Ihr wurde nun richtig bewusst, dass sie hier heimisch geworden war.

»Gibt es einen Ort, wo wir beide reden können? Wo es wärmer ist?«

Sie nickte Richtung Dorf. »Ich kenne eine kleine Bar. Um die Zeit ist es nicht mehr so voll.«

Und so saßen sie sich keine Viertelstunde später in der schummrigen *Hayde* gegenüber. Sie bestellten heißen Tee mit Rum und warteten beide, dass der andere das Wort ergriff.

»Deine Mutter ist bestimmt sauer auf mich.«

»Oder erleichtert.« Patrick grinste schief. »Sie wollte nie, dass ich dich heirate.«

»Das hat sie mir mehr als deutlich gemacht.«

»Auch ein Punkt auf meiner schwarzen Liste. Ich habe das zu wenig beachtet und gedacht, ihr werdet schon irgendwann klarkommen.«

»Sie hat praktisch sämtliche Hochzeitsarrangements allein getroffen, sogar das Kleid hat sie ausgesucht.«

»Es hat ihr so viel bedeutet.«

»Das, was deine zukünftige Frau möchte, hätte dir mehr bedeuten müssen.«

»Ich hätte dich unterstützen sollen.« Er seufzte und sah hoch, als die Bedienung die heißen Getränke servierte.

»Ja.« Mia öffnete die Zuckerpackung und schüttete sich das Tütchen in den Tee. »Aber es war dir nie wirklich wichtig. Ich war es nicht. Du hast schon eine Braut, nämlich deine Arbeit.«

Patrick schwieg und rührte in seinem Tee, obwohl er keinen Zucker hineingestreut hatte.

»Und es war für dich auch nie von Bedeutung, ob ich studierte oder sonst was tat. Ich war für dich ein Dekorationsstück, das du immer dann aus der Schublade holtest, wenn du es brauchen konntest.«

Er zuckte leicht zusammen. »Am Anfang warst du zufrieden, dass ich dich zu nichts gedrängt habe.«

»Ja, das stimmt. Ich war den Druck von meiner Mutter los, endlich eine Ausbildung zu beenden. Von da an galt ich als versorgt, denn du wolltest mich heiraten und damit hätte ich ausgesorgt bis an mein Lebensende. Und, ja, am Anfang hätte ich mir das vorstellen können. Ich war verknallt in dich, Patrick, und ich fühlte mich geschmeichelt, dass so ein weltgewandter Mann wie du sich für mich interessierte. Meine gesamte Familie sah mich plötzlich mit anderen Augen, ja, am Anfang habe ich es genossen. Aber dann rückte der Hochzeitstag näher und ich fühlte mich immer eingeengter, ich konnte kaum noch atmen. Niemand hat mich ernst genommen. Und ich wusste, dass ich dich nicht liebe.« Sie schluckte und griff nach seiner Hand. »Nicht so, wie du es verdient hättest, verstehst du? Sei ehrlich, Patrick, umgekehrt war es genauso. Auch deine Liebe zu mir ist nicht unendlich.«

Er legte den Löffel hin. »Ich habe gehofft, dass es klappt, Mia. Aber in der Sekunde, als ich die Kneipe betrat und die Blicke sah, die du mit diesem Mann gewechselt hast, da wusste ich Bescheid.« Ein heftiges Kopfschütteln. »Es war nicht der Kuss, obwohl ich da die endgültige Bestätigung hatte. Deine Augen haben mich überzeugt. Mich hast du kein einziges Mal so angesehen, nicht einmal am Anfang unserer Beziehung, wo wir noch beide geglaubt haben, dass wir zusammenbleiben.«

Er beschrieb ihre Emotionen für Sebastian auf den Punkt genau.

Sie blieb ihm die Antwort schuldig, erst nach einer Minute sprach er weiter.

»Ich weiß das deswegen so deutlich, weil auch ich einmal so bedingungslos und grenzenlos geliebt habe.«

Mia zog ihre Hand zurück und beugte sich vor. »Das hast du mir nie erzählt.«

»Ich dachte, es wäre nicht mehr von Bedeutung, ist lange her.« Er zögerte. »Das war, als ich noch zur Schule ging. Zu der Zeit war ich dünn, nicht schlank, sondern dürr und komplett unsportlich. Ich hatte damals schon eine Brille und schiefe Zähne, also kurzum, ich war alles andere als ein Mädchenschwarm. Sie war in meiner Klasse, trug eine Zahnspange und wir lernten oft zusammen. Und sie schien mich anzuhimmeln. Wir waren siebzehn, als wir den ersten Sex hatten, und für mich war alles wunderbar. Nach der Matura zog es uns beide nach Wien zum Studium. Wir lebten aus Kostengründen in einer WG mit vier weiteren Bewohnern, zwei Mädchen und zwei Burschen. Sie hat sich in einen anderen verguckt, damit war mein Traum vom gemeinsamen Leben zu Ende.«

»Das tut mir leid.«

»Ich habe gelitten wie ein Hund. Man mag sagen, dass das lächerlich ist, aber bei keinem anderen Mädchen hatte ich jemals wieder dieses Hochgefühl.« Er nippte an seinem Tee. »Als ich dich traf, war ich geblendet von deiner Ausstrahlung und ich musste dich kennenlernen. Ich fand dich toll und die Gefühle, die ich für dich empfinde, kommen dem damaligen Höhenflug sehr nahe.«

»Aber sie sind nicht ganz so tief, nicht wahr?«
»Nein.«

Mia hätte gekränkt sein müssen. Überrascht war sie nicht. Patrick war zum ersten Mal ehrlich zu ihr. »Wir hatten von Anfang an nur eine verschwindend geringe Chance.« Sie lächelte. »Aber gib nicht auf, irgendwann kommt deine Traumprinzessin, du wirst sehen.«

»So wie du deinen Prinzen gefunden hast?«

Sie sah auf ihre Tasse, »Nein, leider nicht.«

»Warum? Zwischen euch prickelt es wie Champagner.«

Es überraschte sie, dass Patrick das so deutlich bemerkt hatte. Mia hatte ihn immer als spröden Bürohengst eingeschätzt.

»Ja. Ich bin verliebt bis über beide Ohren. Wir kennen uns erst seit kurzer Zeit, aber ich schäume über. Doch Sebastian will uns keine Chance geben, wegen seiner Vergangenheit.«

»So einen Unsinn habe ich noch nie gehört. Ich habe seine Blicke gesehen, du müsstest ein Loch in deinem Körper haben, sosehr hat er gebrannt.«

»Das gibt er ja auch zu. Aber er denkt, dass er kein Recht darauf hat, glücklich zu sein.«

»Warum?«

»Das kann ich dir leider nicht sagen, ich will sein Vertrauen nicht missbrauchen.«

»Das verstehe ich.« Er setzte die Tasse an und nippte an dem heißen Getränk.

Das schlechte Gewissen kam in ihr hoch. »Patrick, war es sehr schlimm, die Hochzeit abzusagen?«

Er lächelte. »Nein. Meine Eltern haben zwar überrascht, aber doch mit einer unbestreitbaren Erleichterung reagiert. Die Absagen hat Mutter per E-Mail verschickt. Sie konnte die Arrangements mit geringen

Stornogebühren canceln, ich denke, das kann ich verschmerzen. Du hättest keinen armen Mann geheiratet.«

Sie nickte. »Dennoch wäre ich nicht glücklich geworden. Und du vermutlich auch nicht. Du hast mich nie an deinen Fällen teilhaben lassen.« Sie hob die Hand. »Ich weiß, die Verschwiegenheitspflicht. Aber du hättest ja keine Namen nennen müssen.«

»Ich wusste nicht, dass es dich interessiert. Gerade letzte Woche ...«

Auf einmal fanden sie einige Gesprächsthemen, es war bereits nach eins, als Patrick auf die Uhr sah.

»Was hat meine Mutter vor?«, fragte sie.

»Sie hatte nicht wirklich einen Plan. Als sie erfuhr, dass du bei ihrer Schwester bist, ist sie fast durchgedreht. Ich habe mich bereit erklärt, mitzufahren. Deine Geschwister haben sich angeschlossen, sodass wir uns beim Fahren abwechseln konnten.«

»Ihr seid durchgefahren?«

»Wir sind gleich in der Früh losgefahren. Deine Mutter war übrigens während der gesamten Autofahrt total nervös. Offenbar muss zwischen ihrer Schwester und ihr etwas vorgefallen sein.«

Jetzt wurde es wirklich Zeit, dass Mia herausfand, was es war.

Kapitel 24

Sebastian

Sebastian war nach dem Kuss komplett aufgewühlt und beschloss, noch einmal mit Simba hinauszugehen. Die war sofort begeistert dabei, obwohl es mitten in der Nacht war.

Verdammt, warum war es nur so schwer, Mia zu widerstehen? Nicht mehr lange, beruhigte er sich selbst. Ihre Mutter wollte sie mit nach Hause nehmen und vermutlich würde sie bald Erfolg haben. Dann würde er sie in seinem Leben nicht wiedersehen.

Es tat weh.

Simba hüpfte neben ihm her, sie wartete wohl darauf, Richtung Meer zu gehen und frei laufen zu dürfen. Aber Sebastian lief lieber durch den Ort mit der Weihnachtsbeleuchtung, am dunklen Strand könnte sich der Hund womöglich verletzen.

Eine gute Stunde spazierte er die schmalen Gassen von Büsum ab, als er beim *Hayde* vorbeikam, entschloss er sich, noch einen heißen Absacker zu nehmen. Dann könnte er eventuell besser schlafen.

Er öffnete die Tür und stand im kleinen verglasten Vorraum mit Blick auf den Gastraum.

Nein!

Er erstarrte. Mia saß hier mit ihrem Ex und hielt seine Hand.

Wenn das keine Versöhnung war!

Ohne zu überlegen, machte er kehrt und zog einen widerwilligen Hund mit hinaus. Vermutlich hätte Simba sich auch gern aufgewärmt.

»Tut mir leid«, sagte er zu ihr. »Aber hättest du geglaubt, dass sie sich wieder mit dem Kerl versöhnt? Einem Mann, der ihr Vater sein könnte? Von wegen verliebt in mich, pah, das kann sie dem Weihnachtsmann erzählen.«

Er redete und schimpfte den gesamten Weg nach Hause, obwohl Simba einmal vorn und einmal hinten lief und offenbar für seine Probleme kein Ohr hatte.

Und dann fragte er sich, weshalb er so enttäuscht war.

Er wollte Mia schließlich auch nicht.

Und jetzt schon gar nicht mehr.

Dennoch kam er bereits am nächsten Tag wieder unfreiwillig mit Mia und ihrer Familie in Berührung. Es war Samstag und Tobias war bei seinem Freund, sie wollten zusammen eine Drohne basteln. Sebastian hatte beschlossen, sich einen ruhigen Tag zu gönnen, doch die Fachliteratur, mit der er sich beschäftigen wollte, konnte ihn nicht richtig packen.

Die Szene mit Mia und Patrick ging ihm nicht aus dem Kopf.

Sein Handy klingelte. Antje. Ihre Stimme klang aufgeregt. »Sebastian, du musst ins Geschäft kommen. Hedda und ihre Schwester bringen sich um.«

Hinten hörte er etwas scheppern.

O Gott, zerlegten die zwei Furien den Laden?

»Wo ist Mia?« Sie war doch nicht noch immer mit ihrem Kerl im Hotelzimmer? Für Sebastian stand unzweifelhaft fest, wo die beiden den Abschluss ihrer Versöhnung gefeiert hatten.

»Sie ist hier, aber sie kann sich nicht durchsetzen.«

»Und die anderen?«

»Es ist niemand sonst hier. Auch keine Kunden, die haben sie verscheucht. Lisa hat nach der Verlobungsfeier einen freien Tag genommen. Bitte komm rasch, hier ist bereits einiges kaputt.«

So schnell war Sebastian noch nie zuvor angezogen gewesen, Simba sprang an ihm hoch. In den Laden nahm er sie nicht gern mit, zu leicht könnte sie mit dem Schwanz zerbrechliche Stücke aus den Regalen fegen.

Allerdings hatten die beiden Damen das offenbar ohnehin schon getan und Simba sah ihn bettelnd an.

Zusammen rannten sie förmlich Richtung Fußgängerzone.

Es bot sich ein schauerliches Bild, das bereits eine ganze Menschentraube angelockt hatte. Hedda und Mias Mutter wälzten sich am Boden, rundum waren zahlreiche zerbrochene Figuren, die von einem umgeworfenen Regal stammten.

Er trat ein. Automatisch fiel sein Blick auf Mia, deren Mund weit aufgerissen war. Tränen glänzten in ihren Augen. Seine Großmutter hatte sich hinter der Kasse in Sicherheit gebracht. »Gut, dass du endlich da bist.«

Simba bellte laut.

Mit drei Schritten war er bei den Kämpferinnen, zog sie auseinander und bemühte sich um einen scharfen Tonfall. »Jetzt beruhigen wir uns alle mal.«

Die beiden sahen derangiert aus. Heddas Kurzhaarfrisur stand in alle Richtungen und ein Kratzer zierte ihre Wange, während das Make-up ihrer Schwester sich über das gesamte Gesicht verteilt hatte. Zudem schien sie Hunde nicht zu mögen, denn als sie Simba sah, sprang sie auf und trat ein paar Schritte zurück, ließ die Hündin nicht aus den Augen.

»Es wird Zeit, dass ihr redet.« Mia sah blass aus, aber ihrer Stimme merkte man nichts an.

Antje ging zur Eingangstür und drehte das Schild um. Sebastian warf den zahlreichen Menschen, die sich am Glas die Nase plattdrückten, böse Blicke zu. Seine Großmutter riss die Tür auf. »Es gibt nichts mehr zu sehen«, blaffte sie. »Verzieht euch. Heute ist das Geschäft geschlossen.« Damit schlug sie die Tür wieder zu und drehte den Schlüssel im Schloss. »Mia, du nimmst deine Verwandtschaft ins Hinterzimmer, wir haben Tee oder Kaffee und dann wird reiner Tisch gemacht.«

Mia nickte und zog ihre Mutter nach hinten. »Ich wusste gar nicht, dass du so kämpfen kannst, Mama. Magst du eine Tasse Tee?«

»Ich will, dass du mit nach Hause kommst.« Klang da ein Schluchzen in der Stimme? »Du verstehst nicht, was es für mich bedeutet, dass du ausgerechnet bei dieser Frau bist.«

Sebastian half nun Hedda auf. »Ihr müsst reden«, sagte er sanft.

»Reden hilft nicht immer.« Hedda rückte ihre Brille gerade. »Ist der Kratzer tief?«

Er beugte sich vor. »Oberflächlich, eine Narbe wird nicht zurückbleiben.«

»Dafür brennt es wie die Hölle.« Dann folgte sie Mia und deren Mutter.

»Hoffentlich gibts eine Versöhnung.« Antje sah seufzend auf das Durcheinander.

»Ich helfe dir.« Sebastian bückte sich und begann, die unversehrten Figuren und Stücke aufzusammeln. »Weißt du eigentlich, worum es geht?«

Sie schüttelte den Kopf. »Hedda hat mir nie Genaues erzählt.«

Er warf einen Blick auf Simba, die sich brav in die Ecke gelegt hatte. Die Tür zum Hinterzimmer stand offen und er konnte jedes Wort verstehen.

»Was ist damals passiert?«, hörte er Mia ruhig fragen.

»Vielleicht möchtest du es nicht hören?«, fragte Hedda. Ihre Stimme klang wie ein Schlüssel, der sich in einem rostigen Schloss drehte.

»Doch, das möchte sie. Denn dann können wir zurückfahren und den Heiligen Abend zu Hause verbringen.«

»Mama, ich werde nicht heimfahren, bevor die Sache hier nicht geklärt ist.«

»Schämst du dich, Daggi?« Heddas Stimme war leise, kein Hohn oder Sarkasmus war daraus zu hören.

»Nenn mich nicht so.«

»Weshalb? Wirst du dann daran erinnert, welche Einheit wir beide einmal waren?« Ein Seufzen.

»Lauschst du etwa?« Antje hatte sich zu ihm gebeugt. Er lächelte und legte den Finger auf seine Lippen.

»Einheit!« Es kam bissig. »Mia, du musst wissen, dass deine Tante einfach ein Luder ist.«

»Wer hat denn der anderen den Freund ausgespannt?« Heddas Tonfall klirrte nun vor Kälte. »Erwin war damals meine große Liebe. Du hättest alle haben können, warum musste es ausgerechnet mein Freund sein?«

Kapitel 25

Mia

Hatte Mia das richtig verstanden? Ihre Tante hatte mal etwas mit ihrem Vater gehabt? In ihrer Verlegenheit hantierte sie mit Wasserkocher und Teetassen und war froh, eine Beschäftigung zu haben. Es war wohl besser, wenn sie sich vorerst nicht einmischte.

»Er hat überhaupt nicht zu dir gepasst. Erwin war ein ernsthafter Mensch, du hast ihm mit deiner flippigen Art den Kopf verdreht.«

»Ach ja?« Hedda stand nun auf und Mia erhaschte mit einem schrägen Blick, dass sie sich vor ihrer Mutter aufgebaut hatte, die Hände in die Seiten gestemmt. »Du warst die Schönere und Gescheitere von uns, du konntest jeden Mann haben, aber nein, du musstest mir Erwin wegnehmen.«

»Ich hatte mich in ihn verliebt«, fuhr ihre Mutter auf. »Du ahnst gar nicht, was es bedeutet, wenn man den Freund seiner Schwester liebt und Hemmungen hat, das zu sagen.«

»Na, deine Hemmungen hast du ja wohl schnell abgeworfen.«

»Mit mir konnte er über zahlreiche Themen reden, von denen du keine Ahnung hattest.«

»Klar, ich war ja auch die Dumme in der Familie. Das habt ihr mir alle immer deutlich gesagt. So, wie ihr es mit Mia gemacht habt.«

»Lass Mia aus dem Spiel!« Mia fing einen Blick ihrer Mutter auf, den sie kaum deuten konnte. Verzweiflung? Schuld? Das Wasser kochte und sie goss es in die Kanne mit der Teemischung.

»Nein, das tue ich nicht. Als Mia vor vier Wochen hier aufgetaucht ist, war sie zerbrochen und verzweifelt. Und das ist deine Schuld. Erwin hätte eine Frau wie mich gebraucht, die ihn aus seiner Starre holt. Das ist mir auch in den Monaten gelungen, in denen wir ein Paar waren. Mit dir ist er wieder der überkorrekte, penible Kerl geworden, der er vor unserer Liebe war.«

»Du hast Tante Hedda den Freund ausgespannt?« Mia konnte immer noch nicht fassen, was sie gehört hatte. Sie stellte die Tassen auf den Tisch. »Papa war zuerst mit dir zusammen?«, fragte sie nun Hedda direkt.

Diese nickte. »Er war meine große Liebe, wir waren im siebten Himmel. Er konnte bei mir endlich er selbst sein, nicht der steife Mann, zu dem er wieder mutiert war.«

»Das ist doch alles Humbug!« Ihre Mutter war bleich und spielte mit ihren Fingern. »Ist es nicht. Als ich ihn bei Papas Beerdigung wiedersah, da war er total ernst und grimmig geworden.«

»Weil es eine Beerdigung war?«

»Nein, du hast sämtliche Lebensfreude aus ihm herausgesaugt.«

»Das ist deine Meinung, doch sie entbehrt jeglicher Grundlage.« Ihre Mutter hatte zu ihrem überlegen kalten Ton zurückgefunden.

»Moment mal!« Mia hob beide Arme. »Ich muss das auf die Reihe kriegen. Du, Mama, hast deiner Schwester den Mann ausgespannt.«

»Das hat sie.« Heddas Stimme klang grimmig.

»Aber der Brief, den ich gefunden habe, der, den Tante Hedda nach dem Tod ihres Mannes geschrieben hat, in dem bittet sie dich um Verzeihung und man möge doch die Vergangenheit ruhen lassen, nicht wahr? Da muss noch etwas passiert sein.« Mia schenkte Tee in die Tassen ein und holte die Zuckerdose aus dem Regal.

»Deine Tochter ist schlau.« Hedda zeigte ein schiefes Lächeln. »Sie muss entstanden sein, als ihr euch wieder versöhnt habt.«

»Das geht dich nichts an. Sag Mia lieber, was du getan hast. Dann wird sie bestimmt nichts mehr mit dir zu tun haben wollen.«

»Ich war wütend, weil du mir Erwin ausgespannt hattest.« Hedda sah nun Mia direkt an. »Er kam nach wie vor zu uns ins Haus, saß bei unseren Eltern, nur dass er nun Daggis Freund war, nicht mehr meiner. Und meine Eltern fanden das auch noch normal. Er war schließlich ein Studierter und da passte meine gescheite Schwester wohl besser zu ihm. Erwin veränderte sich vor meinen Augen; vom lebenslustigen Mann entwickelte er sich zum Spießer.«

»Das war immer schon sein Naturell. Du hast ihn während eurer Freundschaft komplett verbogen, das hat er mir gebeichtet.«

»Aber das Wesentliche hat er nicht ausgepackt.«

»Was war das?« Mia hatte Mühe, das Ganze zu verdauen. Schade, dass ihr Vater tot war, sie hätte ihm sehr gern einige Fragen gestellt.

Vermutlich würde sie weder von Hedda noch von ihrer Mutter die Wahrheit hören, sondern nur deren Blickwinkel der Geschichte.

»Deine Tante hat deinen Vater in seinem Büro verführt, als wir schon lange ein Paar waren.« Die Stimme ihrer Mutter klang schrill.

»So war es nicht.« Hedda verschränkte ihre Arme. »Ihr wart ein halbes Jahr zusammen, da hattet ihr Streit. Erwin hat mich angerufen und mich angefleht, zu ihm zu kommen. Er wollte mit dir Schluss machen.«

»Du lügst.« Ihre Mutter war noch niemals so bleich gewesen. »Nein. Ich Idiotin bin in seine Kanzlei. Er hat mich umarmt, und ich dachte wirklich, er wollte zu mir zurück.« Hedda hatte nun Tränen in ihren Augen. »Wir haben es auf seinem Schreibtisch getan, es war billig und schmutzig. Ich habe mich danach elend gefühlt.«

»Das hast du mir nie erzählt.«

»Nein, ich war zu stolz dazu.« Hedda sah zu Mia. »Es war dumm von mir, mich noch einmal mit ihm einzulassen. Ich glaube, Erwin hätte uns am liebsten beide gehabt.«

Mias Hals wurde eng. Sie hatte ihren Vater immer geliebt, auch wenn er selten zu Hause gewesen war. Nun hatte sich ihr eine Seite von ihm offenbart, die sie nicht gutheißen konnte.

»Ich habe mir dann ein Zugticket gekauft und wollte in Norddeutschland neu anfangen. Möglichst weit weg von Salzburg. Bereits wenige Tage später war ich auf dem Weg. Ich kam erst wieder zur Beerdigung unseres Vaters, das war elf Jahre später. Mit Walter, ich war schon verheiratet. Deine Geschwister waren auf der Welt, du noch nicht. Deine Mutter benahm sich ausgesprochen liebenswürdig, da wusste ich, dass Erwin ihr die Schreibtisch-Nummer verschwiegen hatte.«

»Wie hat sie es dann erfahren?«

»Ich habe Erwin zur Rede gestellt. Dein Vater hatte sich verändert, Mia. Er hatte anscheinend wirklich sein Glück mit deiner Mutter gefunden, so wie ich mit Walter. Aber deine Mutter ist dazugekommen und hat mich beschimpft. Sie hat die Szene missverstanden.«

»Ich dachte, du wärst eben erst mit meinem Mann ...« Ihre Mutter schüttelte den Kopf. »Erwin hat es danach richtiggestellt, aber du warst schon weg. Trotzdem wäre unsere Ehe bald zerbrochen.«

»Das tut mir sehr leid, Daggi, das wollte ich nicht.«

»Ihr habt euch doch versöhnt, Papa und du.« Mia formulierte es nicht als Frage, es war schließlich offensichtlich.

Dagmar schluchzte nun auf. »Es hat ein paar Wochen gedauert. Und ich hatte trotzdem stets das Gefühl, dass ich Erwin nie ganz glücklich gemacht habe. Vermutlich wollte er dich noch immer.«

»Er hat mich deinetwegen verlassen.« Hedda schüttelte den Kopf. »Hast du deswegen nie auf meinen Brief geantwortet? Hattest du nach so langer Zeit immer noch Angst, ich könnte dir den Mann wegnehmen?«

»Ich hatte zeitlebens ein schlechtes Gewissen, weil ich ihn dir ausgespannt habe.« Die Stimme ihrer Mutter brach. »Und ja, das Gefühl, dass er irgendwann seinen Wechsel zu mir bereuen könnte, das war immer da.«

Mia sah von ihrer Mutter zu Hedda und wieder zurück. Was für eine Story! Dann schoss ihr eine Idee in den Kopf. »Mama, war ich das Versöhnungskind? Bin ich deswegen so eine Nachzüglerin?«

Die Wangen ihrer Mutter färbten sich rot, Hedda schmunzelte und griff nach der Hand ihrer Schwester.

Beide sahen verlegen auf ihre Tassen.

»Das ist ja aufregend.« Mia lachte, es kam aus ihrem tiefsten Inneren. »Wenn die Schreibtischsache nicht passiert wäre, dann wäre ich nie geboren worden. Zudem sehe ich Tante Hedda ähnlich, nicht wahr?« Mia zeigte zum Himmel. »Das ist ein deutliches Zeichen. Papa ist seit fünf Jahren tot.« Mias Stimme zitterte leicht. »Aber ihr seid es nicht. Und diese Feindschaft macht euch krank, alle beide.«

Ihre Mutter hatte Tränen in den Augen, Tante Hedda schluchzte offen. »Das Schicksal hat Mia hierhergebracht. Ist das nicht ein Zeichen?« Mias Blick fiel auf die Hände der Schwestern, die sich immer mehr miteinander verflochten.

Die Szene rührte Mia so, dass ihr Hals eng wurde.

»Wisst ihr, was ich mir wünsche? Dass wir zusammen hier Weihnachten feiern. Was wollt ihr den weiten Weg zurückfahren? Morgen ist der Heilige Abend und das ist ein Familienfest. Ich würde es gern mit euch allen verbringen.«

»Was ist mit Patrick?« Ihre Mutter legte den Kopf schief.

»Wir haben uns ausgesprochen.« Mia stand auf. »Ich denke, er wird mit uns feiern.«
Und vielleicht wäre Sebastian auch dabei ...

Kapitel 26

Sebastian

Sebastian hatte genug gehört. Sie würden alle zusammen feiern, die Versöhnung der Schwestern und die neue alte Liebe von Patrick und Mia.

Während er und Antje gelauscht hatten, hatten sie die größte Unordnung beseitigt und seine Großmutter hatte mit dem Besen die Scherben zusammengefegt. Er holte sich seine Jacke.

»Simba, komm!« Die Hündin kam schwanzwedelnd auf ihn zu, gerade im letzten Moment konnte er verhindern, dass er eine Glasvase vom Regal fegte.

Scherben hatte es heute weiß Gott genug gegeben.

Am Heiligen Abend hatte Sebastian Bereitschaftsdienst, davon zwei Stunden am Nachmittag direkt in seiner Praxis. Ein paar Kleintiere hatte er behandelt, jedoch großteils blieb es ruhig.

Als er nach Hause kam, fiel ihm sofort der festlich gedeckte Tisch auf, eindeutig für mehr als die drei Personen, die sie waren.

»Was ist denn hier los?«

Antje streckte ihren Kopf aus der Küche. »Wir feiern heute mit Mia und ihrer Familie.«

»Wie bitte? Was soll denn das!« Zorn stieg in ihm auf. Sollte er etwa zusehen, wie Patrick und Mia turtelten?

Das war wohl zu viel verlangt.

»Sebastian, Tobi freut sich so, du weißt ja, wie sehr er Mia mag. Und es wird Zeit, dass es zu Weihnachten wieder etwas turbulenter zugeht.«

»Du hättest mich fragen können«, fuhr er sie heftig an.

»Was ist los mit dir?« Sie wirkte überrascht. »Du bist doch sonst nicht so ungesellig.«

»Ich habe absolut keine Lust auf diverse Gäste.« Es hörte sich sogar in seinen eigenen Ohren eigenartig an. Wie ein trotziges Kind. »Dann werde ich Irene anrufen und mit ihr Weihnachten feiern.«

Antjes Gesicht fiel fast auseinander. »Das ist nicht dein Ernst.«

»Doch.« Sebastian griff zu seinem Handy.

»Erwartest du, dass ich alle auslade?« Sie schüttelte den Kopf. »Das kann ich Hedda nicht antun. Sie hat zu wenig Platz in ihrem Haus und ich freue mich, dass unsere Stube endlich mal wieder ausgefüllt wird.«

»Seit wann bist du so eine Partymaus? Und überhaupt, wird dir das alles nicht zu viel?«

»Ich habe damit gerechnet, dass ihr mir helft, du und Tobi. Mia und Hedda kommen etwas früher und bringen ein paar Speisen mit. Es wird sehr gemütlich werden.«

Kurz hatte er ein schlechtes Gewissen, doch seine Wut überwog. »Du hättest vorher fragen können.«

Er war kein Märtyrer. Mia und Patrick, das würde er sich nicht ansehen. Auch wenn es Patrick nicht gäbe, wollte er nicht noch einmal in Versuchung geraten. Vom Schlüsselbord angelte er seine Autoschlüssel. »Einen schönen Heiligen Abend.«

»Sebastian«, rief ihm Antje nach. Doch er war zu stur, sich umzudrehen.

Erst als er im Wagen saß, fragte er sich, wohin er überhaupt wollte. Zu Irene, das war natürlich keine Option. Er war froh, dass sie ihre Nachstellungen aufgegeben hatte.

Schließlich fuhr er Richtung Praxis.

Mit vorgetäuschtem Eifer arbeitete er Schreibkram auf. Dennoch zog sich die Zeit. Es war erst sechs Uhr abends. Wie lange musste er sich hier verkriechen, bis Hedda mit ihrer Sippe verschwunden wäre?

Elf Uhr? Mitternacht? Ob er hier auf der Liege übernachten sollte?

Bequem war anders, zudem war die Liege, die ihm als Untersuchungstisch diente, auch zu kurz. Sie war ja nur für Hunde, Katzen und sonstige Kleintiere konzipiert.

Das Handy klingelte und zu seiner Überraschung meldete sich Mia. »Sebastian, möchtest du nicht doch herkommen?«

»Nein, ich habe es hier gemütlich.«

»Du bist also wirklich bei dieser Irene von Aldersna?« Ihre Stimme wurde heftiger. »Denkst du, mit ihr wirst du glücklich?«

»Sie erwartet nur Sex, sonst nichts.« Als er Mia erstickt seufzen hörte, hätte er die dumme Bemerkung am liebsten zurückgenommen. »Außerdem ...«, die Klingel zu seiner Praxis unterbrach ihn. Er öffnete das Fenster und sah hinunter. »Wir haben heute geschlossen«, sagte er.

»Du bist in der Praxis?«, fragte Mia sofort.

»Nur kurz, ich musste etwas holen«, log er. »Ich wünsche dir noch einen schönen Abend.«

Natürlich öffnete er die Tür und verschrieb Frau Nolte ein Mittel gegen die Darmbeschwerden ihres Dackels.

Eine halbe Stunde später klingelte es erneut. Hoffentlich sprach sich nicht herum, dass er einsam in der Praxis saß. Er wollte nicht zum Gespött der Leute werden.

Mit dem Mann, der nun unten stand, hatte er allerdings nicht gerechnet.

Patrick.

Was wollte er hier?

»Hallo, Sebastian, ich möchte mit dir reden.«

Wollte er das? Und wieso duzte ihn der Kerl? Die Neugierde siegte, er öffnete die Tür.

Der Typ ist viel zu alt für Mia, ging es ihm durch den Kopf. Er sah zwar gut aus und wirkte dynamisch, doch die Fältchen rund um seine Augen sowie die Zahnkronen bewiesen, dass er nicht mehr ganz jung war.

»Ich bin Patrick Altenstein.« Er reichte Sebastian die Hand. »Ist es in Ordnung, wenn wir uns duzen? Es redet sich unkomplizierter.«

»Ich habe zwar keine Ahnung, worüber wir zu plaudern hätten, aber das Du ist okay. Habt ihr euch wieder versöhnt, du und Mia?«

Verdammt, weshalb fragte er das? Das klang ja richtig erbärmlich.

»Wenn du damit meinst, ob wir uns ausgesprochen haben, dann ja.« Patrick schälte sich aus seiner gefütterten Jacke und hängte sie auf den Garderobenhaken. Sebastian verfolgte das mit gerunzelter Stirn. Es wirkte, als ob Mias Verlobter es sich hier gemütlich machen wollte.

»Ist das hier das Wartezimmer?«

»Ja. Aber du bist bestimmt nicht gekommen, um eine Besichtigung meiner Praxis zu genießen.«

»Nein. Ich möchte mit dir über Mia reden.«

»Sie ist deine Verlobte.« Sebastian bemühte sich um einen gleichgültigen Tonfall. Ob Mia ihm die Nacht mit ihm gebeichtet hatte? Er würde es bestimmt nicht ansprechen, das sollten die zwei unter sich ausmachen.

»Sie hat die Hochzeit abgesagt, wenn du dich erinnerst. Sie hätte vorgestern stattfinden sollen.« Patrick ließ sich auf einen der Wartezimmerstühle fallen.

»Das heißt, ihr werdet nun einen neuen Termin ansetzen.«

»Du lässt nicht locker, was?« Patrick hob seine Arme. »Wir werden nicht heiraten. Und das ist die richtige Entscheidung. Wir haben beide Partner verdient, die uns lieben. Und Mia hat ihren schon gefunden.«

Wie bitte?

Sebastian musste einen dämlichen Gesichtsausdruck aufgesetzt haben, denn Patrick lachte los. »Du solltest dich im Spiegel sehen! Sebastian, Mia hat sich in dich verliebt. Und, so wie du sie ansiehst, liebst du sie ebenfalls. Wo ist das Problem?«

Sebastian holte tief Luft, schwieg jedoch. Die Erleichterung, die ihn durchflutete, schwächte ihn richtiggehend und so ließ er sich Patrick gegenüber auf einen Stuhl sinken.

Aus der Perspektive des Wartezimmers hatte er seine Praxis noch nie gesehen, aber auch jetzt hatte er keinen Blick dafür.

Patrick beugte sich vor, stützte sich mit den Ellbogen auf den Knien ab und verflocht seine Finger miteinander. »Weshalb willst du euch beiden keine Chance geben?«

Sebastian seufzte. »Darüber möchte ich nicht sprechen.«

»Willst du weiter deiner Vergangenheit so viel Raum geben und die Zukunft verkümmern lassen?«

Bitterkeit stieg in Sebastian hoch. Hatte Mia mit ihrem Ex über Wiebke gesprochen? »Was hat Mia dir erzählt?«

»Nichts.« Patrick lehnte sich zurück und hob beide Hände mit den Handflächen zu Sebastian. »Mia würde niemals dein Vertrauen missbrauchen. Sie sagte lediglich, dass du eine schwere Last mit dir trägst. Glaube mir, das sind ganz schlechte Ratgeber.«

»Du weißt nicht, was ich getan habe.«

»Nein, aber es kann nicht so schlimm gewesen sein, sonst säßest du im Gefängnis.«

»Nicht jedes Unrecht ist eine Sache für die Justiz.«

»Sebastian, ich will hier nicht infrage stellen, dass du dich falsch verhalten hast. Aber das ist eine Weile her. Und was auch immer du dir selbst vorwirfst – offenbar klagst nur du dich an –, wie lange hast du die Absicht, Buße zu tun? Bis an dein Lebensende?«

Sebastian zuckte mit den Schultern. »Wenn es sein muss.«

»Muss es nicht.«

»Und das entscheidest du?«

»Nein, du selbst.«

»Ich habe schon entschieden.«

»Du hast dich dafür entschieden, unglücklich zu sein.«

»Ich habe kein Glück verdient.«

»Wie dramatisch! Und hast du auch das Recht, einen anderen Menschen unglücklich zu machen?«

Sein Hals wurde eng. »Mia und ich kennen uns erst seit wenigen Wochen.«

»Und doch ist eure Verbindung bereits inniger als alles, was Mia und ich je hatten.«

Sebastians Wangen wurden heiß. Spielte Patrick auf die Nacht an? »Auf jeden Fall darf es nicht weitergehen.«

»Warum? Weiß Gott, es ist ja nicht so, dass du ihr übermorgen oder so einen Heiratsantrag machen sollst.« Patrick grinste. »Nach meinen Erfahrungen ist es vermutlich ohnehin besser, das zu unterlassen.«

Sebastian wurde aus seinem Gegenüber nicht schlau. Fand er es noch amüsant, dass Mia die Hochzeit dermaßen kurzfristig abgeblasen hatte? Der Wind dröhnte ums Haus und es hatte begonnen zu schneien, wie Sebastian nach einem Blick aus dem Fenster feststellte.

Plötzlich fühlte er sich so einsam, dass es wehtat.

Und der Mann vor ihm bohrte weiter in seine Wunde. »Ich begreife nicht, weshalb du dir und Mia keine Chance geben möchtest.«

»Warum legst ausgerechnet du dich so dafür ins Zeug?« Sebastian verstand ihn immer weniger. »Du müsstest doch sauer sein.«

»Nein. Das wäre Zeitverschwendung. Mia hat dir bestimmt erzählt, dass in meinem Leben jede Minute verplant ist. Das hat Vor- und Nachteile. Ich investiere nichts in verlorene Projekte. Aber du und Mia, das brennt zwischen euch.«

Das konnte Sebastian nicht abstreiten, dennoch wunderte es ihn, dass der nüchterne Patrick das offenbar erkannt hatte. »Ich habe bereits einer Frau wehgetan.«

»Und deswegen nimmst du dir das Recht heraus, das gleich bei der nächsten zu wiederholen?«

»Verdammt, ich kann Mia nicht das geben, was sie verdient.«

»Das weißt du nicht, ehe du es nicht ausprobiert hast.«

»Wenn es schiefgeht.« Sebastian schüttelte heftig den Kopf. »Ich kann es nicht mehr ungeschehen machen.«

»Die Frau ist gestorben?«

»Ja.« Offenbar wusste Patrick wirklich nichts. Das beruhigte Sebastian ein wenig. Mia hatte seine Loyalität nicht missbraucht.

»Und du fühlst dich schuldig?«

»Ja, zum Teufel! Was ich zu ihr gesagt habe, war unverzeihlich. Und ich konnte sie nicht mehr um Verzeihung bitten, sie ist noch am selben Tag gestorben.«

»Wie lange ist das her?«

»Zehn Jahre.«

»Dann hast du bereits eine halbe Ewigkeit Buße getan.«

»Unsinn.«

»Sieh mal, egal ob du an einen Gott glaubst oder Atheist bist: Nach dem Tod sind uns die Gefühle der Lebenden gleichgültig. Entweder unser Geist oder unsere Seele, wie immer du das bezeichnen magst, schafft den Übergang in eine andere Art von Leben, eine höhere Dimension, oder es gibt wirklich einen Himmel, der bestimmt für uns unerklärlich ist. Oder aber wir werden wiedergeboren, wie auch einige glauben. In jedem dieser Fälle hast du keinerlei Verbindung mehr zu deinem früheren Leben. Selbst wenn wir irgendwo weiterexistieren und darauf warten, dass unsere lieben Angehörigen nachkommen werden, so ist es niemals auf negative Art und Weise. Ein Krieg im Himmel? Unvorstellbar.«

Es waren einfache Worte, die jedoch bei Sebastian ankamen. Die Vorstellung, dass Wiebke sich im Jenseits über seine harte Erwiderung auf ihre Eröffnung grämen könnte, schien jetzt auch ihm absurd.

Er schwieg, dabei war er sich bewusst, dass Patrick ihn nicht aus den Augen ließ.

»Gib dir einen Ruck«, sagte dieser schließlich, stand auf und legte seine Hand auf Sebastians Schulter. »Es ist Heiliger Abend. Hedda und Dagmar, Mias Mutter, haben es geschafft. Mach du Frieden mit dir selbst.«

Kapitel 27

Mia

Enno und Lisa hatten Mia am Nachmittag ein Geschenk gebracht und sich noch einmal herzlich bedankt. Sie feierten das erste Weihnachten ganz offen miteinander und mit ihren Familien.

Auch Mias Wunsch würde in Erfüllung gehen. Den Heiligen Abend wollte ihre gesamte Familie und Patrick mit Antjes Familie in deren Haus feiern.

Nun waren sie in Antjes Haus versammelt. Sie hatte sich gefreut, Sebastian wiederzusehen, mit der leisen Hoffnung, dass er sich vielleicht umstimmen ließe. Doch nun musste sie feststellen, dass er es vorgezogen hatte, durch Abwesenheit zu glänzen. Das stimmte sie traurig.

Der Weihnachtsbaum verbreitete herrlichen Duft nach Tannennadeln. Viele glitzernde Kugeln schmückten den etwa zwei Meter hohen Baum, dazwischen hingen kleine Stücke aus Keramik oder Holz, die eindeutig aus dem Souvenirladen stammten. Und natürlich fehlten auch Antjes Zitronenlebkuchen nicht, die an goldenen Bändchen an den Ästen hingen.

Es war mittlerweile stockdunkel draußen, Hedda und ihre Mutter saßen zusammen und Mia wurde das Herz warm bei diesem Anblick. Die Schwestern redeten seit Stunden ununterbrochen, frischten alte Geschichten auf und erzählten sich, was sie in den vergangenen Jahren erlebt hatten. Mia hatte ihre Mutter noch nie zuvor so fröhlich gesehen.

Auch Tobias war vergnügt und ausgeglichen. Er stand mit Antje in der Küche und half ihr, das Gemüse zu schneiden. Es gab einen Fischauflauf, ein Spezialrezept von Antje. Mia hatte den Nachtisch mitgebracht, Tiramisu. Antje hatte ihren Vorschlag begeistert aufgegriffen.

Doch jetzt fühlte Mia sich überflüssig. Ihr Bruder und Renee machten noch einen Spaziergang.

Sie sah auf, als sich Elisabeth zu ihr setzte. »Ist es fix, dass du Patrick nicht heiraten wirst?«

Mia bewunderte wieder einmal die makellose Schönheit ihrer Schwester, die ein elegantes Kleid angezogen und Make-up aufgetragen hatte. Daneben kam sie sich in ihrer dunklen Hose und der rot gemusterten Bluse mit passender Jacke underdressed vor.

Elisabeth sah sie erwartungsvoll an.

»Ja. Das wäre ja wirklich noch schöner, nach allem, was ich aufgeführt habe, um der Hochzeit zu entkommen.«

»Bereust du es?«

»Nein.« Mia schüttelte den Kopf. »Es war nicht richtig von mir, einfach wegzulaufen, aber es hat mir niemand zugehört.«

»Du hast recht.« Elisabeth griff nach ihrer Hand. »Selbst ich habe ins gleiche Horn geblasen, statt dich zu unterstützen. Das tut mir leid.«

Mia war überrascht. Elisabeth hatte sich noch nie zuvor bei ihr entschuldigt.

»Du bereust es also, dass du weggelaufen bist?«

»Nein. Ich bin erwachsen geworden.« Sie nickte zu Tante Hedda hin. »Und ich habe unsere Tante kennengelernt. Sie ist ein wundervoller Mensch, ich freue mich, dass sie ab sofort in meinem Leben bleiben wird.«

Elisabeth warf einen Blick auf Hedda. »Finde ich auch. Wenn man die beiden so sieht, glaubt man gar nicht, dass sie jahrelang zerstritten waren. – Wirst du hierbleiben?«

»Ja.« Mia hätte nicht gedacht, dass sie sich in der kurzen Zeit hier so wohlfühlen konnte.

Und Sebastian war hier. Vielleicht ...

Nein, er hatte ihr klargemacht, dass er ihr keine Chance geben wollte. Sogar heute blieb er der Feier fern – ihretwegen.

Aber sie wusste nun, was sie tun wollte. Am Nachmittag hatte sie mit ihrer Mutter und Hedda geredet.

Eine Ausbildung zur psychologischen Beraterin. Das konnte sie im Fernstudium machen, sie hatte sich bereits schlaugemacht.

Und dieses Mal würde es auch einen Abschluss geben.

»Mhm, da riecht es ja schon gut!« Ihr Bruder und ihre Schwägerin waren zurück.

»Setzt euch, es gibt keine Tischordnung«, rief Hedda vom Tisch her. Antje drückte Lukas eine Weinflasche in die Hand. »Du kannst dich gleich nützlich machen.«

»Gern. Wo ist der Korkenzieher?«

»Ich bringe die Gläser«, hörte sie Tante Hedda. Auch Elisabeth stand auf und suchte sich einen Platz.

Mia trat ans Fenster und bewunderte die Weihnachtsbeleuchtung am gegenüberliegenden Haus. Ein Weihnachtsmann mit Schlitten. Tränen stiegen in ihre Augen.

Allen hatte sie geholfen. Tobi, Enno und Lisa, ihrer Mutter und Tante Hedda. Aber hätte sie wirklich eine Gabe, dann wäre sie doch auch zu Sebastian durchgedrungen oder nicht?

Lärm entstand hinter ihr.

»Das ist aber eine schöne Überraschung«, hörte sie Antje. »Hast du dich doch noch besonnen?«

Rasch drehte sie sich um und sah Patrick. Enttäuschung wallte in ihr hoch. Wieso Überraschung? Patrick hatte die Einladung, ohne zu zögern angenommen.

Doch dann schlug ihr Herz einen Salto.

Denn hinter Patrick kam Sebastian herein. Er trug seine dicke Jacke, Mütze und Schal. Wollte er gleich wieder gehen?

Da kam er direkt auf sie zu. Sie blieb stehen, wie eine Statue, die Zeit stand still.

Er beugte sich zu ihr und flüsterte leise. »Kommst du mal mit kurz raus?«

Automatisch folgte sie ihm. Bedeutete das, dass er es sich überlegt hatte?

Er reichte ihr im Vorraum Jacke und Schal. »Wir gehen mit Simba noch eine kleine Runde«, rief er ins Zimmer.

»Aber das Essen?«, ertönte es von Antje.

»Hebt uns was auf.«

Was war schon ein Büsumer Fischauflauf im Vergleich zu einem Spaziergang mit dem Mann, den sie liebte?

Im Nullkommanichts hatte sie ihre Stiefel an. Simba sprang begeistert an ihr hoch und sie wuschelte das flauschige Fell.

Sie traten in die kalte Nacht. Ihre Atemluft war in weißen Wölkchen zu sehen. Es schneite leicht.

Mia fror trotzdem nicht.

»Ich war ein Esel, Mia.« Sebastian sah sie nicht an. »Patrick ist heute zu mir gekommen, er ist ein feiner Kerl.«

»Das ist er.« In Mia wirbelten die Gedanken. Patrick war zu Sebastian gegangen? »Was wollte er von dir?«

»Mir den Kopf waschen. Er hat das Feuer zwischen uns erkannt und gemeint, es wäre ein Frevel, wenn wir es nicht wenigstens versuchen würden.« Er blieb stehen und sah nun Mia direkt ins Gesicht. »Wir beide, wir kennen uns erst kurz, trotzdem sind wir von Anfang an wie zwei Güterzüge aufeinander zugerast.«

»Ich habe Patrick nichts von Wiebke erzählt.«

»Das weiß ich.« Plötzlich umarmte er sie. »Verzeih mir, dich kann ich darum bitten.«

Träumte sie? Vorsichtig löste sie sich aus seinen Armen und ging weiter.

»Bin ich zu spät?« Sebastians Stimme klang nun zaghaft. »Sag etwas, Mia.«

»Ich bin verwirrt.« Ihre Schritte wurden größer, denn sie konnte Sebastian nicht ansehen. »Als wir telefoniert haben – das hat so endgültig geklungen. Und jetzt ein paar Stunden später ...« Sie schluckte. »Meinst du es ernst?«

»Ja.« Es klang fest.

»Was ist passiert?« Ihre Stimme wurde lauter, aber die Straßen waren ohnehin menschenleer. »Du hattest meterhohe Schuldgefühle.«

»Ich habe mich Wiebke gegenüber damals wie ein Vollidiot verhalten. Es hat mich zerfressen, dass ich meine harten Worte nie mehr habe zurücknehmen können. Doch wohin wir auch gehen, wenn wir unsere Erde verlassen, eines ist sicher: Irdische Probleme sind nicht von Belang. Patrick hat mir die Augen geöffnet: Die Toten kümmert unser schlechtes Gewissen nicht. Daher bringt es rein gar nichts, mir eine Strafe aufzuerlegen, die nicht nur mich, sondern dich ebenso unglücklich macht. Ich habe mich verliebt. Punkt. Und du offenbar auch. Ich wünsche mir, mit dir zusammen zu sein. Es gibt keine Garantie für nichts im Leben, aber momentan habe ich das Gefühl, dass es für immer sein wird. Willst du mit mir auf die Reise gehen? Dazu müsstest du hierbleiben, ich weiß nicht, ob du nicht lieber nach Salzburg zurückwillst. Du möchtest eine Ausbildung machen und das ist hier schwierig ...«

»Stopp!« Sie legte ihre behandschuhte Hand auf seinen Mund. »Ich weiß bereits, was ich tun werde.«

»Ja?« Es klang locker, doch sie erkannte die Anspannung in seinem Gesicht.

»Genau das, was du mir geraten hast. Meine Gabe ausbilden. Ich werde psychologische Beraterin.«

»Du willst nicht Psychologie studieren?«

»Nein. Ich möchte mit Menschen arbeiten, ihnen helfen, Streitigkeiten schlichten und Ähnliches. Das ist meine Berufung und ich weiß, dass ich diese Ausbildung durchhalten werde.« Ihr Lächeln bekam einen schelmischen Touch. »Aber falls nicht, habe ich nun dich, der mir in den Hintern tritt.«

»Das werde ich tun, glaube mir. Ich bin nicht so nachgiebig wie dein Ex.«

Mia schmiegte sich an ihn. Seine Körperwärme breitete sich wie ein Mantel um sie. Sie hob ihr Gesicht. »Küss mich.«

Das tat er.

Ausgiebig.

Es dauerte eine Weile, bis sie wieder zurück ins große Haus gingen, aber selbstverständlich war noch genug zu essen da. Später stießen sie mit Schneehasen an. Mia wich kaum von Sebastians Seite.

Schließlich beugte er sich zu ihr. »Ich glaube, wir sind nicht die Einzigen, bei denen sich was anbahnt.« Er nickte zu Patrick und Elisabeth hinüber, die sich unterhielten. Dabei steckten sie ihre Köpfe eng zusammen und wirkten beide – glücklich.

Ihre Schwester und Patrick? Das schien eine gute Kombination zu sein.

Ihre sonst so prüde Mutter spielte mit Lukas, Renee, Tobias, Antje und Hedda ein Kartenspiel, das sie vermutlich erst jetzt gelernt hatte. Und Mia hatte ihre Mutter noch nie so oft lachen hören. Selbst ihr Bruder und ihre Schwägerin wirkten ausgelassen und fröhlich.

Fast wäre Mia in Tränen ausgebrochen.

»Kann man vor Glück explodieren?«, flüsterte sie Sebastian zu.

»Wenn, dann machen wir das miteinander.«

Und wieder küsste er sie, einen seiner prickelnd scharfen Küsse.

Und Mia wusste, dass das erst der Start einer hoffentlich langen gemeinsamen Reise war.

Danksagung

Liebe Leser:innen!

In den kleinen Ort Büsum habe ich mich auf Anhieb verliebt und so war mir sofort klar: Hier spielt mein nächster Roman. Ein Weihnachtsroman sollte es werden, denn gerade in diesem zauberhaften Ambiente muss die Magie von Weihnachten besonders schön sein. Da ich jedoch im Herbst dort war, musste ich vieles recherchieren und manches ist auch meiner Fantasie entsprungen. Daher bitte ich alle Einheimischen um Verzeihung, falls nicht alles hundertprozentig realistisch ist.

Das letzte Wort ist ein Dankeschön!
Zuerst an das Team vom dp Verlag, allen voran die Projektleiterin Anne Peisler, die das Gesamtprojekt liebevoll und geduldig betreut hat. Ein Dankeschön gilt besonders meiner Lektorin Katrin Gönnewig, die meinem Werk den letzten Schliff gegeben hat.
Ein dickes Danke auch an **Laura Ohde** und **Bianca Kober**, die als meine allerersten Testleserinnen fungiert haben und an meine liebe Autorenkollegin und Freundin **Enya Kummer**, die das gesamte Werk nochmals unter die Lupe genommen hat. Und natürlich – wie immer – Danke an meinen Mann **Rainer**, der mich still im

Hintergrund unterstützt und motiviert, und mich im rechten Moment wieder in die Realität zurückholt, wenn ich total tief drin bin und die Zeit übersehe.

Und bei Euch, ihr lieben Leser*innen, möchte ich mich ebenfalls von Herzen bedanken. Was wäre eine Autorin ohne Menschen, die ihre Bücher mögen und lesen? Vielen lieben Dank auch für Eure zahlreichen Rückmeldungen, die mich immer erreichen und die mich motivieren, weiterzuschreiben.
Zu diesem Roman gibt es auch ein Hörbuch, gelesen von meiner Tochter **Cornelia Wöß** und **Moritz Brendel**. Meines Erachtens ist es richtig toll geworden, beide Stimmen passen hervorragend – es lohnt sich also, hineinzuhören.

Über ein persönliches Feedback oder eine Rezension würde ich mich auch dieses Mal wieder riesig freuen. Erreichen könnt ihr mich über Facebook, Instagram, meine Homepage: https:/lotte-woess.com
oder einfach per Email: lottewoess@gmail.com.

Und natürlich freue ich mich, wenn ihr auch weitere Bücher von mir lesen werdet.
Bis bald

Eure Lotte